親王殿下のパティシエール⑥

大英帝国の全権大使

篠原悠希

ハルキ文庫

JN115986

角川春樹事務所

目次

1791年当時の、愛新覚羅永璘周辺の系図と登場人物

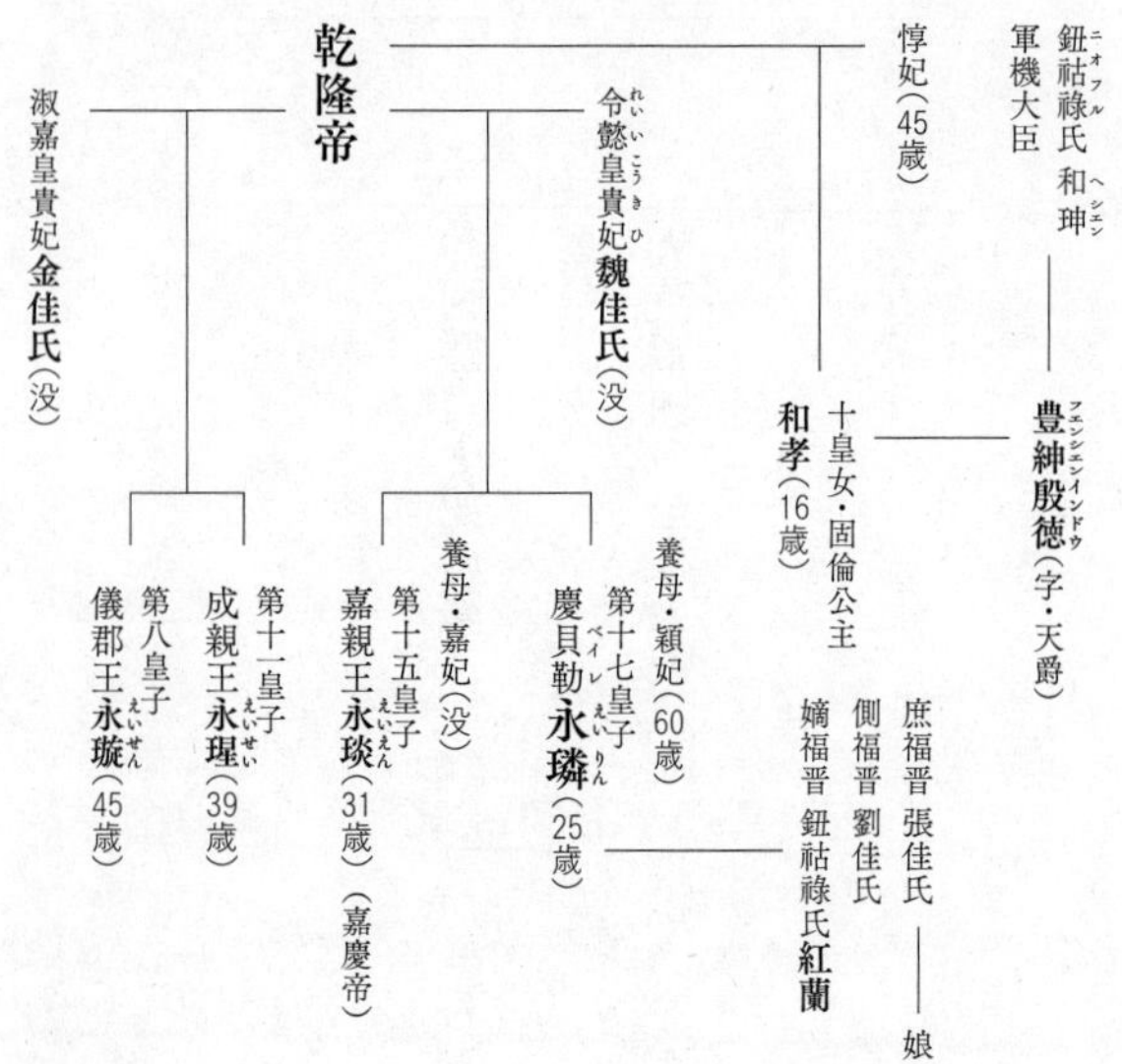

慶貝勒府

満席膳房
　李膳房長

点心局
　局長・高厨師
　第二厨師・王厨師
　徒弟・李二

漢席膳房
　厨師・陳大河

賄い膳房
　厨師・孫燕児
　徒弟・李三

北堂
　宣教師・アミヨー

永璘の側近
　永璘の近侍太監・黄丹
　侍衛・何雨林《かうりん》（永璘の護衛）
　書童・鄭凜華（永璘の秘書兼書記）

マリーの同室下女
　小杏（18歳）倒前房清掃係
　小葵（16歳）同上
　小蓮（16歳）厨房皿洗い

杏花庵
　マリー

第一話

熱河離宮と妃の薨去《こうきょ》

西暦一七九二年　乾隆五七年　夏
熱河

菓子職人見習いのマリーと、塞外《さいがい》の行宮《あんぐう》都市

乾隆《けんりゅう》五十七年の初夏、パティシエール見習いのマリー・フランシーヌ・趙《ちょう》・ブランシュは、フランス人の民間人としてはおそらく初めて、万里《ばんり》の長城を越えて塞外の地を踏《ふ》んだ。雇用主かつ乾隆帝の末皇子、愛新覚羅《あいしんかくら》永璘《えいりん》とともに、北京《ペキン》を出立して三日目のことであった。

清《しん》国の皇帝は、夏の間は長城の北側、承徳《しょうとく》郡の熱河《ねっか》にある避暑《ひしょ》山荘で政務を執《と》るのが恒《こう》例《れい》であった。毎年の行幸《ぎょうこう》は単なる避暑ではない。長城の北に、大清帝国の蒙満漢八旗《もうまんかんはっき》の軍団をそろえて、軍事演習を兼《か》ねた大狩猟《だいしゅりょう》を催《もよお》し、清国に服属する蒙古《もうこ》やチュルク系異民族の王侯たちの表敬を受けてかれらをもてなし、王侯間における通婚の許可を授けたり、有力氏族の相続における封爵《ほうしゃく》など、外交においても数ヶ月におよぶ重要な行事であった。

その避暑山荘への随行《ずいこう》を命じられたマリーは、乾隆帝から『円明園《えんめいえん》四十景より、毎年二景ずつ選び、工芸菓子を作って、献上《けんじょう》せよ』という口勅《こうちょく》も受けていた。そのため、避暑山荘の厨房《ちゅうぼう》に洋風のオーブンがなければ、非常に困ったことになると不安になっていた。

「今年はすでにふたつ献上しているのだから、焦《あせ》ることはないのではないか」

初夏の爽《さわ》やかな旅にもかかわらず、顔色の冴《さ》えないマリーを、永璘は暢気《のんき》な口調でなだめる。

マリーが最初に作った洋館の工芸菓子《ピエス・モンテ》を献上したのは、年が明けてまもなくのことであった。ふたつめの小島の離宮は、春も盛りのころであったから、今年の分は消化したといえなくはない。だが、洋館のピエス・モンテは、建築と設計に知識のある宣教師たちの助けがあってこそ可能だったのであり、設計と試作で三ヶ月はかかった。小島の離宮も、現物を前に何度もスケッチを繰り返し、試作を重ねたのだ。

ピエス・モンテのモデルは円明園の庭園と宮殿群から選ぶ。題材の選択《せんたく》時期が帰京する秋になれば、そこから円明園に通うか住み込んで、来年分の試作を始めることになる。

「そうしたら、せっかく老爺《ラオイエ》が造ってくれた貝勒府《ベイレ》の洋式厨房でフランスの菓子を作る時間も、高《こう》厨師のもとで中華甜心《てんしん》を修業する余裕も、なくなってしまうんです」

マリーにとって一番つらいのは、お菓子を作れないことだ。ピエス・モンテの建材となる菓子類は、おおかた種類が決まっている。材料や仕上がりに強度や保存性の高さが優先されてしまうので、旬《しゅん》や鮮度を味わうお菓子作りはご無沙汰《ぶさた》となって久しい。

「だから、こうして皇上の行幸より先に出発する許可をいただいて、先方でマリーが山荘の厨房に慣れる時間をいただいたではないか」

その厨房がどういったものか想像もつかないのだから、マリーはいっそう不安になる。

永璘はにこりと笑ってマリーの機嫌《きげん》をとった。

「熱河には遊牧の民が集まる。マリーの洋菓子に欠かせぬ獣乳が豊富に手に入るのだ。それぞれの部族によって乾酪《チーズ》も酸乳《ヨーグルト》も作り方が異なり、風味に独特の味わいがある。そうした材料を使い、洋風の菓子を新たに創作する面白《おもしろ》みもあるのではないか。物事は良い側面を見て解釈するのが、人生を楽しむ秘訣《ひけつ》であるぞ」

欧州ではミルクといえば牛乳が主流であり、その次が山羊《やぎ》乳であるが、こちらでは羊や馬の乳も酪農《らくのう》の対象である。

「駱駝《らくだ》の乳脂《バター》を使えば、滋養たっぷりの三日月形の麵包《パン》ができる」

すでに想像して味わっているかのように、永璘は上げた右手の指をクロワッサンを持つ形にし、うっとりとした眼差《まなざ》しで言った。

永璘の本気とも冗談《じょうだん》ともつかない仕草と表情に、マリーは思わず噴き出しそうになった。しかし、『物事は良い側面を見て人生を楽しめ』という永璘の言葉のために、マリーの笑いはのど元で閊《つか》えた。

今上帝の末子で、第三位爵位《しゃくい》の貝勒《ベイレ》でもある永璘皇子は、四人の妃《きさき》を持ち、広大な王府を構え、百人を超える使用人を抱えている。爵位に応じた年俸で不自由のない悠々自適な暮らしぶりは、わざわざ物事の側面にこだわらずとも人生を楽しんでいるように、誰の目にも見えることであろう。

だが、いまの地位にも暮らしにも不満はない、といった態度を崩さない永璘にも、ひとには見せない鬱屈《うっくつ》があることを、マリーは知っている。その鬱屈の根源は、永璘の才能を抑圧《よくあつ》する父親にあることも、ピエス・モンテの制作のために円明園に上がって乾隆帝と言葉を交《か》わしたマリーは知ることになった。

乾隆帝が末息子に対して冷淡《れいたん》な理由は、マリーから見れば迷信に基《もと》づく理不尽《りふじん》な言いがかりとしか思えないものであった。これが平民の富豪における親子の対立であれば、永璘は父親に反発して自立する道はあったであろうし、マリーが義憤にかられて口を挟んだとしても、単身で北京を叩き出される程度ですんだかもしれない。

しかし、清国において、皇帝とは臣民のみならず、家族にとっても絶対的な支配者であった。たとえ我が子にかかわることであろうと、乾隆帝の逆鱗《げきりん》に触れれば、マリーの首は比喩《ひゆ》でなく宙を飛び、永璘とその家族のみならず、慶貝勒《けいベイレ》府の使用人をも道連れにして、路頭に迷わせてしまうことだろう。

そのために、乾隆帝が勝手に抱えている末息子への負の感情を、円明園で垣間《かいま》見たことは、マリーは永璘に話さなかった。

胸がモヤモヤとしてきたマリーは窓へと視線を移し、馬車のうしろに流れてゆく景色を眺《なが》める。永璘はマリーの関心が外へ向いたと察して、「まもなく長城が見えてくるぞ」と進行方向を指さした。

二年前に清国へ渡ったときは、マリーと永璘は澳門《マカオ》から陸路を北上して北京へ到り、その途上では南方の田園風景を堪能《たんのう》した。

北京の市街地を離れ、北へと進むにつれて、広がる農地と初夏の豊かな緑に覆《おお》われた丘が連なり、川をいくつか渡る。黄河《こうが》の北では稲作よりも麦の栽培《さいばい》が主流らしく、まもなく収穫《しゅうかく》を迎える麦秋の穂波が風に靡《なび》くさまに、マリーは欧州の田舎《いなか》を旅しているような懐《なつ》かしさに襲われる。

そこで耕作に励《はげ》む清国人の編《あ》み笠《がさ》と短袍《ダンパオ》の風俗が視界に入るたびに、マリーはここが大陸の東側にある異国なのだと、ふっと我に返る。そうした牧歌的な風景を楽しんでいるうちに、いつしか山間《やまあい》の道へ分け入ってゆく。

そのような旅の三日目、高く険しい丘陵《きゅうりょう》の向こうに、尾根に沿って築かれた城壁が見え隠れし始めた。

かつて、中華の諸帝国と北方の遊牧帝国を隔《へだ》てていたという万里の長城については、マリーは北堂のアミヨー神父たちから話を聞いていた。二千年も前に築かれたこの城壁は、高さは六メートルから八メートル、底部の厚さは六メートル以上、長さは北直隷《ペチリ》湾に沿った遼東《りょうとう》から陝西《せんせい》省の西端まで二千七百キロメートルに及ぶという。人間の手で造られた建築物の中でも、最大のものであると考えられていた。

宣教師たちは、中華の文明や文化に対して充分な敬意を払っていたが、清国人の自然科学への興味の薄さや、技術の発展の停滞《ていたい》については、軽侮《けいぶ》を隠しきれずにいた。その宣教師たちが、長城に関しては感嘆《かんたん》を込めて『あれはすごいものだ』と語り、中華の人々の勤勉さと先見の明、かつての諸帝国の強大さと、その徳の高さについては、手放しの称讃《しょうさん》を惜《お》しまない。

そうした話から、マリーは万里の長城をバベルの塔よりも高く巨大で、天を突く壮麗な建物であろうと想像していた。しかし、建築の知識に欠《か》けるマリーには、これまで見てきた無骨な城壁に囲まれた都市と変わらぬ街を通り過ぎ、急な坂道の上に青みがかった煉瓦《れんが》で築き上げられた長大な城壁を見上げても、北京の都を幾重《いくえ》にも巡る城壁との違いは特に感じられなかった。むしろ、長く手入れのされていない箇所《かしょ》が見受けられ、荒廃《こうはい》した印象すら受ける。

もしもマリーが城壁の上に登り、騎馬が五頭並んで駆け抜けることのできる塁壁《るいへき》を歩くことが許され、なるべく標高の高い胸壁から東西南北を見渡せる機会があれば、気の遠くなる時間と労力をかけて築かれた、壮大な長城の規模を実感することができたかもしれない。そして、この長城に拠《よ》って北方の遊牧民族を防がねばならなかった、中原《ちゅうげん》の国々の歴史と相克《そうこく》を肌で感じることができただろう。

だが、その北方民族のひとつ、満洲《まんしゅう》人に征服され、北は蒙古の高原から、西は中央アジアのトルキスタン東部、南は広東《カントン》の海岸まで統一された清の時代では、長城はすでにその用を終えていた。

永璘一行は長城の門をくぐり、この希有《けう》かつ壮大な建造物を見物することなく、瞬《また》く間に通り過ぎてしまった。永璘が先を急がせたためか、随行《ずいこう》の秘書鄭凛華《ていりんか》も、親しくしてくれる侍衛《じえい》の何雨林《かうりん》も、近侍《きんじ》の太監黄丹《たいかんこうたん》も、誰一人として長城についてマリーに説明をしたり、周辺の案内を申し出たりしなかった。

揺れる馬車の中で、期待を裏切られた気持ちと、なにか重大な見落としをしてしまったような物足《ものた》りなさをふっきれずに、マリーは窓から顔を出して長城へとふり返った。

緑に覆《おお》われた東西の尾根に、長大な蛇《へび》か龍の背骨のように見え隠れする長城が、少しずつ遠ざかってゆく。

あるいは、この国の人々にとっては、この人類史上最大とされる建造物もまた、悠然と聳《そび》える山々や、滔々《とうとう》と流れ続ける大河のように、天地の原初からごくあたりまえにそこにある、ふだんは意識することすらない存在なのだろうとマリーは思った。

ひたすらに上り坂が続いているせいか、馬の歩みはゆっくりだ。路面の状態がよくないため、揺れがひどくて会話する気分になれない。マリーは、欧州をお忍びで遊行していた大清帝国の第十七皇子とパリで出会ってから、あっという間に三年が過ぎたことにしみじみと思いを馳《は》せる。

故国を離れて海を渡り、清国の地を踏《ふ》んだときは十六歳であったマリーは、この年には十八歳になっていた。

キリスト教徒であったために、清国における弾圧を逃れ、欧州へ移民した清国人を母に、フランス人パティシエを父に持つマリーは、フランス革命の混乱の中、家族と職を失った。

同じころ、マリーの旧勤務先のホテルには、永璘一行が客として滞在していた。マリーは通訳の失踪《しっそう》により立ち往生《おうじょう》していた永璘を助けてパリを脱出し、ブレスト港へと案内した。頼れる身内もなく路頭に迷っていたマリーに、永璘は自邸における糕點師《ガオディアンシー》、フランス語でいうところのパティシエの職を提供してくれた。マリーは永璘の申し出を受け、甘いお菓子を作る職人となるために、大西洋とインド洋を渡り、赤道を二回越えて母の故郷へとやってきた。

以来、永璘邸の厨房で点心局の徒弟《とてい》として働き、日々研鑽《けんさん》を積んでいる。

とはいえ、清国の社会常識では、女性は十八ともなれば結婚して家庭に入っている年頃である。しかし、マリーは敬愛する父親と同じ菓子職人《パティシエ》という職業に就《つ》くために、十代前半からパリの一流ホテルのパティシエ部門で、徒弟として修業を続けてきたのだ。清国に来て二年経《た》ったいまも、その決意は変わらない。フランスと欧州《おうしゅう》のお菓子やパンだけではなく、中華の甜心《てんしん》もいくつか学び、いつかは菓子職人として自立し、自分のパティスリーもしくは菓子茶房を持つのが、マリーの夢であった。

だが、清国のしきたりや、外国人への偏見、女性に対する蔑視《べっし》、禁教とされているキリスト教徒の危うい立場といったさまざまな障害が、マリーの夢どころか、パティシエールとしての修業も、その継続すらたびたび難しいものにしていた。

永璘の邸宅である慶貝勒《けいベイレ》府の厨房で、二年も働き続けることができたのは、マリーの夢を支援すると約束してくれた永璘、そして偏見を乗り越えマリーを徒弟として点心局に迎え入れてくれた、高円《えんき》喜厨師という上司に恵まれた、奇跡のお陰といってても過言ではない。

ところが、永璘が養母の穎妃《えいひ》の誕生日に、マリーの作った洋菓子の工芸菓子《ピエス・モンテ》を献上したことがきっかけとなり、西洋の工芸菓子に興味を持った乾隆帝に、お菓子の洋館を作るよう命じられてしまった。

そのために、昨年の秋から今年の春にかけて、修業が細切れに中断されてきた。北京郊外にある皇家庭園の円明園に駆り出されたり、そしてさらに長城を越えた皇家避暑地へと呼び出されたりと、貴族のスポーツでもてあそばれるテニスボールのように、あちらこちらへと飛ばされて、落ち着けない状態が続いている。

乾隆帝を喜ばすことが、慶貝勒《けいベイレ》府の格を上げると信じて、マリーは円明園にある建築物を模した工芸菓子を作ることに、ひたすら没頭した半年であった。

洋館や中華様式を模した工芸菓子の宮殿の建材となるのは、ヌガーやガトー、ビスキュイ、あるいは砂糖細工《ざいく》や飴《あめ》細工といった欧風の菓子だ。だから、菓子作りそのものは継続していると言えなくはない。そうはいっても、マリーはもうずいぶんと長いあいだ、新しい甜心や、未修であったフランス菓子のレシピに挑戦する余裕も機会も持てずにいる。

マリーとしては、修業の停滞に焦りを感じるばかりであるが、永璘に言わせれば『まだ慶貝勒府からも清国からも追い出されずにいるだけで、運が良い』という状況らしい。

永璘とその側近、一握りの護衛、そしてマリーと洋式厨房の助手を含めた少人数の一行は、数台の馬車を連ねて、ゆるやかな登り道、ときには急坂な道を進み続ける。通常ならば七日以上かかる日程を五日で駆け抜け、緑豊かな山に囲まれた承徳《しょうとく》避暑山荘へと到着した。

「着いたぞ」と永璘に言われて馬車から外をのぞいたマリーは、離宮というよりも、ひとつの城門をくぐって別の街に着いたという感想を抱いた。ただ、いままで通り過ぎてきた城市と違うのは、避暑山荘には紫禁城《しきんじょう》や円明園にも劣《おと》らぬ壮麗な宮殿や門が並んでいること、そして、建物の多くが、その色合いと様式に見慣れない異国風の情緒《じょうちょ》を醸《かも》していることだった。

「山荘というか、円明園より大きくて、建物がいっぱいの街ですね」

マリーの勘は正しく、円明園の三五〇ヘクタールに対して、避暑山荘は五六四ヘクタールの広さがある。

「夏のあいだ、ここに移るのは清の後宮と朝廷だけではない。蒙古の王侯らも集まり、大規模な狩猟が行われもする。それなりの広さは必要だ。あと、あちらの丘陵に立ち並ぶのは、宮殿ではなく外八廟《がいはちびょう》と呼ばれるラマ教の寺院だ。一番大きいのは、西蔵《チベット》にあるラマ総本山、布達拉《ポタラ》宮を模した普陀宗乗之廟《ふだしゅうじょうしびょう》だ」

北東の丘に聳《そび》える赤い高層建築を指さして説明する永璘の横で、マリーはまったくもって割り切れない気持ちでチベット仏教寺院を見上げる。外八廟の寺院はチベットの建築様式で建てられており、マリーが避暑山荘に異国的な空気を感じたのは、そのためだ。

清国の皇帝は代々、キリスト教を禁じて弾圧する一方で、ラマ教を信仰《しんこう》し保護している。

キリスト教徒のマリーとしては、そのことに憤《いきどお》りを感じないわけではない。だが、それ以上に、乾隆帝が末息子に冷淡な理由が、ラマ教によって肯定《こうてい》されている輪廻転生《りんねてんしょう》という思想にあることが、マリーの心を重くしていた。

　乾隆帝がその才能を深く愛したふたりの人間――十何人といた皇子のなかで、もっとも優秀で人望のあった第五皇子永基《えいき》と、天与の画才を以《もっ》て朝廷に仕えたイタリア人宣教師カスティリヨーネ――が、永璘の生まれた二十六年前に他界した。輪廻転生を信じる乾隆帝は、そのどちらかが末息子の転生ではないかと考えたらしい。

　永璘が学問に励み、武芸に優れた皇子であれば、乾隆帝は末皇子を第五皇子の生まれ変わりと信じて溺愛《できあい》したかもしれない。怜悧《れいり》な頭脳と、豊かな学芸の才能に恵まれながら、吝嗇《けち》で狷介《けんかい》な性格のために人望のない第十一皇子永瑆《えいせい》や、温厚で勤勉な性格だが、人望の他は特に抜きん出た才を持たぬ第十五皇子永琰《えいえん》よりも、第五皇子の魂《たましい》の転生である第十七皇子こそが、帝位を譲《ゆず》るにふさわしい息子と考えたであろう。

　しかし永璘は、学問に人並み以上の才を顕《あらわ》さず、文武のどの分野にも、特別な興味を抱かなかった。武芸においても日課の鍛錬《たんれん》はこなすが、その腕前は可もなく不可もないといった調子で、卓越した技量を示すことはなかった。

　帝位からは縁遠い末っ子と思われたがゆえに、下層の旗人《きじん》階級出身であった母親にのびやかに育てられたためか、兄たちと帝位を争う競争心や向上心などかけらもなく、一握りの側近と宮殿を抜け出しては、庶民の服を着て下町をふらつき歩くような、軽薄で享楽《きょうらく》的な人間に育ってしまった。

幼い頃は永璘を可愛《かわい》がっていた乾隆帝が、長ずるにつれて距離を置くようになった理由を、周囲の皇族や廷臣たちは、永璘の資質不足と素行不良にあると捉えている。

だがそれだけでは、永璘が九つも年下の異母妹の和孝《わこう》公主より、ふたつも低い爵位に何年もとどめ置かれていたり、行事における兄弟姉妹の序列でも、つねに最後まで待たされたりする理由としては不十分である。第八皇子の永璇《えいせん》などは、足が不自由なために武芸の鍛錬は免除され、酒好きで学芸においてもたいした業績はないにもかかわらず、郡王《ぐんおう》の位につき、宗室の最年長皇子としての待遇《たいぐう》は受けているのだから。

乾隆帝が永璘を敬遠する理由は、永璘が生まれた年に世を去った、もうひとりの寵臣《ちょうしん》カスティリヨーネにあると、マリーは推察している。

勉学にも武芸にも食指を動かさなかった永璘だが、絵画には生まれつきと思われる才能を有していた。幼《おさな》くして自ら筆を持ち、誰にも教えられることなく、西洋的な奥行きのある透視図法を使って絵を描き出したのだ。第五皇子ではなく、カスティリヨーネの生まれ変わりではと戦慄《せんりつ》した乾隆帝は、幼かった永璘に絵を描くことを禁じた。それでも描くことをやめられなかった息子に、絵を描くことは許したが、その絵を清国の人間には決して見せてはならないと厳命した。

他の清国人が永璘の絵を見たら、その人間もまた、永璘がキリスト教の宣教師であった西洋人画家の生まれ変わりであると、憶測《おくそく》を巡らせることを警戒《けいかい》したのだろうか。

それ以上に、永璘が異教徒であった前世の魂に操られて、キリスト教に傾倒《けいとう》することを怖《おそ》れたのではないだろうか。カスティリヨーネの画才を特に寵愛し、様々な恩寵を与えた乾隆帝ではあったが、宗室から禁教のキリスト教徒を出すことは、断じてあってはならないと信じたがゆえに。

——でも、皇上がはっきりとそう仰《おお》せになったわけじゃないし——

マリーは内心で否定を試みる。

このような、天子の地位にある父親の、末息子に対する葛藤《かっとう》は、あくまで乾隆帝の言葉の端々から汲《く》み取ったマリーの憶測に過ぎない。乾隆帝は、輪廻転生を否定するキリスト教の教義について、遠回しに批判めいた言葉を漏《も》らしただけだ。そしてマリー自身が、自分の憶測に矛盾《むじゅん》を見いだしていた。

——もし老爺《ラオイエ》がキリスト教に改宗することを皇上が怖れておいでなら、三年前に欧州外遊の許可などお出しにはならなかったはず。そして、キリスト教徒のパティシエールを王府に置くことを、許したりはしなかったろう——

マリーはそう考えて、円明園での滞在中に乾隆帝と交《か》わした言葉と、自分で推《お》し量《はか》って導き出した乾隆帝の内心については、ずっと胸に秘めたままにしてある。

——息子を信じていたから、欧州にも行かせたし、私が北京に住み王府で働くことをお許しになったのだと思いたいけど。まさか、息子を試すためとかじゃ、ないよね——

永璘がカスティリヨーネの生まれ変わりかどうか、実際に欧州の文化に触れさせてみることで、確かめようとしたのだろうか。

口には出せない考えを、ひとりでぼんやりと追うほどに、どうにも悪い方向に想像が働いてしまう。

もしも永璘が欧州の絵画に触れて、そちらの芸術に夢中になり、キリスト教に改宗していたら、どうなっていただろう。禁教の掟《おきて》は、とくに満洲族に厳しく適用されるという。皇族であればなおさら、厳しい罰《ばつ》を受ける。芸術や学問、技術職で宮廷に仕えるアミヨー神父ら宣教師が、皇族との交際に慎重《しんちょう》なのはそのためだ。幽閉ですめばまだしも、最悪の場合は自死を命じられるかもしれない。鈕祜祿《ニオフル》氏たち四人の妃も、ひとり娘の阿紫《あじ》も道連れとなる。

起こりえなかった悲劇を思うマリーの手は、気候の暖かさにかかわらず、指先から冷たくなっていく。

思えば、永璘の申し出を受けてブレスト港を発《た》ってから、マリーは繰り返しキリスト教の教えについて口にしないことを誓《ちか》わされた。個人としての信仰は許されたが、清国人に対しては、教化と受け取られるような発言をすることは禁じられた。

永璘自身が、外遊中も宗教に関する話題を注意深く避けていたことを、マリーはいまさらながら思い出す。あたかも、すぐそばで誰かが聞き耳を立てていて、常に監視されているかのように、すぐに話を逸《そ》らすのだ。

もしかしたら、マリーの言動も、北京に着いたその日から、ずっと見張られていたのではないか。王府に来てから、あるいは、パリで永璘と出会ったそのときから。

外遊随行員の顔をひとりひとり思い浮かべる。そして、身近に接してきた王府の使用人たちを思い出していくうちに、マリーの指先だけでなく、全身から血の気が引いていった。息も苦しくなってくる。

知っている誰かが皇帝の耳目《じもく》となって、マリーと永璘を監視してきたのではという気がしてきたからだ。

「どうした。疲れたか。強行軍だったからな。我々の邸《やしき》まではさほど遠くないが、近くの亭《ちん》で一休みしてもかまわぬぞ」

冴えないマリーの顔色を気遣って、永璘が声をかける。マリーは気丈に微笑《ほほえ》んで首を横に振った。

「先に目的地に着いた方が、落ち着いて休めます」

「そうか」

永璘はうなずき、控《ひか》えていた何雨林ら随行員に、先へ進むよう指示を出した。

山紫《さんし》水明《すいめい》という成句の見本といってもいいような、美しい山々と湖に囲まれて、夏の間のみ使われる政庁や宮殿で構成された行宮《あんぐう》都市。満洲族と漢人の比率はマリーにはわからないが、耳に入ってくる言葉も、ようやく自在に操れるようになってきた漢語とは少し違う。蒙古語か西蔵《チベット》の言葉か判定しかねるが、まったく聞き取れない会話も耳に入る。うっかりひとりで出歩いて、迷わないようにしなければとマリーは思った。

菓子職人見習いのマリーと、避暑山荘の玉耀院《ぎょくよういん》

馬車は独立した宮殿の前に止まった。永璘のあとに続いて馬車から降りたマリーは、大きな朱塗《ぬ》りの扉が開かれた門の上に、漢字と韃靼《だったん》文字で『玉耀院《ぎょくよういん》』と書かれた扁額《へんがく》を見上げた。

「内城の王府よりは手狭だが、居心地は悪くない」

永璘は馬車の長旅に強張《こわば》った腰を拳《こぶし》で叩きながら、マリーを連れて玉耀院へと足を踏み入れた。まっすぐ正房《おもや》へ向けかけた足を止め、太監《たいかん》の黄丹《こうたん》にマリーと女たちを部屋に案内するように命じる。移動時は永璘の馬車に乗せてもらったマリーではあるが、滞在するのは厨房回りの使用人たちと同じ棟だ。馬に乗れない召使いたちが詰め込まれていた馬車から、下女の小蓮《しょうれん》が転がり出て、マリーを見つけて駆け寄る。小間使いとしてついてきた小蓮と同じ部屋に案内されて、マリーはやっとひと息つくことができた。

「老爺《ラオイエ》とずっと同じ馬車で来れて、いいなぁ」

小蓮は、移動中も休憩所や宿で顔を合わせるたびにそうぼやいていた。太監や中級以下の使用人たちと同じ馬車は、さぞかし居心地が悪かったことだろう。マリーは肩をすくめ

て言い返した。

「一緒に乗れるよう老爺《ラオイエ》にお願いする、って言ったのに、断ったのは小蓮だよ」

「馬車みたいな狭いところで一日中向かい合ってるの無理。何を話していいかわからないし。老爺に話しかけられたら、私の心臓が止まっちゃう」

小蓮は両手を握りしめ、悲愴《ひそう》な表情になって訴えた。王府の主に一目惚《ひとめぼ》れをしてしまった小蓮は、身分違いと知りつつ永璘に熱を上げている。だがそこは、下層旗人の奴僕《ボーイ》の出で、下級使用人という自覚はあるようで、不用意に出しゃばったり、自身の存在をアピールして玉の輿《こし》を狙う度胸はないようだ。

「同じ馬車で何日も向かい合ってたら、業務の打ち合わせが終わってしまえば、話すことも別にないよ」

実際には、マリーにとっては初めての道のりであるので、北東部の風土や気候、通り過ぎる町の景色や産業など、会話の種が底をつくということはない。また、避暑山荘で行われる行事の数々や、謁見のために、はるばるジュンガルや蒙古から訪れる遊牧民の風俗や伝統についても予習させられた。それに飽きれば、欧州遊行時代の思い出話が始まり、ふたりの間に話題は尽きなかった。

それでも一日中しゃべり続けていたわけではない。山間部の路面はひどく荒れていて、轍《わだち》や石に車輪の乗り上げる衝撃がまともに腰に響く。車酔いはもちろん、舌を嚙《か》まないよう、何時間も会話どころではなかったりもするのだ。馬車の性能や乗り心地でいえば、パリでたまに利用したことのある庶民向けの駅馬車の方が、ずっとましである。

「瑪麗《マリー》は老爺《ラオイエ》とふたりきりになって、緊張しないの？」

小柄《こがら》な小蓮は、上目遣いにマリーを見上げて訊《たず》ねた。そこへ二ヶ月分の荷物が運び込まれてきたので腰を上げ、マリーは荷ほどきを始める。

「緊張していたら、仕事にならないでしょ。何度も言ってるけど、老爺と私は雇用主と使用人という関係で、それ以上ではないの。皇上のお声掛かりで避暑山荘まで来る羽目《はめ》になってしまった私に、いろいろ教えておくことがあると判断して、乗せてくれたんだと思うよ。秘書の鄭書童《しょどう》さんとか、近侍さんたちが老爺と同じ馬車に乗ることもあるじゃない。それと同じ」

そもそも、パリでの出会いからして、皇子の身分は公《おおやけ》にせず、東洋の富豪を装《よそお》っていた永璘は、ホテルの一従業員であったマリーにとって、他の客に対するのと同じ程度の礼儀を払えばよい相手であった。

あの日のマリーは、大量のメレンゲを作るため、ひたすら卵白を泡立てる作業をこなしていたと記憶している。永璘は厨房という裏方まで自らやってきて、いきなりマリーを名指しして、中華料理を作るように要請《ようせい》してきたのだ。

見るからに高貴な装いの東洋人に、通訳を介さずに話しかけられたマリーは、ただびっくりして客の顔を真《ま》っ直《す》ぐに見返した。言われたことは、マリーの祖父母と母親が交わしていた漢語に似ていたから、なんとなく聞き取れた。だが母親も祖父母も他界して何年か経ち、清国人移民との交流も途絶《とだ》えていたマリーは、片言の返事を返すのが精一杯だった。

異国人の身分ある客が、同じ東洋系のマリーに切羽詰《せっぱ》まった表情で話しかけている、と判断したシェフは、マリーに永璘の相手をするように命じた。マリーは、不自由な漢語と身振り手振りで『いきなり厨房に来られても困ること』と『支配人か受付に問い合わせてくれれば、こちらから部屋に話を聞きにいくこと』などを、手順を踏んでくれるよう頼んだのだが、ほとんど通じなかった。

とにかく部屋の番号を聞いておき、すぐに中華的な料理を用意すると伝えて厨房から追い出した。

あとから知ったことだが、澳門《マカオ》から同行していた通訳を、ブレスト港まで使いに出していたことから、永璘にはホテルの支配人を呼び出して交渉できる代理人がいなかったのだ。

西洋の料理にうんざりしていた永璘は、その通訳が何気なく『半分清国人の少女がこのホテルの厨房で働いている』と話していたことを、その日たまたま思い出し、急に居ても立ってもいられなくなって捜しに来たらしかった。

そんな出会いから、相手がどこかの皇子様であるとは知らずに、身振り手振りと片言の漢語を使うような意思疎通《そつう》も不十分な状態で、マリーは母がよく作ってくれたフランス風でない料理を永璘に出した。

口に合わない料理と言葉の壁に、ままならない日々を送っていた永璘にとって、マリーは溺《おぼ》れるところに流れてきた藁《わら》のようなものであった。高飛車な態度や無理な要求に、マリーが腹に据《す》えかねて『そもそも私の仕事ではない』と料理のサービスを断ったときは、永璘の方が折れて交渉する姿勢になった。

料理から習慣、生活の様式など、なにからなにまで異なる欧州の旅に、永璘は相当なストレスを抱えて癇癪《かんしゃく》を起こしていたのだが、さすがに八歳も年下のマリーに無理難題を押しつけていたことに気づき、反省したのだろう。マリーは永璘のそういうところに好感を覚える。

清国人の血を引いているからといって、マリーは中華の皇帝や皇族に対して、なんの義務も負《お》っていない。服従してその命令を唯々《いい》として聞く義理など、ひとつもないということを、十五の少女が目を逸らさずにはっきりと口にしたのだから、永璘はさぞかし驚いたことだろう。

あのときの永璘の傍若無人《ぼうじゃくぶじん》ぶりを話せば、小蓮は幻滅するだろうかと、マリーの口元に笑みが浮かぶ。

思い通りにならないと、理不尽《りふじん》な怒りをぶつけてくる王族や貴族は欧州でも珍《めずら》しくない。フランスの庶民は、清国の庶民ほどには王侯貴族を怖れ崇《あが》めてはいないという違いはあるものの、もしも永璘がマリーの無礼に怒り狂って支配人にねじ込めば、マリーは解雇《かいこ》される可能性もあったのだ。

「老爺《ラオイエ》はね」

マリーは荷ほどきの手を止めて、口を開く。

「パリから北京に着くまで、一度も清国の作法を私に押しつけなかったんだ。船の上でも、清国に着いてからも、ずっとフランス式の作法で老爺《ラオイエ》に挨拶して、給仕してた。欧州で使っていた偽名で老爺を呼び続けたの。それが気に入らなかった随行の太監もいたみたいだけど――」

「そういえば、王府に着いたころの瑪麗《マリー》って、すごく偉そうなしゃべり方だったよね。あれって、老爺の漢語を真似《まね》していたわけ？」

小蓮は昔を思い出そうとして、遠い目になる。

「たぶんそう。パリでは老爺の言葉遣いを、そのまま耳から覚えて話してた。オウム返し、っていうの？　老爺は別にいやな顔もしなかったし。鄭書童さんに漢語を習い始めたのは、船に乗ってしばらく経ってから」

「でも、すごいね。漢語といっても、私たちの話している北京官話と南方の漢人たちの話している漢語はぜんぜん違うのよ。よく耳から聞いただけで、覚えられたわね。私なんて、昔から耳にしている祖父母たちの韃靼《だったん》語も、かなりあやしいのに」

マリーはぎくりとした。母と祖父母は江南《こうなん》出身の漢族ということになっている。だが、マリーが初対面から永璘たちの漢語を拾い聞きながらも理解し、時間をかけずに意思疎通ができるようになったことを、嫡福晋《ちゃくふくしん》の鈕祜祿《ニオフル》氏も、永璘の同腹の兄、永琰皇子も問題視していた。

マリーの祖父母と母親が、実は江南の漢族ではなく、家庭内では北京官話を話していた満洲族である可能性を示唆《しさ》したのだ。キリスト教に改宗した満洲族は、特に厳しく取り締まられる。もしかしたら、祖父母とつながりのある旗人が、この北京にいるかもしれない。もしマリーが満洲族の子孫であり、キリスト教徒として帰還したことが知られたら、その親族はもちろん、永璘の立場もただではすまないだろう。

永琰はそのことを弟に厳しく説《と》き、マリーをフランスへ送り返すように命じた。永璘が現状ではそれはできないと断ると、初めから北京官話を聞き分けていたことは、絶対に秘密にするようにと、マリーに固く念を押したのだ。

マリーは危うく小蓮に秘密を漏らしそうになったことに、心臓がぎゅっと絞られる痛みを覚えた。呼吸を整え、慎重に言葉を選ぶ。

「母の形見《かたみ》の漢仏辞書があったから、聞き取れない言葉は老爺《ラオイエ》や鄭書章さんが辞書から見つけてくれて、それでなんとか話が伝わるようになった。もうね、ひと言、ひと言、単語を見つけて並べて！　家に帰っても、その日の会話に出てきた単語の対応表や言い回しのまとめを作ったり、それはそれは猛勉強したよ」

いかに必死になって漢語を学び、習得できたか、というマリーの説明に、小蓮は目を丸くする。

「異国の言葉って、それくらいしないと覚えられないんだね。どうりで私が韃靼語が覚えられないわけだよ。でも、私は漢語も韃靼語も読み書きはできないから、覚えるためのまとめ表は作れない」

意気消沈した面持ちで、小蓮は溜め息をついた。マリーは着替えや身の回り品を仕分けしていた手を止めて、小蓮に向き直った。

「読み書きができなくても、何カ国語も話せる人間はパリでは珍しくなかったよ。ヨーロッパじゅうのいろんな国から客が来るホテルで働いていたから、そういう人たちに会う機会が多かっただけかもしれないけど。あと、国境の近くに住んでいたり、両親が別々の国の出身だったりする人は、小さいときから自然に外国語を覚えることができたんじゃないかな」

「その理屈だと、私は韃靼《だったん》語をもっと流暢《りゅうちょう》に話せることになるけど」

「でも、小蓮は北京育ちで、おじいさんたちは塞外に住んでるんでしょ？」

「小さいときに、母が弟を産んでから長く寝込んだ時期があったのよ。それで私だけ、二年くらい塞外に預けられた。そのあともたびたび使いや見舞いに行かされたし。でも、韃靼語は片言しか話せるようにはならなかったな。寒いし、こき使われるし、料理は味気ないし、とにかく北京に帰りたくて、いつも泣いてた」

当時を思い出したらしく、小蓮は顔をしかめた。

どうやらあまり優しい祖父母ではなかったらしい。あるいは、小蓮の実家が裕福ではないように、祖父母の家も厳しい暮らし向きだったのかもしれない。家が恋しくてたまらない状況で、現地の言葉を学ぼうという気持ちになれるはずもない。

「韃靼語はとりあえず置いておくとして、漢字は覚えたほうがいいよ。小蓮は厨房の皿洗いで終わりたくないんでしょう？　西洋菓子工房の専属になりたかったら、漢語の注文票や食単《レシピ》くらいは読んで書けるようにならないと困るよ」

「女が字を学ぶと、ろくなことにならないって言われるよ？　上位旗人のお嬢さまたちですら、読み書きを学ぶことはないのに」

小蓮は両手を握りしめて、泣き笑いで応えた。

旗人――いわゆる支配階級においても、清国の女子にとって読み書きは必須科目ではなかった。後宮に上がる妃嬪《ひひん》でさえ、書を読み、文字を書く女性は多くない。

「だからこそ、下層の私たちは、上《うえ》つ方《かた》が身につけていない技能を習得する必要があるのじゃない？　読み書きのできる侍女って、祐筆《ゆうひつ》になれるんでしょ？」

小蓮は、口を閉じて上目遣いに考え込んだ。マリーの忠告を咀嚼《そしゃく》しているかのように、頬《ほお》をもぐもぐと動かす。

小蓮はこれまで、そのように考えたことなどなかったのだろう。物心ついたころから家事を手伝い、弟妹の世話をし、教育も受けずに十五になれば奉公に出される。奉公先では、つぎつぎと回されてくる作業をこなして、給金の支払われる日を待ちわびる。わずかな小遣いを手元に残して、給金のほとんどを実家に仕送りし、ただひたすらに年季が明けるまでの日々を送ってきた。

マリーが円明園の後宮に出仕を命じられたとき、乾隆帝に命じられたピエス・モンテ作りに専念できるよう、身の回りの世話をする小間使いが必要ということで、ついてきたのが同室であった小蓮だ。しかし、慶貝勒府《けいべいレ》の厨房では、マリーが来る以前から毎日のように大量の洗い物と格闘してきた小蓮は、それほど仲の良い同僚《どうりょう》というわけではなかった。貝勒府で働き始めたころは、小蓮だけではなく、誰もがマリーを遠巻きにして接触を避けていた。王府の主人がわざわざ外国から連れ帰ったという、言葉の不自由な妙齢の少女を、どう扱っていいのか、誰にも判断できなかったからだ。

当時は、マリーの出自や永璘との関係について、王府内ではさまざまな憶測がささやかれていた。主人が外から未婚の女性を連れ帰るとなれば、すでにあるじの手がついているのが清国の常識であったからだ。しかし、その異国人の娘が、妻妾《さいしょう》の住む廂房《わきのや》に部屋も与えられずに厨房に放り込まれ、一使用人として下女長屋に住み込んだのだから、誰もが困惑したのは当然の成り行きであったろう。

女性が手に職を持って自立するという概念が、清国の社会に存在しない以上、未婚のマリーが下女ではなく、徒弟として厨房で働く動機が理解されることは、ほぼ不可能だったといってもいい。

マリーの生まれ育ったフランスでさえ、今世紀の半《なか》ばから始まった産業革命によって軽工業が盛んとなり、労働力として社会に出てきた職業婦人の存在が、ようやく認知されてきたばかりなのだ。男性に交《ま》ざって働く女性の数は少なく、自立して財を成す女性職人はさらに少ない。それゆえに、清国人の戸惑《とまど》いもマリーには理解できた。

永璘の命を受けた李《り》膳房長がマリーを厨房に受け入れ、点心局局長の高厨師が徒弟として認めたマリーを、慶貝勒府《けいベイレ》の使用人たちは腫《は》れ物を扱うように接してきた。

小蓮も例外ではなく、警戒心の強いリスやウサギのように少しずつ近づいて、あるいはたびたび起こる騒動や事件をきっかけに、気心が知れるようになってきた。

ただ、小蓮に限って言えば、永璘の特別のお気に入りという立ち位置のマリーについていれば、何かの拍子《ひょうし》で永璘に目通りが叶《かな》ったり、声をかけられるという機会を狙ってのことかもしれない。そして、マリーの小間使いとして円明園に上がった小蓮は、皇帝と渡り合い、その歓心を得ることに成功したマリーに一目置くようになった。その後も、避暑山荘へ招かれたマリーの小間使い兼菓子工房助手として同行している。

旅の間、朝に夕に永璘の姿を拝《おが》むことができた小蓮は、都の広大な王府よりも、膳房と永璘の正房《おもや》が近い玉耀院で過ごす日々に、期待に胸をふくらませているらしい。

開け放された扉から、甲高《かんだか》い声が遠慮《えんりょ》がちにマリーの名を呼んだ。太監の黄丹だ。

「趙小姐《ちょうシャオジエ》。膳房長に挨拶をするよう、老爺《ラオイエ》のお言葉です。ご案内します」

「はい。すぐに行きます」

行李《こうり》や櫃《ひつ》から物を出して整理していたところで、旅装も解いてはいなかったが、マリーと小蓮は手を止め、黄丹について部屋を出た。

膳房の造りは北京の王府と同じで、常駐の厨師と下働きはほぼ全員が太監だ。皿洗いにいたるまで女性の使用人はいない。先に着いて永璘を迎える準備をしていた慶貝勒府の厨師の姿も、ちらほらと見える。

マリーと小蓮は手持ち無沙汰《ぶさた》にあたりを見渡した。

「瑪麗《マリー》さん」

若い男の爽やかな声がした方へと顔を向けると、二人の若手厨師がマリーたちと同じように所在なげに立っていた。漢席厨師の陳大河《ちんたいが》とその同僚だ。慶貝勒《けいベイレ》府に新しく建てられた漢席膳房の厨師として雇われた、江南出身の厨師たちであった。

満洲料理と、明《みん》王朝時代から伝わる宮廷料理を得意とする、古参の北京の膳房厨師たちは、江南出身の厨師が同じ厨房で働くことを善《よ》しとしない。それゆえに、永璘は王府の膳房をふたつに分けたのだ。さらに、満洲や蒙古などの北方料理が主流となる、避暑山荘の常駐厨師たちも加われば、漢席のそれも新人厨師たちには、さぞかし居心地の悪いことであろう。

夏の間くらい、江南料理を我慢《がまん》できないものかと、永璘に苦言を呈したいマリーだ。

厨師たちは徒歩での移動だったため、マリーたちよりも数日早く北京を出立し、二日前に避暑山荘に到着していた。そのせいか、日焼けした陳大河は、いっそう精悍《せいかん》な印象を増していた。

陳大河の屈託《くったく》のない笑顔をまともに目にした小蓮は、頬を赤く染めた。

ラインのはっきりとした大きな奥二重《おくぶたえ》の目元が涼《すず》しい陳大河は、慶貝勒府の女たちによって、歴史的な美男子とされる安陵君《あんりようくん》に喩《たと》えられている。安陵君とは二千年以上も昔、その美貌《びぼう》ゆえに、寵童《ちょうどう》として楚《そ》国の王に愛された実在の人物だという。

マリーが後に書童の鄭凛華《ていりんか》に聞いた話では、楚とは春秋《しゅんじゅう》から戦国の時代に、九百年近くの長きにわたって、河南から長江《ちょうこう》流域を支配した大国であったという。楚の三十九代目の宣《せん》王があるとき、盛大な狩りの成功に酔いしれて、ふと『百年後の自分の側に誰がいてくれるだろうか』と漏らした。安陵君はすかさず『わたくしは、いまは宮中にあっても野外にあってもおそばに仕え、百年後には大王に随《したが》って黄泉《よみ》の国へもついて参ります』と泣きながら誓い、いっそう愛され、安陵の地を賜《たまわ》った人物という。

マリーは思わず『泣きながら王さまに忠誠を誓って、それで領主になれたんですか。大河さんのイメージじゃないですね』と、苦笑をこぼした。

『陳厨師は、見た目よりも実力で地盤を広げていく、心身ともに逞《たくま》しい若者ですね。安陵君は桃李《とうり》の花に喩えられるような、艶《えん》な麗質《れいしつ》を謳《うた》われた孌童《れんどう》ですから、喩えとしては正しくありません。ですが、安陵君は彼を妬《ねた》む者の多い宮廷にあって、美貌や媚態《びたい》だけでは主君の寵愛と地位を保てないことを知って、賢明に宣王に仕えることで封地を得たそうですから、そういう意味では、芯の強さは似ているといえそうです』

話しているうちに『孌童』の意味を察したマリーは、絶句してパチパチと瞬《まばた》きをした。カトリック教徒のマリーにとって、男色は姦淫《かんいん》に含まれる罪であり、話題にすることも憚《はばか》られる。中華の宮廷では男色が容認されていたことは驚きであったが、清国でキリスト教が受け入れられなかったのは、そのせいだろうかとも思った。

キリスト教徒としての感性と、中華の伝統が折り合わないことがらには、マリーは知ることも考えることもやめ、心に蓋をすることにしている。まだたった十八年しか生きていないマリーが、二つの文化を行き来しているうちに身につけた、生きる知恵だ。

マリーは鄭凛華との会話を思い出すのと同時に、はにかんで微笑み返す小蓮の反応を、横目に眺めた。小蓮はあるじの永璘に思いを募《つの》らせながらも、陳大河の発散する好男子ぶりに異論はないようだ。教養もなく、容姿も気働きも平凡な小蓮が、永璘の目に留まって『お部屋様』におさまる可能性は万に一つもない。あったとしても出自の高貴な妃たちが居並ぶ王府で、気苦労の絶えない側女《そばめ》暮らしをするよりは、将来有望な厨師と結ばれた方がいいに決まっている――というのはマリーの個人的見解である。

だが陳大河の場合は、王府の女たちをときめかせるこの美男ぶりが、古参の厨師たちのやっかみを買って、いらない苦労を背負い込む羽目になっていることをマリーは慮《おもんぱか》った。

小蓮が大河に熱を上げたら、困るのは大河だ。

マリーはふるふると首を横に振って雑念を払った。小蓮の恋や陳大河の苦労を心配する余裕などマリーにはない。慣れない熱河の避暑山荘で、永璘はもちろん、いつ乾隆帝に洋菓子を要求されるかわからないのだ。自分の足場はしっかり確保しておかねばならない。

だが、ひとつしか膳房のない永璘の玉耀院で、どのように立ち回れば良いのか。見渡したところ、当然ながらオーブンはない。

「おまえら、ぼーっと立ってないで洗い物をやれ」

点心局の第二厨師、王《おう》厨師が険のある声でマリーたちに命じた。

永璘は、慶貝勒府《けいベイレ》の膳房から掛炉《かけろ》局局長のインフェイ厨師と、素《スー》局局長のタイフェイ厨師、そして他局からは三人の中堅厨師を連れてきていた。マリーにとって災難なことに、点心局局長の高厨師は王府の留守番《るすばん》で、避暑山荘の点心担当には王厨師が加わっていた。王厨師はいまだに『外国人の女性が厨師になる』という考えを受容することを拒《こば》み、マリーを徒弟として扱う気がまったくないことを、隠そうともしない。山荘の厨師たちがマリーを異端視《いたんし》することは確実だ。そこへ王厨師が直接マリーの頭上にのしかかる重石《おもし》となれば、膳房ではまともな仕事はさせてもらえなさそうである。

マリーは心の中で嘆息《たんそく》した。

マリーが逆《さか》らわずに『はい』と応えようとしたとき、黄丹が進み出て会釈《えしゃく》した。王厨師はいまいましそうに口角をぐいと左右に引く。

「趙小姐《シャオジエ》は、いつ皇居行宮《あんぐう》に菓子の献上を命じられるかわかりませんので、王厨師の徒弟としてこちらの膳房に勤《つと》めることはできません」

マリーが「え？」と黄丹へふり返るのと、王厨師の顔がさっと赤く染まり、太い声が空気を震わせたのが同時であった。

「こいつの名が名簿にあったから、点心局は助手も徒弟も連れてこなかったんだぞ！　業務に差し支《つか》えるだろうが」

周囲が一斉にふり返り、膳房長と話をしていたインフェイ厨師は、急いでこちらへ足を運ぶ。黄丹は膳房に広がる緊張感を気にするようすもなく、にこにこと王厨師に笑みを返した。

「玉耀院の点心厨師たちは優秀です。王厨師におかれては、宮廷点心だけでなく、都の最新の料理など、ここの厨師にご指導いただければ、老爺《ラオイエ》のお心に適いますので、なにとぞよろしくお願いします」

マリーを自分の一存でこきつかえないと知って、怒りから戸惑いへと王厨師の顔色が変わった。赤く染まった王厨師の右頬がひくひくと攣《つ》る。

王厨師の背後から、不安げな眼差しでこちらを見ているのが、玉耀院の点心厨師らしい。どちらも三十代かそれくらいだが、ひげ剃《そ》り跡のまったくない頬を見れば、かれらも太監であることが知れる。王厨師が手足のように使える部下というわけではなさそうだ。王府に勤めてまだ日の浅い王厨師は、太監と一緒に働いた経験がないのではと、マリーは察した。

折々に出会う、西洋では想像もしなかった社会制度や常識に、ひとつひとつ説明が欲しいマリーではあったが、宦官《かんがん》制度はその最たるもののひとつだ。

清朝においては太監と呼称される宦官については、もともと大清国を建てた満洲族に、去勢された男性を後宮で使役する宦官制度はなかった。前王朝の明の制度を受け継いだ清の皇帝たちは、十万を超える宦官の数を削減する方針を進め、康熙《こうき》帝の代には数百人にまで減らしていた。しかし自ら宮して宦官になり、後宮で仕事を得ようとする窮民《きゅうみん》はあとを絶たず、所有できる数の制限はありながらも、皇族の王府が行き場のない宦官の受け皿になっているのだと、マリーに曖昧《あいまい》な説明したのは誰だったろう。

だが、マリーは理解も同意もできない清国の『常識』について、自分のカトリック的道徳観念から意見を口にすることは、固く自戒《じかい》している。鄭凛華から寵童の歴史について教えられ、中華では男色が容認されていたことに話が触れそうになったときのように、さりげなく話題を変えてしまう。自分のなかで相容《あいい》れない事象と出会うと、嫌悪感《けんおかん》や否定的な感情が顔に出る前に、興味のないふりをするのだ。

それは、好奇心の強いマリーの性格には難しく、神の叡智《えいち》を世界に広めるべきキリスト教徒としては正しくない行いであるかもしれない。しかし地球を半周して、ようやく自分の居場所を見つけたマリーとしては、自分のためにも、主人の永璘一家のためにも、王府内に対立を引き起こしたくはなかった。ましてや、紫禁城のあるじの耳に届くような騒動は起こしたくなかった。

もしも、マリーが洞察《どうさつ》したように、乾隆帝が末息子を西洋人宣教師の画家、カスティリヨーネの転生だと疑っているのだとしたら、マリーはいっそう慎重に振る舞う必要があった。どんな些細《ささい》なことでも、慶貝勒府《けいベイレ》を巻き込む糾弾《きゅうだん》の口実になりかねないからだ。

第一、東洋世界に神の真理を説き広める使命を負った宣教師たちが、清国での布教をほぼあきらめ、朝廷に仕える芸術家もしくは技術官として、その生涯《しょうがい》を終わらせようとしているのだ。一介のパティシエール見習いに過ぎないマリーが、西洋人を快《こころよ》く思わない清国人と議論する必要など、まったくなかった。

不満顔の王厨師に背を向け、黄丹はマリーについてくるようにと手招きした。

膳房に連れてこられたのは、ここで働くためだとマリーも思っていたので、申し訳ないという表情を顔に貼りつけ、王厨師に会釈して黄丹の後へ続く。小蓮もマリーの背中に隠れるようにしてついてきた。

黄丹は玉耀院の膳房長にマリーを紹介し、膳房の一部をマリーが使えるようにして欲しいとの永璘の要望を伝えた。

「この娘っ子専用のですか？　膳房はいまでさえいっぱいで手狭ですから、空いている御殿の茶房を使わせたらどうですか。あそこは火も使えますし。あと、使用人棟の厨《くりや》も、それなりに大きな竈《かまど》がありますが」

北京よりも冬が長く寒さが厳しいこのあたりでは、すぐに温かいものが用意できるよう、各殿舎に湯沸《わ》かし室がある。また、主人がほとんど不在の夏の宮殿では、使用人たちは自分たちの住居の近くにそれぞれ小規模の台所を持ち、自分たちの食事もそこですませるという。そのひとつを借りればどうかと膳房長は提案したのだ。

「そういえば、ひと月前に慶貝勒《けいベイレ》から問い合わせがありました焖炉《メンルー》ですけども、賄い厨《まかなくりや》の竈をひとつ、急いで改造させておきました。わたしは北京の焖炉を一度しか見たことがないので、正しく再現できたかどうか、わからないんですが」

焖炉と聞いて、マリーは思わず期待に顔を上げた。清国に住み始めてから、パンやガトーが焼けるような、西洋タイプの密閉型オーブンがないことに驚いたマリーは、パティシエールとしての修業が継続できないことに絶望しかけた。

しかし、マリーは厨房の竈を工夫して試行錯誤《さくご》を重ね、少量のビスキュイやパイなら作れるようになり、次の年には、永璘が煉瓦を積み重ねた密閉型オーブンを試作してくれた。ただそのオーブンは小型の急ごしらえで、耐熱性煉瓦でもなかったこともあり、王府の用に足《た》る量を焼き上げるには、すぐに不便を感じるようになった。

そうした事情から、永璘は新しく満漢席の膳房を建てたときに、賄い用に残しておいた厨房の三分の一を西洋菓子工房に改築させた。去年の晩秋に落成した工房と西洋風の窯《かま》は、煉瓦も構造も、日常的に大量の聖体パンを焼く、キリスト教堂の厨房と同じ素材の煉瓦だ。

しかし、いまだ徒弟の身分に過ぎない自分が、自身の裁量で使える業務用のオーブンを手に入れて、すっかり舞い上がり、幸せを嚙み締めていたのは、ほんの短い間に過ぎなかった。年の暮れから年初、そして春から夏と、乾隆帝の意向で工芸菓子作りに忙しく、さらに熱河の行宮《あんぐう》まで駆り出されている。自分の居場所である慶貝勒《けいべイレ》府で、落ち着いてパティシエ修業ができないまま、何ヶ月が過ぎたことだろう。

そんなマリーにとって、清国に来た当初と同じ、竈改造型のオーブンであろうと、お菓子が焼けるのなら飛び上がるほど嬉しい。

「是非、その焖炉《メンルー》のある厨房で仕事をさせてください」

マリーは声をうわずらせて口を挟む。黄丹が玉耀院の膳房長に丁寧《ていねい》な物腰で頼んだ。

「では、そちらへ案内してください」

膳房長は黄丹と同じくらいの年頃のようであるが、とても丁寧な態度で黄丹に接している。

そういえば、マリーは慶貝勒府《けいベイレ》における黄丹の地位について、これまではっきりと意識したことがなかった。黄丹はマリーに対しては腰が低く、慶貝勒府の庭園にある西洋茶房に水や薪《まき》を欠かさぬよう用意し、菓子作りの手伝いもしてくれる。そして太監は奴婢《ぬひ》と同じような身分だとも聞かされていたので、使用人として先輩後輩くらいの距離感をマリーは抱いていた。だが黄丹は、永璘の成人前から後宮で仕えてきた古参中の古参で、現在も最側近のひとりとして慶貝勒府に勤めているのだ。永璘邸の太監の中では最年長かつ最高位なのではないだろうか。

だとすれば、膳房長の慇懃《いんぎん》な応対と、マリーを連れての業務連絡を侮《あなど》るような態度をとる使用人がいないのもうなずける。

「こちらの御殿に来てから、みなさん、黄丹さんに丁寧なお辞儀をしていますね。北京の王府では、私たちは御殿に上がることがあまりないから、黄丹さんが老爺《ラオイエ》のおそば近くにお仕えしている、とても偉い方なんだって、失念しがちですけど」

黄丹は八の字眉毛の端をさらに下げて、にこにこと笑う。

「奴才《やつがれ》は、老爺のお言葉を伝える役目を担《にな》っております。偉いのは奴才ではありません。老爺のご威光です」

気負いもなくそう告げる黄丹の人柄を、マリーは好もしく感じる。

このとき不意に、マリーは黄丹の年齢が気になった。男性の機能を失った太監は筋肉の張りを失う。若いうちは女性に劣《おと》らずつるりとした肌が自慢の太監も、老化は一般の男女よりも早いとされ、見た目から年齢を判断することが難しい。小柄な黄丹の愛嬌《あいきょう》のある顔立ちは、童顔であるためかますます年齢不詳であった。

「黄丹さんは、老爺《ラオイエ》がお生まれになる前から、紫禁城にお勤めだったのですよね」

黄丹はぱっとふり返り、眉を少し上げてマリーを見上げた。それから視線を少し上にずらし、「ええ、そのくらいになりますね」と少し間を置いて答えた。

「老爺のお母さまの令《れい》皇貴妃に仕えておいでだったのでしょう。どんなお方でした」

黄丹は前に向き直り、足を速める。

「いえ、奴才《やつがれ》が紫禁城で仕えておりましたのは、令皇貴妃ではございません」

珍しく明確な否定とともに顔を逸らされ、マリーは話の接《つ》ぎ穂《ほ》を失ったように感じた。

自分のことは、あまり話したくなさそうな気配に口を閉ざす。小蓮もいることであるし、あまり突っ込んだおしゃべりはすべきでないと、マリーは内心で自分を戒《いまし》めた。

菓子職人見習いのマリーと、縦型のオーブン焖炉《メンルー》

使用人棟に併設された、こぢんまりとした厨《くりや》に連れてゆかれたマリーは、焖炉だと示された改造竈を目にして、がっかりした気持ちを押し隠すのに苦労した。

マリーが慶貝勒《けいベイレ》府の厨房で代用していた竈は、鍋を置く火口を塞《ふさ》いで熱の放出を防ぎ、薪を入れる焚《た》き口から生地《きじ》を入れて菓子やパンを焼けるように工夫《くふう》した。しかし、玉耀院の改造竈型オーブンは、下の焚き口を塞いでしまい、上の火口から燃料と料理を出し入れする仕組みとなっていた。

「これでは、生地の出し入れが難しいです。中へ上げ下げする道具があるのですか」

マリーは玉耀院の膳房長に訊ねる。

「鉄串に刺してぶら下げるんじゃないのですか。焖炉は、鴨《かも》や鶏《とり》を蒸し焼きにしてジャーヤーツを作る窯のことですよね」

「私は糕點師《ガオディアンシー》見習いなので、私が作るのは焼き菓子とかパンなどです。この形状の焖炉ですと、生地を並べた天板や焼き型をどこに配置していいのか……」

マリーは途方に暮れた。用途をはっきりと説明していなかった永璘の通達のために、マ

リーの求めるオーブンではない焖炉《メンルー》が完成してしまっていた。

かつて、市井《しせい》の点心茶楼《さろう》で、焼きたての香ばしさがたまらない小豆餡《あずきあん》入りの菓子パン『蛤蟆吐蜜《ハーマトウーミー》』と出会ったマリーは、その焼き上がりと食感が、まさに密閉型のオーブンでなければ出せないと直感した。清国にはないと思い込んでいた密閉型オーブンが、街角の茶楼にあったこと、発酵《はっこう》させた生地を密閉型オーブンの輻射熱《ふくしゃねつ》で蒸し焼きにする菓子が清国にも存在したことは、マリーにとって大きな発見だった。

だから、焖炉が必要だと言えば、複雑な説明や設計図もなく、パンも焼ける窯を用意してもらえると思ってしまった。それは永璘も同じであったようだ。

だが、玉耀院の膳房長にとって、焖炉とは市井の下品な菓子とされる蛤蟆吐蜜を焼き上げる窯ではなく、上の口から串刺しにされた肉を垂直に垂らして、蒸し焼きにするタイプの窯であった。

「説明不足だったようです」

黄丹の八の字眉毛が再び角度を下げた。膳房長はいっそう困惑した顔で言い添える。

「麵麭《パン》を焼きたければ、生地を焖炉の内側に貼り付ければよいではありませんか。印度《インド》や新疆《しんきょう》より西では、そうして麵麭を焼くと聞いていますよ」

タンドーリという土窯の内側に生地を貼り付けて焼きあげる、中央アジアやインドのナンを知らないマリーには、ちょっと想像できない光景であった。膳房長はさらに、一部のモンゴル人は、鉄製の移動型ストーブの内壁に生地を貼り付けてパンを焼くと話した。遊牧民の暮らしもまったく知らないマリーには、台所に据え付ける必要のない、持ち歩ける金属のオーブンはもっと想像がつかなかった。しかし、携帯《けいたい》もできる金属製の給茶器サモワールはロシアで普及しているのだから、金属製の携帯オーブンがあってもおかしくないと思った。暖を取りつつパンを焼き、肉を焙《あぶ》れる携帯暖房料理器具は、定住しない遊牧民にはどこでも料理ができる、便利な道具だろう。

形を思い浮かべることも難しい携帯オーブン、あるいはストーブが実在するかどうかは横に置き、烱炉《メンルー》の内壁に生地を貼り付けてパンを焼くのも、野趣のある面白い実験だ。

――ここまできたら、自分の常識や想像を超えたところでお菓子作りをやらなくちゃね。世界を回ったパティシエールとして、欧亜のマリアージュともいえる独創的で斬新なお菓子を持ってパリに凱旋《がいせん》するのも、きっと将来の役に立つだろうし――

「直火の当たらない高さに金属製の網を張れば、ガトーやビスキュイの生地を並べる天板や、パンの型は置けると思います。天板を引き揚げるのに、鉄鎖《てつさ》と鉤《かぎ》が必要でしょうけど。あと、焚き口を完全に塞いでしまっていますから、灰を掻《か》き出すことができません。下に少しだけ、火かき棒を差し込める隙間《すきま》を開けてもらえますか」

「ああ、本当ですね。やらせた職人が素人《しろうと》だったようです。すぐに直させましょう」

膳房長は恐縮して応える。

マリーが垂直型の烱炉に苦情を申し立てず、現状でなんとかしようという構えを見せたので、黄丹はほっとして眉の角度を浅くした。

「では、この燜炉《メンルー》を直して、内径と深さを測らせ、必要な道具を作らせましょう。用意ができるまで、趙小姐《シャオジェ》は山荘をそぞろ歩いてみませんか。皇上は南巡をお懐かしみになり、ここに江南や湖沼地帯の風景を写し取った庭園を造らせました。土地の太監に案内をさせましょう」

燜炉の改良に立ち合いたいマリーであったが、黄丹のさりげない目配せと、退屈した小蓮に袖を引かれて、観光案内の提案を受け入れた。

着替えて玉耀院の通用門まで来ると、計ったかのように侍衛の何雨林が二人担《かつ》ぎの轎《かご》を用意してマリーを待っていた。北京では強面《こわもて》で無口な何雨林の護衛を大げさに感じていたマリーであったが、このときは付き合いの長い何雨林の顔を見てほっとした。土地の太監がついているとはいえ、初対面の道案内と見知らぬ町を歩くことに不安はあったからだ。

ただ、一人乗りの轎が一台しかない。自分が轎に乗り、案内の太監や小蓮を歩かせるのは気が引ける。

「歩いて行きましょう。そんなに遠くまで見て回らなくてもいいので」

黄丹には言わなかったが、山荘に着いたらすぐに仕事に取りかかれると思っていたのに、肝心《かんじん》の燜炉がすぐに使える状態でなかったことは、正直なところがっかりであった。

知らない場所を訪れ、壮麗な建築物や風光明媚《めいび》な景色を楽しむなど、庶民にはなかなか許される贅沢《ぜいたく》でないことはわかっている。しかし慣れない異文化の中で、いろいろな思いに悩みがちなマリーには、刺激のある観光よりも、時の経過を忘れるほど夢中になれる菓子作りの方が心が落ち着く。

何雨林は輴《かご》を帰さず、一行のあとについてくるように指図した。小蓮が疲れたら乗せることもできると考え、マリーは黙って空《から》の輴の前を歩いた。宦官がひとり、侍衛がひとり、若い女ふたりにかしずかれた貴人が輴に乗り、夏の都を訪れているようにも見えて、通りの人々が道を譲ってくれる。

異教の寺院からは遠ざかっていたいマリーの内心とは反対に、こうした外出とは一生縁がなかったかもしれない小蓮はいささか興奮気味で、お寺参りがしたいと言い出す。

永璘と訪れた南京《ナンキン》や、江南の風景を模した庭園なら、見てみたい気持ちのあったマリーだが、期待に満ちた小蓮の輝く瞳に押されて、案内の宦官に話を通す。丘の上の小ポタラ寺院まで登る気力と体力は小蓮にもなく、手近の寺院に立ち寄った。マリーは寺院の門はくぐったが、拝殿に上がることはしなかった。開け放された堂宇《どうう》の外から、小蓮が線香と祈りを捧《ささ》げるのをぼんやりと眺めて待つ。

参道の両側に整然と並び、参拝者の手によってくるくると回り続ける円筒のマニ車。韃靼文字とも異なる異国の文字が刻《きざ》まれたマニ車の向こうには、夏の青い空を背に、色とりどりの無数の小さな布切れが、何本もの紐《ひも》に結《ゆ》わえ付けられ、風に靡《なび》いていた。寺院の多い区画でときおり見かける、五色の祈禱旗《きとうき》だ。無地の布もあれば、真言《しんごん》や経文《きょうもん》と思われる文字が書き込まれている布、仏像や絵が描かれた布もある。

「きれいですね」

異端の宗教ではあるが、五色の旗は熱河の風景に調和するとマリーは思った。何雨林が低い声で応える。

「五色の祈禱旗は蒙古や西蔵《チベット》など、ラマ教徒の多い土地へ行くと、そこらじゅうにあります。寺院だけでなく、家の屋根や門、山の頂《いただき》に峠《とうげ》、沙漠《さばく》に水辺、谷川と橋」

「道標《みちしるべ》みたいなものですか」

「そういった意味合いもあるかもしれませんが、魔除《まよ》けにもなります。また、風が祈禱旗に書かれた経文や祈りを天に運ぶとも、言われています」

雨林はラマ教にはあまり詳しくないのか、それともマリーに説明することに必要性を感じないのか、短くまとめてしまう。

経文の収められた円筒をくるくる回すことで、読経《どきょう》するのと同じ効果があるというマニ車と、風に経文を託す祈禱旗を眺めながら、この世界のどんな宗教でも、信仰の基《もと》にあるのは祈りであると、マリーは漠然と思った。

「雨林さんも、参拝してきたらどうですか。私、ここで待っていますから」

「仕事中ですから」と雨林は首を横に振った。

なかなか拝殿から出てこない小蓮は、何を熱心に祈っているのだろう。良縁か、あるいは離れて暮らす家族の安泰《あんたい》か。

堂内に居並ぶラマ仏教僧が無心に唱《とな》える読経が、荘厳《そうごん》な伽藍《がらん》の下で反響しているさまは、大聖堂で聖歌隊が神を讃《たた》えて合唱する光景と重なる。異なる宗教の、美術的にも音楽的にもまったく異なる文化なのに、どちらも言葉では尽くしきれないほどの、豪華絢爛《けんらん》な祈りの聖なる堂を建て、内装を煌《きら》びやかに飾《かざ》り立て、楽器や合唱、音程の乱れなく整った詠《えい》唱《しょう》で信仰の対象を讃える。

入り口からはよく見えないが、拝殿の奥にはマリーの二倍は背《せ》丈《たけ》のある観音《かんのん》像が安置してあった。わずかに首を傾けた、伏し目がちな観音の面差《おもざ》しは細面《ほそおもて》で、少し永璘たち満洲族の特徴に寄せてある気がした。

マリーが小蓮の助けを得て縦型の燜炉《メンルー》を相手に格闘すること数日、乾隆帝が避暑山荘入りした。後宮の主立った妃たち、皇族や大臣、官僚たちとその家族に仕える使用人と奴婢《ボーイ》で、山荘は一気に人口が膨《ふく》れ上がった。北京内城を切り取って、この北の山間部に移し替えたような賑《にぎ》わいだ。

その日、熱河離宮に伺候《しこう》して父帝の到着を迎えた永璘が、公務を終えて玉耀院へ帰宅した。永璘に呼び出されたマリーは、その日に試作したマドレーヌを器に盛り付け、小蓮の羨望《せんぼう》の視線と励《はげ》ましの声を背中に浴びて、永璘の正房《おもや》へと足を運んだ。

マドレーヌを黄丹に手渡し、両手を片膝に重ね、腰を落として拝礼するマリーに、永璘は立ち上がるように命じた。

「熱河に来たら乗馬を教えてやると言ったが、私用の時間が取れず、馬場へ行けないままだ。悪いな」

黄丹の淹《い》れるお茶をすすりながら、永璘が詫《わ》びる。

「いえ、燜炉《メンルー》の特質と使い方を学ぶのに、じゅうぶん忙しいですから。老爺《ラオイエ》は、この御殿のことも、ご公務のお仕事もあって、もっとお忙しいでしょう？」

皇帝の一行に先行して熱河に着いた皇族として、皇帝を迎える準備も忙しく、毎日の帰宅も遅い日が続いていた。

「義母上が、マリーも山荘にいると聞いて喜んでいた。そのうち連れて来るようにと仰せだ。熱河の後宮も、なかなか素晴らしいぞ」

マリーは両手を揉《も》むようにして、不安な面持ちになる。

「穎《えい》妃さまにお会いするのは楽しみです」

口調も表情も、まったく楽しみにしているといった風情《ふぜい》ではない。ひとりで後宮に上がるのは心細いし、永璘に同伴してもらって穎妃と面会しているところへ、乾隆帝と鉢合《はちあ》わせになってしまったら、もうどうしていいものかわからない。

そんなマリーの不安を忖度《そんたく》するようすもなく、もくもくとマドレーヌを食べた永璘は、満足げにうなずいた。

「両日中に、私の福晋《ふくしん》たちもこちらに着く。慣れない厨房を間借りしている状況で申し訳ないが、疲れの取れる甜心を用意しておいてくれ」

マリーは顔を上げた。清国では、皇族妃のことを韃靼語由来の福晋と呼ぶ。正妃を嫡《ちゃく》福晋とし、側《そく》福晋、庶《しょ》福晋の序列がある。

「お妃さま方は、皆様でおいでになるのですか」

「いや、紅蘭《こうらん》と張佳《ヂャンギャ》氏は慶貝勒《けいベイレ》府に残る。阿紫《あじ》は幼すぎて、まだこのような長旅には無理だ」

永璘の嫡福晋は鈕祜祿《ニオフル》氏、名を紅蘭という。正妃として、あるじ不在の王府を仕切らねばならないのだろう。ただひとり、永璘の子を生《な》して育てている張佳氏は庶福晋で、今年のはじめまでは三番目の妃であった。しかし格上の側福晋として、十代の武佳《ブギャ》氏が輿入れしてきたので、現在の席次は四番目に下がっている。

「では、おいでになるのは側福晋のおふたりですね」

子どものいない古参の劉佳《リユウギャ》氏と、輿入れしたばかりの武佳氏だ。永璘に長く仕えてきた三人の妃は、みな二十代半ばから後半という慶貝勒府において、十代の武佳氏は、なんとなく浮いているという。

「武佳氏は若いが、慎《つつし》み深い性質でとても信心深い。こちらに来ることが決まったとき、外八廟の寺院に参ることをとても楽しみにしていた。マリーもよかったら一緒にまわってやってくれ」

マリーはびっくりして顔を上げる。

「でも、武佳の奥様には、お付きの侍女がたくさんおいでではないのですか。劉佳の側福晋さまもいらっしゃいますし、私のような下働きに出る幕など――」

永璘は鷹揚《おうよう》に微笑んだ。

「紅蘭から、そなたへの頼みでもある。武佳《ブギャ》氏は他の妃たちと年が離れていて、気が張っているように見受けられるので、マリーの作る甜心とともに景色を楽しめば、心を開いて熱河を楽しめるのではないかと」

「はい」

　これは永璘だけでなく、家政を仕切る嫡福晋から下された業務命令でもあるので、否という権利はマリーにはない。

　だけど、この一夫多妻の在り方も、フランス人でキリスト教徒のマリーには理解しがたい清国の風習であった。

　永璘の嫡福晋である鈕祜祿《ニオフル》氏は、柔らかくふっくらした面差しが優しげな貴婦人だ。寺院に祀《まつ》られている観音像のように、慈愛《じあい》に満ちた笑顔がとても印象的な女性であり、彼女を妻に迎えたら、どんな男だって有頂天《うちょうてん》になって一生彼女だけを大切にするんじゃないかと、マリーなどは固く信じている。

　だが、永璘はその鈕祜祿氏を筆頭に、四人の妃を持つ身だ。鈕祜祿氏は王府の家政に目を配るだけでなく、正妃としてそれぞれの妃の健康や待遇にも気を配り、新しく慶《けい》貝勒《ベイレ》府の女主人のひとりとなった武佳氏が居心地よく過ごせるよう、心を砕《くだ》いていた。

　自分は家に残って、一回りも年下の若く美しい女を夫の元へ送り出す鈕祜祿氏の胸の内を思うと、マリーの胸まで締め付けられるように痛む。もちろん、マリーに鈕祜祿氏の本音などわかるはずもない。何千年も一夫多妻が当たり前に受け取られてきた中華の世界であれば、鈕祜祿《ニオフル》氏が武佳《ブギヤ》氏を妹と呼び、夫との仲が睦《むつ》まじくなるよう計らうのは、当然の責務であり、マリーにも心を配るように要請《ようせい》しているのかもしれない。

マリーは小蓮と共用している使用人部屋へ戻り、鈕祜祿氏と永璘の意向を伝えた。

永璘に憧れる小蓮は、自分と同じような年頃の新しい妃、武佳氏が玉耀院へ来ると聞いて、たちまち不機嫌になった。姓からして満族ではなく、清に帰順した漢族の旗人と思われる武佳氏が、満洲人である自分よりも高貴な姫君の扱いを受けているのが、どうにも理不尽に思われるのだろう。小蓮は清国を支配する満洲人ではあるが、そのなかでも奴僕《ボーイ》とされる階級に生まれたために、官僚や軍人として上層階級にある漢族旗人や蒙古旗人よりも卑賤《ひせん》の身分になるのだ。

「同じ位階にあっても、満族の官僚が座っているところで漢人官僚は着座できないのよ。大臣の地位にあってさえも、漢族の大臣は、満族の大臣の前では使用人のようにずっと立っていないといけないの」

と、鼻息も荒く説明してくれる小蓮だ。マリーにとっては見分けのつかない満族と漢族だが、ずいぶんと深い隔《へだ》たりがあるのだ。少なくとも、ヨーロッパでは外国出身の官吏《かんり》だからといって、在住国の同僚の前にへりくだるようなことはなかった。たとえば、フランスの財務官はスイス人だったり、二代前のイギリスの国王ジョージ一世は英語を話せないドイツ人であったり、という入り乱れぶりだ。

階級と身分差が厳格なところは西も東も同じだが、個人的な偏見や好き嫌いはあれど、出身国で貴賤《きせん》が決まるということは、欧州ではなかったはずだ。

「とはいっても、武佳氏《ブギヤ》の前で着席する度胸《どきょう》は、さすがに小蓮にはないでしょ」

とマリーに念を押されて、小蓮は口を尖《とが》らせて黙り込む。

「武佳氏が到着されたら、穎《えい》妃へのご挨拶のお供に加わるように言われたの。小蓮も来る？」

「行宮《あんぐう》の後宮に？　でも随行《ずいこう》する侍女の数なら足りてるんじゃないの？　劉佳《リュウギヤ》の奥様もいらっしゃるんでしょう？」

気が乗らない、といった応答に、ラマ寺院で一心に祈っていた小蓮の小さな背中が、マリーのまぶたをよぎった。

「そうだけど。小蓮は円明園でのおつとめで、穎妃さまには顔を覚えていただいたでしょう？　お菓子を献上するときに、もしかしたら小蓮にもお言葉があるんじゃないかなと思って」

「あ、そうか。そういうこと、あるかな。でも、いいの？　瑪麗《マリー》は」

上目遣いの遠慮がちな問いかけに、マリーは自分の提案のどこに小蓮を不安にさせる要素があったか思い直した。後宮に人脈ができれば、厨房の下働きで終わりたくない小蓮に運が向いてくるのではと、マリーはなんとなく思ったのだが。

「瑪麗も、老爺《ラオイエ》のこと、好きなんでしょう？　穎妃に取り立ててもらえば、外国人の瑪麗でも福晋にもなれるかもよ」

マリーは目を丸くして、それからブッと噴きだした。立ち上がり、卓上焜炉《こんろ》に炭を足して火を熾《おこ》し、湯を沸かす。

マリーの提案から、一瞬にして『慶貝勒《けいベイレ》府の福晋へ玉の輿』という飛躍した展望を導き出した小蓮の想像力に追いつくのに、マリーには湯を沸かしてお茶を用意するだけの時間が必要だった。ふたりぶんの茶を淹れ、作り置きの焼き菓子を並べて、胸のざわめきを鎮《しず》めたマリーは小蓮に向き合った。

「私はね、逆立《さかだ》ちしても老爺《ラオイエ》のお部屋さまにはなれないの。老爺のことは好きだけど、キリスト教を棄《す》てることは絶対にできない。信仰は恋愛や結婚よりも大切なの。それは清国に移り住んでも変わらない」

小蓮は眉を寄せ、信じがたいといった声で問う。

「老爺よりも、信仰の方が大事？」

マリーの心臓がぎゅっと絞られる。即答できずに、茶碗を両手に持ち、その熱に掌《てのひら》の感覚を沿わせる。

異郷に暮らしながら、神の栄光と福音を伝え広めようとしない自分に、どちらが大事かと言われて『信仰』だと答える資格があるだろうか。清国に来てから、善きキリスト教徒としての義務は一切果たさず、王府と清国から追い出されないよう保身に専念している自分を、不誠実で不信心ではないと言い切れるだろうか。そしてその一方で、永璘の危機を救うためには何度も無理な問題に挑戦し、克服《こくふく》してきた。ときに、自身の首をも懸《か》けるような危険も顧みず。

マリーの返答をじっと待って自分を見つめる小蓮の瞳に、マリーは苦笑し肩をすくめてみせる。考え込んでしまった時点で、答は明らかではないか。

「正直、比べようがないよ。本音を言えば、同じ身分で違う出逢い方なら良かったのに、と思ったことはある。でも清国の一夫多妻というのが、私にはどうしても無理。それに、嫡福晋さまも老爺《ラオイエ》と同じくらい大好きで、私にとっては大切なお方」

「法国《フランス》では、お金持ちも身分の高い人も、奥さんひとりを大事にして、貞操《ていそう》を守るの？　妾《めかけ》をとったり、浮気したりせず、一生添《そ》い遂《と》げるの？」

「う」

マリーは思わず言葉に詰まった。

フランス王妃マリー・アントワネットの熱烈な崇拝者であったマリーは、パリで勤めていたホテルの古い新聞を持ち帰り、王室に関する記事をスクラップにしていた。そして、上流階級のゴシップ欄もくまなく読んだ。庶民の、それも女子が教育を受けることのないパリの下町で、マリーが誰をも頼らずに独力で読める記事は、経済欄でも政治欄でもなく、平易で刺激的な文章の、上流階級のゴシップ欄がせいぜいだったからだ。

そうした記事によれば、先代のルイ十五世には公妾《こうしょう》が四人、愛妾にいたっては二桁《ふたけた》はいたということであった。その前の太陽王ルイ十四世の女性遍歴もまた伝説と化し、全国民の知るところで、認知されなかった私生児をも含めれば、庶子の数は三桁にも及ぶという噂がまことしやかにささやかれていた。

そういう意味では、欧州の宮廷とは閉ざされていないハーレムのようなものだ。国王がそうであったから、貴族たちも恋愛や性愛に関しては、奔放《ほんぽう》であることをむしろ常道として自慢《じまん》する傾向があった。即位してから公妾も持たず、愛人も作らず、王妃マリー・アントワネット一筋であったルイ十六世は、むしろ貴族からも一般の国民からも、変わり者扱いされていたのだ。

離婚の許されないカトリック社会において、伴侶の公認があろうとなかろうと、夫と妻がそれぞれに愛人を、それも複数の相手と交際するのは、とくに不道徳と思われていなかった。

そうしたフランスの高貴な人々の爛《ただ》れた醜聞《しゅうぶん》については、夭折《ようせつ》した婚約者にプロポーズされる前から非常に詳しいマリーであったが、清国における貞操観念や結婚観を持つ小蓮に、とても聞かせられたものではない。

「まあ、上《うえ》つ方《かた》のあたりではいろいろ」

高原の涼しい風が吹き込む部屋で、マリーはじわじわと滲《にじ》む汗を額《ひたい》と首筋に感じた。ぐっと息を吸い込んで、ゆっくりと吐く。

「私はさ、老爺《ラオイエ》にも嫡福晋さまにも幸せになって欲しい。そのために私にできることって、ほとんどないんだけどね。だけど、おいしいお菓子を作ることで、老爺や王府の人たちが笑顔になってくれたら、パリから北京まで来た甲斐《かい》があると思えるの」

マリーは、トランクの底にしまってある、永璘の描いてくれた自分の肖像画をまぶたの裏に思い描いていた。黒褐色《くろかっしょく》の後《おく》れ毛が、そこだけ光を通して薄茶に透《す》けるさまや、鼻と頬に散ったそばかすの位置と数までが正確に描き込まれ、注意して見なければ気がつかないであろう、薄茶色の虹彩を淡い緑が縁取《ふちど》る榛《はしばみ》色の瞳。

至近距離でじっと見つめなければ写し取れないようないくつかの特徴を、永璘は日々の暮らしの中で観察していたのだ。マリーの乳白色の頬が、うっすらと血色を帯《お》びる。

清国の人間には口が裂《さ》けても言えない永璘の秘密を、マリーは共有している。

幼い時に絵を描くことを禁じられ、こっそり描いた絵を家族にすら見せることも許されなかった永璘の作品を鑑賞し、絵画について語り合える唯一の人間として、できるだけ長く、そして近くにいたいとも思う。

とはいえ、半欧半亜でキリスト教徒のマリーの、北京における難しい立ち位置も、小蓮に説明するのは難しい。わずかに漏らした秘密の片鱗《へんりん》から、マリーの出自を疑う者がいないとも限らないのだ。

仮にマリーが女として永璘と結ばれたいと願ったとしても、出自の問題で福晋としては認められない。正式な妻ではない妾や格格《ゲゲ》の待遇、あるいは侍女や使い女のまま、生涯を日陰の身で終わらせなくてはならないだろう。それこそ、キリスト教徒のマリーとしては、愛人の立場で産んだ子は私生児であり、フランスに連れて帰ることはできない。まして、一生を王府の囲われ者として終わらせることは、想像したくもないことであった。

小蓮は、「ふうん」と小さく息を吐いて、マリーの顔をまじまじと見た。

「瑪麗《マリー》は、私なんかよりもよっぽど老爺《ラオイエ》のことが、好きなんだね」

「えっ、どういう――」

どうしたらそういう解釈になるのか、焦ったマリーは続ける言葉を見失う。

「私は、老爺に憧れて、おそばに仕えることができたらいいなぁと思うけど。どうしてもね、お部屋さまになれたらお手当が増えて実家に仕送りができるとか、手の荒れる仕事をせずにすんで、きれいな服を着て髪を結ってくれる侍女がついたら素敵だな、って下心もちょっと湧いてしまう。あさましいとは、思うんだけど、でも」

小蓮は指を組んだりほどいたりして、言葉を探した。

「瑪麗はそういうの関係なく、老爺の幸せだけを考えているんだ」

マリーの頬がかっと熱くなる。

「いや、そういうんじゃ、あの、天涯孤独で外国人の私が慶貝勒府《けいベイレ》にいられるだけで、とても運が良くて、幸せなことだから。老爺には恩があるし、嫡福晋さまも受け入れて親切にしてくださって――」

しどろもどろになって、マリーは小蓮の指摘から逃れようとした。

話しすぎたことを自覚し、カチャン、と音を立てて茶碗を卓に置いたマリーは、すっくと立ち上がった。

「さあ、あと二日くらいで側福晋さまたちがおいでになるし、穎《えい》妃さまの宮殿に上がるまで何日もないから、あの厄介な焖炉《メンルー》で作れるお菓子を完成させましょう！　私の存在価値ってのは、老爺《ラオイエ》たちに喜んでいただける、おいしいお菓子をいつでもどこでも作れる糕《ガオ》點師《ディアンシー》である、ということだから！」

「うん」

小蓮も立ち上がり、いそいそと茶碗を片付ける。

馬の合わない王厨師と顔を合わせずにすむのは助かったが、それでは中華甜心の修業ができない。そうしたジレンマの中で、マリーは縦型の焖炉の本来の使い方である肉類を中にぶら下げて蒸し焼きにする、パンの生地を焖炉の内壁に貼り付けて焼くというような、パティシエール見習いの修業とは、かけ離れた作業を一通り試してみた。

「やっと内壁に貼り付くようになった」

内壁にきれいに並んだ平べったい五つのパン——ナンとも呼ぶらしい——は、生地に練り込む油脂《ラード》と水分の割合によっては、内壁にくっつかずに下に落ちてしまう。そして自重で落ちないようにするためには、かなり薄く延ばさなければならなかった。

「もう、ただの焼餅《シャオビン》だよね。外側がパリパリサクサクしておいしい。でも、焼餅と違うのは、中がふわっとしてることかな」と小蓮。

「一応、酵母で発酵させているからね。イタリアのフォカッチャっていう平たいパンに似てる気がする。サクサクしているのは、オリーブ油の代わりにラードを使っているせいかな」とマリー。

　二年前に清国に来た当時は、厨房の構造や調理器具の違いと、洋菓子に必要な材料の不足に悩み、何度も挫折《ざせつ》しそうになった。だが、さまざまな経験を重ね、知見が広がるにつれ、異国や異文化の食を学び、実践《じっせん》することが楽しくなってきた。

「もはや、パティシエールにおさまらない知識と経験を積み上げているような気がしてきた」

　小さな厨を満たす、パンの焼き上がる香りに、マリーはうっとりと小蓮に話しかけた。

　小蓮も鼻をひくつかせて、その朝に届いた羊乳のバターをいそいそと卓に置いて応える。

「甜心が専門の糕點師《ガオディアンシー》といっても、なんでも作れたらそのほうがいいでしょ。一生賄い付きのお邸の使用人で終わるつもりならともかく、結婚したらふつうに朝晩の料理を作らなくちゃならないしさ。それにしても料理って、面白いね。お母さんの厨《くりや》を手伝っていたときはそうでもなかったけど、皿洗いより楽しい」

　砂時計の砂が落ちきったのを見て、マリーは、肘《ひじ》まで覆う綿入れ手袋を嵌《は》めて縦型焗炉《メンルー》の蓋をとる。焼き上がったパンの香りを胸いっぱいに吸い込んでから、鉄串を使って焼き上がったパンを焗炉の内壁から剝《は》がし、木の板に載せた。

「今日のは、色もほぼ均一に、こんがりとおいしそうに焼き上がりました！」

　きつね色に輝く円いパンから、食欲を刺激する香ばしい香りが立ち上る。五つのパンを並べ終えたマリーは、粗熱《あらねつ》が取れるのも待たずに、ひとつを取り上げた。

小蓮の待つ卓にひとつ置き、包丁を出してざっくりと二分する。焼き上がったばかりで、まだ水分を含んだパンの切断面は潰れてしまったが、ちゃんと芯《しん》まで焼けているのは確認できた。濃厚な羊乳から作ったバターを塗って、ぱくりと食べる。

「成功！　ブリオッシュでもクロワッサンでもなく、ただひたすら窯の内側に貼り付く生地を追求して焼き上げたパンが、思いがけなくおいしいなんて、フランス人の矜持《きょうじ》はどこへいってしまったのかしら」

「おいしっ。昨日よりも気泡が大きく入って、ふんわりしているね。私はこっちの方が好きだな」

千切りとった一きれを口に含んだ小蓮が、たまらずに感想を漏らした。

父のレシピ集にもない、野趣にあふれる西域風のパン。

「おじいちゃんのところでも平たいパンは食べたけど、もっと固かった」

「それって、焖炉《メンルー》で？」

「焖炉はなかったから、鍋だったかなぁ。焼くとこ見なかったから、わからない。外側はもっと固かった。拳で叩いても潰れないの。それで、二日目にはガッチガチに固くなるから、羊湯《ようとう》や乳茶《にゅうちゃ》に浸《ひた》さないと食べられない」

思い出しただけで顎《あご》が痛くなるとでも言いたげに、片手で顎と頬を押さえる小蓮に、マリーは「ふうん」とパンを頬張りながら応じる。

「発酵させないパンだったのかな」

長城の南側でも、酵母《イースト》を使わず、自然発酵させたパンの方が一般的だ。果物や乳製品から天然酵母を育ててパンや料理に使うのは、よほど凝《こ》り性の主婦か、厨師のいる家くらいではないだろうか。小蓮の話に、マリーは都市に住まない満洲人や蒙古人が、何を食べているのだろうかと知りたくなった。

「塞外の狩猟民や遊牧民は、甘いお菓子を食べるの？」

小蓮は上目遣いに記憶を掘り起こして、祖父母の家で食べたものを言葉にして並べた。

「蜂蜜《はちみつ》が手に入ったら、焼餅《シャオビン》に練《ね》り込んで焼いてくれた。もうすこし柔らかくてしっとりしていたと思う。羊乳か乳脂が入っていたの。あとは果物。果物がたくさん採《と》れたら、乾果にしておやつにしてたかな。砂糖が買えたときは、いろんなものを蜜漬けにしたり、蜜漬けを刻《きざ》んで粉物に練り込んで焼いたり。あ、そういえば、さっき、瑪麗《マリー》がお手洗いに行ってたあいだにね」

急に思い出したといった勢いで、小蓮が話を変える。

「膳房長の使いが来てた。駱駝《らくだ》の乳が届いてるそうよ。冷暗庫にいって、欲しいだけ札を貼っておけば、誰も持って行かないから、欲しければ急げって」

「え？　もう半刻も前じゃない。残ってないかも」

マリーは勢いよく立ち上がって、急いで冷暗庫へと向かった。

「どんな味がするのかしら」

マリーは小走りについてくる小蓮に話しかける。小蓮は記憶を掘り起こすように、眉間《みけん》を寄せた。

「ちょっと駱駝臭い。とっても滋養があるから、お乳が出るように妊婦や産婦と、あとふつうの食事ができない病人や老人がいたら、先に分けてあげるんだって」

「でも、駱駝臭いんでしょう？　妊婦や病人に飲めるのかな」

「どうだったかな。慣れていれば、問題ないんじゃない？　牛乳だって、苦手なひとはいるし」

「そうだね」、とマリーは同意した。

❁　菓子職人見習いのマリーと、四番目の妃

まだ札のつけられていない乳壺を二つ併《あわ》せると、約五リットルになる。表面に浮いた乳脂肪《クリーム》は、見た目の固さから察するに一日は経っていて、すぐに使えそうだ。

「これだけの量を何に使えばいいのかしら」

マリーはとりあえず二壺の駱駝乳を小蓮と手分けして運んだ。

緯度と標高が高く、北京よりは涼しい熱河ではあるが、夏であることに変わりはない。欲張って二壺とも取ってきてしまったが、燜炉《メンルー》は家庭用の大きさでしかないため、マリー

が一度に作れる菓子に必要な乳量には多すぎる。

「いつもの牛乳や羊乳と同じお菓子でいいんじゃない？」

「羊乳も、牛乳と同じレシピで使っているけど、仕上がりの味や香り、食感が同じじゃないでしょう？　羊乳は牛乳の倍も濃厚だったし、味もにおいも違う。駱駝乳も、焼き菓子のタイプに向き不向きがあるのかなぁと思って」

乳壺の表面に分離した乳脂肪《クリーム》を取り分け、柄杓《ひしゃく》でミルクを掬《すく》って茶碗に注ぐ。

「あら、牛乳より薄めなのかな」

分離した乳脂肪の層の思いがけない薄さと、ミルクのさらっとした軽い動きに、マリーはそうつぶやいてにおいを嗅《か》いだ。なんともいえないにおいがする。駱駝のにおいかと言われればそんな気もするが、駱駝のにおいがそもそもわからない。家畜臭さというか、獣《けもの》臭さでいえば、牛も羊もなかなか強烈である。

「牛乳よりさっぱりと甘くて、それでいて臭くないでしょう？」

先に駱駝乳を一口飲んだ小蓮の言葉に、マリーは意を決してゴクリと飲み込む。

「甘いかな。むしろ塩っぱくない？　ちょっと酸っぱい気もする……うーん、臭《にお》いもね、なんとも言い難《がた》い。バターミルクに似てなくもないけど」

バターミルクとは、クリームからバターを練りだしたあとの残り汁だ。乳脂を分離させた乳汁のことで、そのまま飲んだり、これをさらに発酵させて菓子の材料にする。

それにしても、マリーと小蓮では味と風味の感想がまったく一致しない。これは小さなときから牛乳を飲み慣れているマリーと、塞外で幼い一時期を過ごし、さまざまな獣乳に馴染《なじ》んできた小蓮との味覚の違いであろう。それぞれの獣乳の癖《くせ》や風味の好悪は、個人の好みによるということか。

「老爺《ラオイエ》は駱駝のミルクはお好きらしいけど、側福晋さまはどうかしら、獣乳が苦手ってことはないかな」

劉佳《リユウギヤ》氏と武佳《ブギヤ》氏が、駱駝の乳を使った甜心を喜んでくれるか、マリーは不安になって小蓮に訊ねる。

「私が知る限りでは、漢人でも乳羹《にゆうかん》を嫌いな人は、見たことない。乾酪《チーズ》はむしろ高級品で、高貴の人たちには人気があるとも聞くよ。河北では酪農する漢人も少なくないし、漢族旗人は満洲族と同じようなものを食べてきたというから、大丈夫じゃない？　お嫌いなら、手を出さないだけでしょうし。それより、駱駝の乳で何を作るの？」

「そうねぇ。とりあえず、バターがどれだけ取れるかわかってから決めようかな。固めた奶油《クリーム》のほう、『酪』でいいんだっけ？」

「黄油《バター》のことね」

バターがそれほど普及していないせいか、バターやクリームの名称が厳密に区別されたり、固定されたりしていないため、マリーは材料の説明にときどき苦労する。

「羊乳ははじめから黄油を届けてくれたのに」

小蓮は不思議そうにつぶやく。

「納入する業者か、酪農家が違うんじゃないのかな。駱駝の持ち主は、バターを作る機械を持ってないのかもしれないね」

「あ、そうか。うん。おじいちゃんのところでも、飼っている家畜の種類は家によって違っていたよ」

小蓮は素直に納得する。満洲族は定住民であり、遊牧民ではないが、その基幹となる産業は農耕の他にも狩猟、放牧と幅広い。ただ、幼少の一時期を除き、都で生まれ育った小蓮は、先祖の暮らしぶりをほとんど知りはしないだろう。

駱駝のクリームの量が多くないことから、マリーはバターを手作りしてみたくなった。

「クロワッサンでもいいし、カトルカールに挑戦してみたい。カトルカールは材料とその割合が決まっていて、酵母も重曹《じゅうそう》もいらないし、寝かせずにすぐ焼けるから、小蓮もすぐに覚えられる」

「嬉しい！」

小蓮は両手を握りしめて満面の笑みを浮かべた。マリーの小間使いから糕點師《ガオディアンシー》助手への道を真剣に考えているのか、あるいは単純に菓子作りの楽しさを覚えたのか、小蓮はとても熱心なマリーの生徒になりつつあった。

マリーは姿勢を正して、言葉遣いも改めた。

「じゃあ、まずバターを作ります。これがけっこう大変」

両手で持てるほどの、広口ガラス瓶を二本用意し、三分の一の深さまでクリームを入れ、きちっと蓋をする。一本を小蓮に渡した。

「どうするの？」

「振ります」

マリーは底と蓋を押さえて持つと、勢いよくクリーム入りのガラス瓶を上下に振りだした。

フランスでは、ホテルの厨房で使う大型の攪拌機《かくはんき》でバターを作っていたマリーにとって、人力でバターを作るのはずいぶんと久しぶりだ。クリームを入れた小瓶を振ってバターを分離させるのは、まだ母が生きていたとき、自宅の台所でその日に使うバターを作って以来のことだ。

「子どもの瑪麗《マリー》が毎朝、こうやってみんなのために黄油《バター》を作っていたの？」

小蓮は、マリーの昔話にいちいち目を丸くして、素朴《そぼく》な疑問を返す。

「うちは両親と私の三人家族だったから。その日に必要な分だけ、ちょっとずつ作ればよかったし」

「蒙古や西蔵《チベット》みたいに寒い地域の遊牧民には、お茶や湯に黄油が欠かせないそうだけど、こんな風にして作るのかしら。でも、王府みたいな大所帯だと、間に合わないね。瑪麗はいままでどうしていたの」

「北京では南堂や北堂でできあがったバターをもらえていたでしょ。教堂には攪拌機があるから、毎日たくさんバターが作れていたのね」

話しながらも、クリームの入った瓶の蓋が取れないよう、上下をしっかり持って振る。

「かくはんき、って？」

マリーは手を休めることなく、攪拌機の形状と動きを思い出そうと目を細める。

「ハンドルと軸が歯車でつながっていて、クリームの入った樽《たる》とかガラスの容器に、軸の先に羽根が何枚かついたのを差し込んで、ハンドルを回すと人力の何倍もの速さで羽根が回って、クリームをかき混ぜてくれる」

うまく表現できていないようで、小蓮は想像もできずにきょとんとしている。マリーは説明をあきらめて結論を急いだ。

「それを使えば、大量のバターがあっという間にできるというわけ」

「こんなに必死になって振らなくていいのね」

小蓮は少し息を切らしながら言う。

「ハンドルを回すのは人間だから、早く終わらせたくてやっぱり必死で回すんだけど」

瓶を振り続けているうちに、液状のクリームがバシャバシャする音がしなくなり、クリームがもったりとまとまり始めた。

「固まった？」

音がしなくなり、内側で何も動かなくなった感触に、小蓮が手を止める。

「まだまだ。また水音がして、中で分離したバターが動き出すまで振り続けて」

それからいくらもせず、唐突にピシャッという音がして、黄色い塊《かたまり》のようなものが瓶の中で転がりだす。マリーは得意げにガラス瓶を掲《かか》げて見せた。

「できあがり」

　すっかり塊になったバターを取りだし、小匙《こさじ》で掬って味を見る。何も加えていないのにほんのり塩の味がする。酸味が出てきたのは、すでに発酵が始まっているのだろうか。

　生乳を殺菌して使用する発想のない時代には、搾乳《さくにゅう》して容器に移した時点で、獣乳は発酵か腐敗のどちらかが始まるのだ。味とにおいで鮮度と安全性を見極めるのも、酪乳製品を扱う調理師の重要な仕事であった。

「これからクロワッサン作っても、生地を寝かすのに時間がかかるから、やっぱりカトルカールにします」

　使い慣れない素材では、発酵がうまくいかないこともあるため、手早く熱を加えて仕上げた方がいい。

「正しいレシピでは、卵の重量に合わせて他の材料の量も決めるのですが、今回はバターの量が限られているので、まずはバターの重さを量《はか》ります」

　マリーは櫃の下の方から、長方形の木箱を重たそうに持ち上げ、卓の上に置いた。

「お菓子の品質を一定に保つためには、分量って大事なんだよ」

　木箱の蓋を外し、中から取りだしたのは、両手で持てるほどの上皿天秤《うわざらてんびん》であった。

「変な秤《はかり》。天棒がなくて、お皿だけが上に載ってる。分銅も清国のじゃないね」

　小蓮は、吊られもしないのに水平を保つ秤から、ずらっと並んだ分銅に視線を移し、目を丸くする。

「小蓮は初めて見た？　そういえば、重さの単位が違うから、たまにしか使ってないものね。なるべく単位を変換して、清国の計量器で間に合わせてきた」

「どうやって量るの」

興味津々《しんしん》で訊ねてくる小蓮に、マリーは誇らしげに説明する。

「吊り天秤と同じ。片方の皿に量りたい物を置いて、反対側に分銅を置くの。でも今回は、そっちにバターを置いて、こっちのお皿で同じ分量の卵と小麦粉、砂糖を量っていくよ」

最初にバターの重さを分銅で量り、レシピ帳に書き込み、バターを入れた器とそろいの器に他の材料を入れていく。まずは卵をひとつずつ割り入れ、バランスが取れたところで下ろし、砂糖、小麦粉と量り終える。

「ふたたびバターを攪拌します。今度は空気を含ませるようにして、ふわっとさせるのがコツ」

バターが白っぽくクリーム状になってきたら、砂糖を少しずつ加えてゆき、さらにふわふわとさせてゆく。ふわふわが崩れないように、卵液を少しずつ入れ、最後に小麦粉を振り入れて、生地の表面に艶《つや》が出るまでへらで混ぜ合わせる。

バターを塗って用意しておいた方形の焼き型をふたつ並べ、生地を流し込んでトントンと表面を均《なら》した。

焖炉《メンルー》の蓋を開けて熾火《おきび》の状態と温度を確かめ、カトルカールを並べた鉤付きの網棚《あみだな》をそっと下ろしてゆく。

蓋を閉じて、大きな砂時計と、小さな砂時計をひっくり返した。

「小さい砂時計の砂が落ちたら、蓋を開いてカトルカールの表面に切れ目を入れます。そうすると中までちゃんと火が通ります」

その後は、大量の駱駝乳を使ったお菓子を作り始める。ミルクを大量に使うのはカスタードクリーム。これをクレープで巻けば、小蓮は甘い餡入り焼餅《シャオビン》だと言って喜び、更にカスタードクリームに季節の蜜漬け果物を挟んで、その場で試食してみる。使い切れなかった駱駝乳は煮詰めて、ヨーグルトやフレッシュチーズを作る作業に没頭《ぼっとう》した。生乳には天然の乳酸菌が入っており、冷暗所に置いておけば勝手に発酵が進む。

マリーにとって、チーズ作りは専門外であったので、手順や添加《てんか》すべき塩や凝固剤《ぎょうこざい》、あるいは酢の量については、あやふやな知識が頼りであった。牛乳がたくさん買えた日に、家庭で母親と作るカッテージチーズやクリームチーズがせいぜいで、高度な知識と経験、熟成に管理を必要とするブリーのような白カビチーズなど、こってりとしたチーズは作れない。

――チーズにはチーズ職人がいるんだものね。

そう思うと、よけいにブリーの白い皮と柔らかなボディが懐かしくなり、唾《つば》が湧いてくるマリーだ。ワインも欲しくなる。

マリーは頭から雑念を振り払い、とりあえずフロマージュ・ブラン（白いチーズ）をできるだけ作っておくことにした。そうしておけば、明日にはガトー・オ・フロマージュ（チーズケーキ）を焼くことができる。それも、牛乳とはいろいろと勝手の違う駱駝乳の、自然発酵する早さや、味の変化を常に確認してからではあるが。

カトルカールが焼き上がり、香ばしい匂いが厨を満たした。試食の時間であるが、小蓮は甘いカスタードのクレープで、すでに満腹らしい。

マリーは沸かしておいた湯で、容器と器具を洗い、卓を片付けてお茶の準備を始める。

「紅茶、飲んでみる？」

マリーはふだんの言葉遣いに戻って、小蓮に訊ねた。

「西洋のお茶？　いいの？」

マリーは他の使用人に紅茶を分けたことはない。自国の茶の方がおいしいと思っている清国人の方が多く、苦みと渋《しぶ》みが緑茶や白茶よりも強い紅茶には、微妙な顔をされることが多かったからだ。

「西洋のお菓子には、西洋のお茶が合うと思うの。ただのこだわりかもしれないけど。緑茶も白茶もあるから、そっちを淹れてもいいよ」

小蓮は少し迷ってから、紅茶を選んだ。決めておきながら迷い顔の変わらない小蓮に、マリーはさらに付け加えた。

「苦かったら、砂糖やミルクを入れてもいいし。牛乳と駱駝乳とどっちがいい？」

マリーが小さな乳壺を砂糖壺とともに差し出す。布と包装紙で厳重に包んでおいたティーセットを並べ、缶筒から紅茶の茶葉を入れて金属製のティーポットに入れて熱湯を注ぐ。紅茶用の砂時計の砂が落ちたら、取っ手付きの白い陶器のカップにルビー色のお茶を注ぎ入れた。

パリから持ってきた薔薇《ばら》の絵付けがされたティーセットではなく、北堂で不要になった茶器の一部を譲ってもらったものだ。とっておきのティーセットは両親の形見でもあり、遠方へは持ち歩きたくない。

試食分のカトルカールを切り分け、自分たち用と厨房用に盛り付ける。

「まずは、作った人間が毒味」

紅茶で喉を潤《うるお》してから、マリーはスライスしたカトルカールをフォークに刺して口に入れた。

駱駝のにおいは気にならない。いつも食べていた、脂肪分の多いフランス乳牛のクリームで作るカトルカールよりもさっぱりしているが、外側のサクサク感と中のふわりとした食感に大差はなかった。

「うん。おいしい」

マリーは左手を頰に当てて自画自賛した。小蓮もおそるおそる口に入れ、もぐもぐと味わってからにっこりと笑った。

「おいしいね。卵と駱駝黄油《バター》の風味が鼻にふわんとくる」

確かに、慣れた牛乳とは違うにおいがする。鼻腔《びくう》にわだかまる獣臭をどう解釈していいのかわからないマリーであったが、牛乳を使った菓子に抵抗を示す漢人の気持ちが少し理解できた。

「時間をおくと、しっとりしてくるけど、それはそれでそちらの食感や風味も棄《す》てがたいの」

「え、じゃあ、少し残しておこうよ」

小蓮は膳房に持って行く分から、二切れを自分たちの皿に戻して覆いをかけた。マリーは小蓮の反応にいちいち笑みを誘われる。

「膳房長と王厨師の承認を得ないと、老爺《ラオイエ》に出せないからね。あ、黄丹さんの試食分も分けておいて」

「はーい」

久しぶりに、思いっきり仕事をしたマリーは、すっかり爽快《そうかい》な気分になった。玉耀院の点心局の最高責任者として、永璘に出す前の西洋甜心を味見しなくてはならない王厨師の不機嫌な顔を見るのも苦ではない。むしろこれをきっかけに、マリーのお菓子を食べて、好きになってくれたらいいと願うほどだ。

翌々日。

劉佳《リユウギヤ》氏と武佳《ブギヤ》氏の到着には、玉耀院の使用人たちが正門から後院まで、ずらりと並んで出迎えた。マリーは膳房に近い渡り廊下に沿って、厨師たちの端っこに立った。隣には小蓮、そこから奥へは御殿勤めの女中が続く。

ふたりの側福晋は、華やかな轎《かご》から降りることなく、門をいくつかくぐり抜け、永璘の正房《おもや》へと直行したようだ。四角や長方形に広い北京の四合院に比べると、いささか変則的な配置と構造の玉耀院ではあるが、大方は似たような造りだ。主人たちの住居は奥深く、福晋たちは長い旅を終えて着いた御殿から、ほとんど外に出ることはないのだろう。それは、一日中仕事に追われる使用人たちも、同じことではあるが。

「これだけお寺があるから、お参りにはお出かけになると思うけど」

小蓮はつまらなそうに言う。侍女ではない下働きの小蓮とマリーは、気楽に物見遊山に行けるものではない。熱河に着いたときは、すぐにでも仕事に取りかかりたくて焦っていたマリーだが、いまになって、福晋たちが来る前にでかけておけば良かったかな、と後悔する。しかし後の祭りだ。

「夏じゅういるんだから、お休みもいただけるよ。そしたら、外出しよう。私は寺院よりも、湖とか、江南風庭園を見に行きたいな。山の方は森が素晴らしくて、写生したい場所がいっぱいある」

「瑪麗《マリー》はやりたいことがいっぱいあるんだね」

小蓮は感心した声で言った。

側福晋たちが来る前に、現地の獣乳によるカスタードクリームと、生クリームをもったりと泡立てたクレーム・シャンテを挟んだシュー・ア・ラ・クレームやタルト、日ごとに味と食感がしっとりしてゆくカトルカール、他にも羊乳を使ったクロワッサンは、すでに永璘に味を見てもらっている。羊乳は獣たちのなかでは最も濃厚で、大量にクリームが採れる。風味さえ気にしなければ、バターもクリームチーズも作り放題であった。

側福晋に出す菓子はどれがよいか相談したところ、全部出せば気に入ったのを食べるだろうと、適当な永璘の返事であった。

側福晋たちが落ち着いて二日後。

その日の菓子作りを終えて、レシピの整理と反省を書き付けていたマリーは、武佳氏《ブギヤ》の廂房《わきのや》に呼び出された。小蓮が不安げな顔でマリーを見送った。

武佳氏はマリーより、ひとつかふたつ年下の可憐《かれん》な少女だ。人妻になるにはまだあどけない面差しに、濃いめの化粧《けしょう》を施《ほどこ》してある。あまり厚く塗らない方が、もっと愛らしく見えるのではとマリーは思うのだが、もちろん意見などできる立場ではない。

そもそも、厨房勤めのマリーが武佳氏の御殿に上がることはなく、武佳氏の方でもマリーを呼び出す理由はない。古株の劉佳氏《リユウギヤ》と張佳氏《チヤンギヤ》がマリーを御殿に呼び出したのは、張佳氏が一回、劉佳氏が二回だけだ。張佳氏のときは、マリーに懐いた永璘の長女阿紫《あじ》が起こした騒動によるもので、当時王府を不在にしていた鈕祜祿氏《ニオフル》に代わって家政を与《あずか》っていた劉佳氏は、その騒動をおさめるためにマリーを呼び出した。

高厨師の『妃同士のしがらみに巻き込まれないように』という忠告もあり、マリーは特定の妃と親しくしないように心がけている。そして、妃たちの方でも、夫のお気に入りの厨師見習いが妙齢の女子であることに心穏やかでいられるはずもないようで、マリーとは距離を置いている。

　というわけで、マリーが武佳《ブギヤ》氏と対面するのは、王府に輿入れした翌日、使用人一同との顔合わせ以来、三度目のことであった。二度目は、全員の顔合わせのあとに、マリーだけが嫡福晋の鈕祜祿《ニオフル》氏の宮殿である後院の東廂房《わきのや》に呼び出され、そこで武佳氏に紹介されたのだ。

　鈕祜祿氏は、マリーの特異な出自と王府における役割について武佳氏に説明し、その日にマリーの作った洋菓子を並べさせて、武佳氏と茶を嗜《たしな》んだ。

　鈕祜祿氏の前では、武佳氏はただ微笑んで話を聞くだけで、マリーに何かを訊ねたり、問いかけたりということはしなかった。マリーにあまり興味もなさそうで、『慶貝勒府《けいベイレふ》では変わったお菓子がいただけますのね』と鈕祜祿氏に応じたのを、マリーは耳にしただけだ。

　鈴の鳴るような声というのは、ああいうのを言うのだろう。わずかに、心の幼さが滲み出ていたが、落ち着いた話し方であった。

　三度目の今日、前に出るよう太監に促されたマリーは、典雅《てんが》な装飾の施された椅子に腰をおろした武佳氏の正面まで進み、膝を曲げて腰を落とし、左の腿《もも》に手を重ねて会釈した。

「武佳の奥様にご挨拶を申し上げます」

「お立ちなさい」

マリーの記憶しているよりも甲高い響きで、武佳氏《ブギヤ》が命じる。マリーに話しかけるため、緊張しているのか。

永璘は武佳氏のことを、『慎み深くて信心深い』と言っていたが、はじめはおとなしくしていても、一皮剝《む》けば小蓮のようにきれいなものに触れれば喜び、美味しいものを味わえばそれを楽しみ、好きなものを見れば心を躍《おど》らせ、興奮してはしゃぎだすのではないだろうか。

マリーはすっと立ち上がった。武佳氏が小さく息を吞むのが聞こえた。

相手が座っているので、マリーが見下ろす形になる。召使いが座ってあるじに接することはないので、武佳氏は着座した位置から、侍女や太監を見上げることに慣れているはずだ。だが、底の高い花盆靴《かぼんぐつ》を履《は》いた鈕祜祿《ニオフル》氏よりも上背のあるマリーの身長に圧倒されたかのように、目を見開いてマリーを見上げる。

「今日の甜心に、不備がございましたでしょうか」

相手の緊張を察したマリーは、へりくだった姿勢で訊ねた。

「ありません。ただ、あなたについて、気になることを耳に挟んだので」

「どのようなことでしょう」

武佳氏は軽く咳払《せきばら》いして、息を整えてからふたたび口を開いた。

「あなた、貝勒《ベイレ》さまと同じ馬車で熱河にきたそうね」

そのことか、とマリーは身構える。

「老爺《ラオイエ》のご命令でした。嫡福晋さまもご存じでおいでです」

「たとえそうだとしても、自分の身分と立場を考えたら、辞退すべきではないこと？」

「清国では、主人の命令は絶対ではないのですか。使用人である私に、老爺の命を拒否することが許されているとは、存じませんでした」

躊躇《ちゅうちょ》なく反論するマリーに、武佳《ブギヤ》氏はさらに目を大きくして、見つめ返してくる。

「未婚の娘が、貝勒《ベイレ》さまと同じ馬車に乗るということの意味を、わかって言っているの？」

「一般常識からは、大きく外れた待遇と認識しております」

マリーは感情を表に出さないように、無表情と平坦な口調を保つ。

「家族や親族でもない女が、殿方とひとつの馬車に乗ることがどういうことか、わかっているのかと訊いているの」

いまにも声を張り上げそうな自分を、やっとのことで抑えているような武佳氏の声音だ。

「はい」

マリーは恥じらいも見せずに肯定した。

表情も変えずに即答するマリーに、武佳氏は顔色を失って唇を嚙む。マリーはことさらに声を低くして続けた。

「意味するところは知っておりますが、それは老爺と私の関係には当てはまりません。私は慶貝勒府《けいベイレふ》の糕點師《ガオディアンシー》です。ただ、困ったことに外国人で、しかも女であることから、外出にはとても厳重な注意を求められています。このような遠出の折りには、慶貝勒府の名誉のためにも、ひと目に触れないよう、老爺《ラオイエ》の馬車に乗せていただいたことは、やむを得ないことと心得ております」

もちろんマリーの身の安全も、永璘の馬車に同乗する理由の一つではある。しかし、それは建前だ。人目のない馬車の中でなら、ふたりきりで、誰にも知られてはならない絵の話と、欧州外遊の思い出話、そして洋菓子作りの格闘記について、いくらでも話ができる。広大な王府の中で、身分と距離に隔てられて暮らす、双方多忙なマリーと永璘の、貴重な会話の時間だ。

「そのために、あなた自身の名誉が穢《けが》されたとしても？」

武佳《ブギャ》氏は嫌悪感さえ込めた瞳で、探るように問いを重ねる。

清国には、公共交通機関としての乗合馬車というものがない。だから、親族でも知人でもない異性と、一つの馬車に乗り合わせることへの清国人の心理的抵抗は、マリーには想像のつかないものがあるのだろう。

「私はフランス人です。フランスでは、たまたま同じ方角へ向かう公共の馬車に、見知らぬ異性と同席することは、女性の名誉を穢すことにはなりません」

武佳氏はあっけにとられた顔になったが、すぐに気を取り直した。

「でも、ここは清国です」

「承知しています」

永璘に頼まれたように、若くして四番目の妃として嫁《とつ》いできた武佳氏と仲良くなり、その緊張を解き、心を開かせて熱河滞在を楽しんでもらうことは、マリーにはできそうにない。武佳《ブギャ》氏の心の強《こわ》ばりのもとが、マリーであるのならばなおさら無理だ。

「さっきあなたは、自分は使用人だと言ったけど、侍衛や近侍に、『小姐《シャオジエ》』と呼ばせているそうね。使用人の分を越えているという自覚はあるの？」

感情の高ぶりを抑えようとして、だんだんと高くなる武佳氏の声は緊張に怒りが加わり、震えている。嫡福晋の鈕祜祿《ニオフル》氏に認められ、古参の福晋らが何も言わないマリーの立ち位置に、あえて異論を唱えようという意気込みがどこからくるのか。

マリーが慶貝勒《けいベイレ》府に来た当時から勤めている使用人よりも、王厨師のように増員でのちに雇い入れられた使用人の方が、マリーに対する拒否反応が強かった。それを思えば、武佳氏がマリーに抱えている心理的な抵抗感を想像するのは、難しくない。

「私が呼ばせているわけではありません。王府の全員が、私をそう呼んでいるわけでもありません。その件につきましても、老爺《ラオイエ》がお決めになり、嫡福晋さまが采配なさることです。私の処遇に不具合をお感じでいらっしゃるのならば、私ではなく、老爺か嫡福晋さまに申し上げてください」

マリーは息の下で、自分の何が武佳氏をここまで苛立《いらだ》たせるのか考えた。もちろん、存在そのものが目障《めざわ》りなのだと言われればそれまでだが、わざわざ呼び出して文句をつけるのだから、目的があるはずだ。

マリーは、絶句して下唇を噛む武佳氏の表情を観察した。濃い化粧の下に、小蓮と変わらぬ未熟な少女の面影《おもかげ》が見え隠れする。化粧は鎧《よろい》だと、脈絡《みゃくらく》もなく思ったマリーは、ゆっくりと息を吐き出した。自分もまた、息を詰めて緊張していたのだと実感する。どれだけ出自が低かろうと、あるいは特異であろうと、結局は主人の寵愛がものをいうのだ。嫁いだばかりの夫の心を、外国人の使用人に過ぎないマリーの方がより占めているのだとしたら、若く経験のない武佳《ブギャ》氏は不安で仕方がないのではないか。妃としては四番目だが、永璘の女として五番目であるとしたら、武佳氏はマリーよりも風下に立たねばならないのではと、警戒しているのかもしれない。

武佳氏がこだわっているのは、永璘の馬車に同乗が許され、上位の使用人に、身分ある令嬢の呼称である『小姐《お嬢さま》』と呼ばれているマリーの、不可解な立場なのだろう。

武佳氏自身が、つい昨年まで武佳家の『小姐』と呼ばれていたのだ。年齢が近いこともあり、マリーが想像するよりも、永璘の寵を争う同等の相手として、対抗心を抱いているのかもしれない。

そこまで自分の解釈を整理したマリーは、通常の請安礼《しょうあんれい》よりも深く腰を落とし、両方の膝を床についた。

「老爺《ラオイエ》と私は、契約による後援者と被保護者という関係です。フランスには、高貴な身分、あるいは富裕階級の人間が、芸術家や特殊技術を持つ者を、その者の出自の上下にかかわらず経済的に支援して、その才能や技術を保護し、伸ばしていくという社会関係があります。これは、裕福であれば男女どちらでも後援者になれますし、女性でも才能次第で支援者を得る機会はあります。老爺《ラオイエ》とは、革命下のフランスを脱出するために、生死にかかわる危険をともにしました。老爺はそのときの私の働きに報《むく》いたいと仰せになり、私はそのお言葉に甘えて、糕點師《ガオディアンシー》としての修業を続ける後援者になってくださるよう、お願いしました。それからずっと、私はこの国で菓子職人になるための修業を積んでいます。慶貝勒《けいベイレ》府における私の在《あ》り方は、清国の一般常識において世間の理解を得られるものではないと知っています。ですが、老爺と嫡福晋さまが、王府にいてもいいとお許しくださっている間は、私は老爺のもとで、皆様に食べていただくお菓子を、作り続けるのです」

マリーはこの三年、同じ説明を何度も漢語で繰り返してきたので、このとき武佳《ギャ》氏に訴えた口上も立て板に水の滑《なめ》らかさであった。

「武佳の奥様にも、私の差し上げる洋菓子や中華の甜心をお楽しみいただき、その善し悪しを忌憚《きたん》なくお伝えくだされば、日々の研鑽の励みになります」

マリーは、肘《ひじ》を張り、両手を重ねて上体を前に倒し、手と額を床につく。武佳氏が、顔を上げろというのを辛抱《しんぼう》強く待つ。主人のひとりとして、武佳氏にも仕え、永璘との間に割って入る意思のないことを明確にしたのだ。

この場の結論を出すのは、いまは武佳氏である。

数呼吸の沈黙のあと、武佳氏が苛立ちを押し殺すような声で「お下がり」と命じた。

マリーは腰を落としたまま、後ろ向きに膝で数歩下がり、それから立ち上がって再度拝礼して武佳氏の廂房《わきのや》を辞した。

結局、武佳氏がマリーに対して何を成し遂げたかったのか、よくわからないまま、マリーは回廊に出た。下級使用人が御殿の回廊を歩いていけないのは、離宮も同じかしら、と思いながらも、マリーは静かな庭の趣《おもむき》に立ち去りがたい気がする。

夏の院子《なかにわ》を彩る広葉樹の緑や、ふくれ始めた果実、水辺の菖蒲《しょうぶ》、花壇には気の早い白や赤の龍爪花《ヒガンバナ》が揺れている。夾竹桃《きょうちくとう》の白い花が風に揺れ、マリーのざわついた胸もだんだんと鎮まってきた。

門に辿り着いたところで、カポカポという花盆靴の足音と、焚きしめた香の甘い香りが空気中に漂ってきた。散策中の劉佳氏《リュウギヤ》が、木陰の小径《こみち》から現れる。

華やかな衣裳《いしょう》と、造花や簪《かんざし》で飾り立てられた大拉翅《だいろうし》の端から、流蘇《りゅうそ》という細長い房飾りが垂れ下がり、劉佳氏の歩みにつれてゆらゆらと優雅に揺れる。

マリーは脇に寄って膝を折り、型どおりの口上を添えて拝礼する。

「お立ちなさい。西のお方はお行儀良くなさっていたかしら」

北、東、西と家屋や席次の格が下がっていくのが中華の慣習であることから、玉耀院における最奥の院の東廂房は古参で年長の劉佳氏、西廂房は武佳氏《ブギヤ》にあてられた宮殿となっている。ふたりとも、妃としての地位は同等の側福晋ではあるが、永璘に仕えてきた時間の長さで、劉佳氏の方が格上とされている。しかし、もしも先に男子を産み落とすのが武佳氏であれば、この序列は逆転する。

この夏の避暑山荘における、ふたりの側福晋の寵争いは、壮烈な展開が予想されそうだ

──というのは、小蓮がマリーに語った見解である。

マリーの美的感覚では、四人の妃のなかでは劉佳氏《リュウギヤ》が一番美しい。細面の顔に観音像を思わせる優しげな目元と、いつも微笑んでいるような品のいい口元、眉は常に美しく手入れされ、形良い弧を描き込んである。そしてもともとの美肌に自信があるのだろう。いつ見ても薄化粧だ。

マリーにとっては、雲の上の貴人である武佳氏《ブギヤ》のお行儀について訊ねられても、返答に窮《きゆう》するばかりだ。そんなマリーの表情を、劉佳氏はむしろ楽しんでいるらしい。

艶然《えんぜん》と微笑み、返答を急かす《せ》でもなく、侍女に絹張りの団扇《うちわ》を扇《あお》がせている。

「あの、麗《うるわ》しくしておいででした」

言葉を詰まらせながらのマリーの返答に、笑みを湛《たた》えた劉佳氏は優雅に首を傾けた。

「それは良かった。そなたの作った洋式甜心、獣乳を使った焼餅《シャオピン》が何種類もあって、楽しくいただきました。ただ、作る方のそなたとしては、夏のさなかに竈につききりとなり、さぞかし暑い思いをしたのではないか」

「お気遣いありがとうございます。ここは北京よりは涼しいので──あ、もしかして、冷菓をご所望《しよもう》ですか」

劉佳氏は「ほほっ」と楽しげに笑い声を上げた。劉佳氏の遠回しの要求を察したマリーは、少し鼻が高くなる。

「羊乳の乳羹は、さぞかしもったりと濃厚であろうな。とはいえ、穎妃《えい》には、さっぱりしたものを差し上げた方がよいと、貝勒《ベイレ》さまはおっしゃっておいでであった。もちろん、そなたはとうに知っておるのであろうが」

「乳脂の多すぎる濃厚なものは、お若いころは好物でしたが、最近は胸焼けがすると、穎妃さまから直に伺いました。確かに、脂肪分を取り除いたさっぱりした乳羹をお作りすれば、穎妃さまにお楽しみいただけるかもしれません。ご教示どうもありがとうございます」

マリーが礼を言うと、劉佳《リユウギヤ》氏はまたほろほろと笑う。

「清国の作法がずいぶんと板についてきたものよ。菓子も行儀作法も精進《しようじん》するがよい」

ゆるゆると通り過ぎる劉佳氏に、マリーは膝を軽く曲げて見送りの礼をした。

劉佳氏は永璘に嫁いで何年にもなるが、一度も懐妊したことはない。妃たちの寵争いに巻き込まれませんようにと、マリーは密かに胸の前で小さく十字を切った。

菓子職人の見習いマリーと、皇帝妃の薨去《こうきよ》

マリーは穎《えい》妃に献上する菓子を試作し、永璘の承認を得た。避暑山荘の後宮へ上がる当日は、小蓮の手を借りて髪を結い上げ薄化粧し、正装してから前掛けをかけて、三段漆《うるし》

塗りの提盒《おかもち》にガトーやビスキュイ、ゼリーを詰め合わせる。

小蓮も、提盒を運ぶ役目であるから、無地ながらも絹の正装である長袍と、年に数えるほどしか履くことのない絹靴を出し、厨の前に薄紅の花を咲かせていた躑躅《つつじ》を、控えめに結った両把頭《りようはとう》に挿して飾る。

マリーも躑躅の花を摘《つ》んで、永璘から拝領した簪と髪に挿す。耳たぶに孔《あな》を開けていないマリーは、耳飾りがつけられない。

奥の方でも、側福晋たちの轎《かご》が用意され、お付きの者たちが行列を作り始めていたときだった。蹄《ひづめ》の音も荒々しく、騎乗したままの一隊が玉耀院の門を駆け抜けて正房《おもや》の前まで乗り付けた。

ひらりと先頭の騎馬から降りたのは正房の主人、永璘だった。

騒ぎを聞きつけて、回廊の間から後院へと入り込んだマリーには、まだ朝廷にいるはずの永璘の強ばった表情が遠目に見えるだけで、何が起きたのかわからない。

予定より早い主人の帰宅に、慌てて宮殿から出てきて駆けつけ拝礼する近侍と二言三言交わすと、永璘はそのまま正房へ入った。膝を折って待つふたりの妃には、目もくれなかった。

やがて、近侍の出した外出中止の触れが玉耀院を駆け巡り、華やかに整えた妃たちの行列はゆるゆると解散してゆく。中止の理由は、北京の紫禁城に残っていた、乾隆帝の最年長の妃、愉《ゆ》妃の訃報のためであった。

「でも、それがどうして、穎《えい》妃さまのご機嫌伺いに、関係あるのかしら」

最初で最後かもしれない避暑山荘の後宮訪問に、隙なく着飾った努力が無駄になり、小蓮はひどくがっかりして愚痴《ぐち》を言う。詳しいことがわからないまま、マリーたちは次の通達を待った。

使用人たちの流す噂は、憶測も入り交じっているので、どこまでが事実なのかわからないが、厨房と使用人棟のあたりで聞き得た事情をまとめれば、次の通りであった。

皇帝の命により、急遽北京へ戻り愉妃の葬儀を執《と》り行う任務が、永璘に下されたのだ。

「来たばかりなのに！」

小蓮はひどくがっかりして肩を落とす。マリーとしては、それよりも自分たちはどうするのかが気になった。このままふたりの妃とともに避暑山荘で夏を過ごすのか、穎《えい》妃の無聊《ぶりょう》を慰《なぐさ》めるために、日を改めて訪問をするのか。

「ここに側福晋さまたちといっしょに残されたくないなぁ」

顔も知らない愉妃の薨去を知っても、マリーには哀《かな》しみも同情も湧き起こらない。かといって自分の都合で愚痴を言うのも不謹慎であるので、先のことは考えないようにする。

中食を摂った永璘が、その日のうちに北京に発つという。門の前に用意されていたのは、馬車ではなく騎馬の群れであった。随行は侍衛と官吏だけの少人数で、とにかく一日も早く北京に着けるよう、手配されたものらしい。

「老爺《ラオイエ》のお発ち」

という太監の声に、マリーは急いで門まで走った。

「老爺！」

鞍《くら》に手をかけ、まさに騎乗しようとしていた永璘が振り向いた。

「マリーに乗馬を教える時間を取らなかったのを、後悔している。一緒に北京に帰れず残念だ」

マリーは絶句して、両手を口に当てた。こんなときに不謹慎な冗談《じょうだん》を言うのが、いかにも永璘らしい。公務で急ぎ帰京するのに、たかが使用人の、それも女を伴えるはずがないのに。

「あとのことは黄丹と執事に任せてある。手配がつき次第、そなたらも帰京できるだろう。福晋たちを頼む」

置き去りにされる妃たちを頼まれてしまった。マリーは肩を落とし、土煙を上げて遠ざかる慶貝勒《けいベイレ》一行を呆然と見送り、すごすごと小蓮の待つ厨へと引き返した。

たとえ永璘に頼まれたからといって、劉佳《リユウギヤ》氏や武佳《ブギヤ》氏に何を指図するという立場でもない。不安を少しでも軽くできるような菓子を作って届けるくらいだ。

この避暑地にて、永璘の子を宿そうと期待に満ち満ちた胸を膨らませて、熱河までの旅に耐えてきたであろう妃たちの失望と憤懣《ふんまん》を思うと、マリーは彼女たちの近くには近づきたくなかった。

「趙小姐《シャオジエ》」

いきなり名を呼ばれて、マリーは飛び上がって振り返る。厨の入り口に立っていたのは黄丹だ。永璘の去った玉耀院の差配を任されたと聞いたばかりだ。忙しいであろうに、こんなに早くマリーのところへ来てくれたことに、感激して涙が出そうになる。

「黄丹さん。私たち、すぐに北京に帰ることができるのですか」

「ええ。側福晋さまたちはお付きの者が多く、出発の準備も大がかりなうえ、ご婦人用の馬車はゆっくりですので、一日の行程も短く時間がかかります。しかし、趙小姐《シャオジエ》は身軽に動けますよね」

年齢不詳の顔で、にっこりと笑う。

「そりゃ、すぐにでも。衣裳もそんなにないので荷造りも早いですし。あ、破損しそうな調理器具は、ちゃんと包装しないといけませんが」

「そして、小蓮さん。あなたは乗馬ができますね」

いきなり名指しされた小蓮は、どぎまぎして短袍《ダンパオ》の裾《すそ》を握りしめた。

「ええまあ。でも、王府に勤めだしてからは、祖父母の農場に行ってないので、もう三年は乗っていません」

「子どもの頃に覚えた乗馬術は、三年くらいで忘れはしませんよ。走らせる必要はありませんので」

どういうことかと、マリーは目を瞬《しばたた》かせる。

「おとなしい馬に二人用の鞍を用意させます。小蓮さんが手綱《たづな》を取って、趙小姐を乗せてあげてください。女性用の乗馬服も、すぐに用意させます」

「ええ⁉」

「そんな！」

マリーと小蓮は同時に声を上げた。

まさにそのとき、底の固い長靴の音がした。永璘と共に出立したとマリーが思っていた、侍衛の何雨林が厨に顔を出し、黄丹に告げた。

「すぐに出発できる厨師と使用人の数もそろいました。馬の数も明朝には整います」

「では、明朝出発します。御支度《ごしたく》をお願いしますね」

黄丹と何雨林が立ち去ったあと、マリーと小蓮は呆然としていたが、やがて顔を見合わせ、「ふ、ふ、ふ」と笑い出す。それから廊下へ顔を出して、誰もいないことを確認し、「やったぁ」と声をそろえ、万歳の形に上げた両手を叩き合い、さらに手を握り合って狭い厨をくるくると回った。

「老爺《ラオイエ》には、福晋たちのお世話を頼まれたけど、黄丹さんの判断はありがたいね」

マリーは本音を漏らす。

「私も！　久しぶりに馬に乗れるなんて、嬉しい。瑪麗《マリー》といっしょにいると、どんどん運が向いてくるような気がするんだけど！　小菊《しょうぎく》もお嫁《よめ》に行けたし！」

「それは買い被《かぶ》りだけど、他にもすぐに帰れる使用人がいるのね――」

マリーは、思わず口に出しそうになった「王厨師は居残って欲しいな」という言葉を呑み込む。

「急いで、荷造り！」

ふたりはさっそく旅装を取りだし、あとはどんどんと櫃に詰め込んでいった。

マリーの願いが天に通じたらしい。

最初に帰京する厨師は、漢席厨師の陳大河とその同僚だった。その他に永璘の正房《おもや》勤めの使用人が太監を含めて五人。

「黄丹さんは残るんですか」

「奴才《やつがれ》は側福晋さまたちの帰京にお供します」

見送りに出た黄丹は、控えめに微笑む。

馬に乗るのは護衛のために同行する何雨林ら侍衛と、マリーと小蓮だけだ。陳大河や他の使用人は徒歩であった。

いままでは魚の糞《ふん》のように、マリーの後についてくるだけだった小蓮が、すたすたと馬に近づき、その首を撫でて話しかける。これからよろしくとでも挨拶をしているのだろうか。誰の手も借りずに鞍に手を置き、鐙《あぶみ》に右足をかけ、「おじいちゃんちの馬より大きい。乗れるかな」とひとりごちながら、ひらりと左足を蹴り上げて鞍にまたがった。

「黄丹がどこからか借りてきた、女物の艶やかな薄青の馬褂《ばかい》の裾が、風に煽られて旗のように翻《ひるがえ》る。馬かあるいは鞍が大き過ぎるのか、座る位置が定まらず馬上で多少はもたついたものの、手綱を取って背筋を伸ばしたところは、いかにも満洲族の旗人女性といった風《ふ》情《ぜい》だ。

厨房の床に近いところで、厨師に怒鳴られ、古参の下女に小突き回されて、コマネズミのように働き回っていた、冴えない痩《や》せた少女とは別人のようであった。

踏み台を用意してもらい、太監の手を借りて、やっとの思いで馬の鞍によじ登ったマリーは、息を切らしつつ、想像もしたことのない地面との距離に震え上がった。目が回りそうで、思わずぎゅっと目を閉じる。

「怖い。落ちたら死んじゃうのかな。大けがするよね」

馬の鞍の高さに、マリーはガチガチに身を強ばらせて、前鞍で手綱を握る小蓮の細い腰にしがみついた。小蓮が笑いながらマリーをなだめる。

「緊張していたら、馬に振り落とされちゃうよ。体を楽にして」

雨林が近寄り、馬首を並べ、小蓮と同じ助言をした。

「趙小姐《シャオジエ》。小蓮さんの動きに合わせてください。ただ座っているだけでは、馬に負担がかかりますから」

マリーは青ざめた。自力で乗れないし、降りることもできない。初めて鞍上《あんじょう》に乗せられて、座っている以上のことまで求められるとは。

「なんだか、他の人に申し訳ないね」

荷物を背負って居並ぶ陳大河ら男たちを見回した小蓮が、すまなそうに言ったが、マリーとしては正直なところ歩きたい。

「小蓮さん。これは特別扱いではないので、遠慮することはありません。できるだけ速く帰京するためには、ご婦人たちには馬に乗ってもらった方が、こちらが助かるのですよ」

「あ、はい」

改めて集合した一団を見渡せば、雨林の言うとおり男ばかりだ。

「あら」と小蓮は頰を赤くする。老若の男たちの前で、足を大きく開いて馬に飛び乗るところを見られたのを、いまになって恥じているらしい。北京では、乗馬のできる女性ほど家柄が古いか、高貴の出自とも見做《みな》される。旗人ばかりが観客であれば、さほど恥じらうことではないが、纏足《てんそく》された小さな足と、なよやかな柳腰《やなぎごし》の漢人女性が尊《とうと》ばれる、江南出身の大河の目を意識してしまったのだろう。

小蓮の羞恥心《しゅうちしん》に頓着《とんちゃく》したようすもなく、雨林は淡々と話を続ける。

「小蓮さんは小柄ですし、男たちの歩きにはついていけないでしょう。それに、歩くより乗馬の方が楽だとは、思わない方がいい。特に乗り慣れない者は」

雨林は目を細めてマリーへと視線を移した。

「えええ」

雨林が微笑むところなど、滅多に見られない光景であるのに、それを面白がる余裕もなく、マリーは脅された気分で泣き声を上げた。小蓮はくすくすと笑う。

「今夜の宿についたころには、瑪麗《マリー》は足腰が立たなくなっているかもね」

そして、その通りになった。いや、それ以上にお尻が痛くて仰向《あおむ》けになって眠れなかったのだ。それでも、玉耀院にふたりの側福晋と残されるよりは、ずっといいとマリーは自分に言い聞かせた。

三日目の出発前、手綱を取ろうとした小蓮に、雨林が何やら話しかけた。小蓮はうなずき、宿からよろよろと出てきたマリーに、今日は鞍の前に座って手綱を持たないかともちかける。

「え、無理。馬が言うこと聞くわけないじゃない。小蓮につかまっていなかったら、私すぐに転げ落ちそう」

語尾は泣き声と化している。

「瑪麗《マリー》はもう、昨日には馬の動きに合わせて乗れるようになったでしょ。覚えるの早いなと思っていたけど、傍《はた》から見ても安定しているから、雨林さんが前に乗れるんじゃないかって」

「趙小姐《シャオジエ》は体力もありますし、足腰もしっかりしていますので、体が勝手に覚えるのでしょう」

「そうそう。瑪麗は初めてなのに、一日中乗り続けても、次の日にはちゃんと起きてこれるのはすごいね」

小蓮も雨林に同調して、感心してみせる。

パティシエは体力勝負だから、マリーも体力筋力には自信がある。十キログラムくらいの砂糖や小麦粉を担いで運ぶのは日常茶飯事だ。また、欧州の上流階級ではダンスが盛んだったので、庶民もまたそれを真似て、祭や祝いごとに人々が集まれば踊っていた。さらにマリーは、子どものころは舞台で見たバレエに憧れて、見よう見まねでステップやジャンプを真似して、近所の子どもたちとバレエごっこをしていた。

未婚既婚にかかわらず、あまり出歩くことのない清国の女性からは、想像もつかないほど活動的に生きてきたマリーだからこそ、この強行軍についてこれるのだ。

もしかしたら徒歩でも、男たちにおくれを取ることはなかったかもしれない。

「そういえば、熱河に来たときは、和孝公主さまに乗馬を教えていただくはずだったんですが、ご懐妊されたのでそれもなくなってしまったんですよね」

和孝公主は子どもを欲しがっていたので、懐妊はもちろん喜ばしいことであったが、清国でやっとできた友人が、少女の時代を一足先に終えてしまうのは、少し寂しい。

「瑪麗《マリー》は勘がいいから、すぐに覚えるよ。私が教えてあげる。北京に着く頃には、乗りこなせるようになってるよ」

「性質の穏やかな馬ですから、騎手が指示を出さずとも、前の馬について行きます。気持ちと体を楽にして、手綱を持っていてください」

小蓮と雨林にたたみ込まれるように言われると、マリーとしては断りづらい。言われるままに鞍の前に座り、小蓮の言うとおりに手綱を操る。とはいえ、小蓮は後ろから伸ばした手をマリーの手首に添えているので、実際に馬を操っているのは小蓮なのだが。

一行の食事を用意するのは、漢席厨師たちだ。宿や亭のない道ばたの野原であろうと、どこにでもさっさと石を積み上げ竈を作り、丸い鍋子《グオツ》と蒸籠《せいろ》で作り置きの饅頭《まんじゅう》を蒸したり、その場で小麦粉を練って麺を作って茹《ゆ》でたり、戻した干し肉と手持ちの野菜をあわせて、手早く汁物や炒《いた》め物を仕上げてしまう。

まるで魔法のように、どこにでも厨房が出現するのだ。

はじめの二、三日は、乗馬による精神的緊張と肉体的な疲労のために、同行者の働きぶりに関心が向かなかったマリーだが、この日の午前中は大過なく手綱を操れたことに気持ちの余裕ができた。

馬上から見れば、厨師たちはそれぞれが鍋子を背負い、調理器具を入れた袋を前後に振り分けて肩にかけている。帯に提《さ》げているのは、火打ち道具をおさめた袋だろう。包丁は厳重に布に巻いて、着替えや日用品用の背嚢《はいのう》に入れてあるようだ。

中食休憩の声に馬を降り、脚をがくがくさせながら最寄りの丸木に腰かけたマリーに、大河は両手に二つの碗を持ってきてくれた。碗によそった炒め物に、白い饅頭が載っている。大河は爽やかな笑みを浮かべてマリーに話しかけた。

「あっという間に乗馬を覚えるなんて、瑪麗《マリー》さんは多才ですね」

「いえ、私は座っているだけです。小蓮がいなかったら、とっくに落馬して馬に置き去りにされているか、今ごろは馬ごとひとりだけはぐれて途方に暮れているところです」

マリーは謙遜《けんそん》でなくそう言った。そこへ馬を侍衛に預けた小蓮が来て、マリーの横に腰をおろす。大河は中食の碗を二人に差し出した。

「どうもありがとうございます」

小蓮は碗を受け取り、顔を赤らめて礼を言う。気の多いことだとマリーは思ったが、ふと武佳《ブギャ》氏の思い詰めた顔が思い出された。武佳氏の家柄では、秀女選考によって後宮へ出仕し、皇帝の妃となる道もあったことだろう。また、皇子のひとりに嫁ぐということは、その皇子が皇帝になる可能性だってあるのだ。いまのところ、ふたりの優秀な兄を差し置いて、永璘が玉座に登る可能性はほぼ皆無《かいむ》であるが、先のことはわからない。

内向的で周囲の期待から縁遠かったフランス王のルイ十六世にしても、兄が病気で早世しなければ、その額に王冠を戴《いただ》くことはなかったのだ。

さまざまな不運と幸運が入り交じり、永璘の嫡子を産んだ妃がやがて国母となる可能性もまったくないとは言えない。

皇族に嫁ぐために武佳氏の受けた教育、思想、しつけはマリーには想像もつかないが、憧れの永璘に声をかけられて舞い上がったり、好みらしき大河に中食を手渡されて嬉しそうにしている小蓮の青春の方が、ずっと楽しそうだ。

夏の青空の下で食べる饅頭とあり合わせの料理、煮出した団茶の香り、緑のあふれる戸外で食べる料理はとてもおいしい。ピクニックもずいぶんと長いことしていない。マリーは家族ででかけた、パリの公共公園の午後を懐かしく思い出す。

碗を回収しに来た大河に、マリーは「ごちそうさまです」と礼を言った。

「おかわりはいりませんか」

返事をしたのはマリーではなく、小蓮だ。

「いただきたいですけど、乗馬前にいっぱい食べるとお腹が痛くなったり、馬酔いして吐いちゃいますから」

「そういうものですか。瑪麗《マリー》さんは出発してからほとんど食事が喉を通っていないようで、少し痩せてきたかなと思ったもので。余計なことかもしれませんが」

見られているものだなと、マリーは少し驚く。

「慣れない乗馬で緊張と疲れが溜まるせいか、あまり食欲もありませんでしたから。今夜はちゃんと食べます。食べ過ぎてから馬に乗ると、本当にお腹が痛くなるんですよ。座っているだけなのに、背中も足もすごく痛くなります」

「そういうものですか」と大河は同じ相槌《あいづち》を繰り返す。小蓮が身を乗り出して、問いかける。

「陳厨師は、乗馬はしたことないんですか」

「ないです。おれのいた町では、馬は荷車を引くためのものでしたからね。小柄で華奢《きゃしゃ》な小蓮さんが上手に操っているので簡単そうに見えますが、体力のある瑪麗さんが慣れるのに苦労しているのを見ると、とても難しそうですね」

「陳厨師ならすぐに覚えますよ！」

小蓮が熱心に勧《すす》める。相乗りに誘いだしそうな勢いだ。マリーは微笑ましくなった。

「乗れるようになったら、南京《ナンキン》への帰省も、日数がかからずにできそうです」

南京に住む、詩人で食通の老人袁枚《えんばい》を懐かしく思いだして、マリーはうなずいた。

「それは、いい考えですね」

気楽に旅のできる身分になれば、馬を飛ばして袁枚自慢の庭、随園《ずいえん》を訪れることができるかもしれない。

食事休憩を終え、マリーと小蓮はふたたび馬上の人となる。

マリーの背後で手綱に軽く手を添える小蓮は、ずいぶんと無口だ。マリーの注意が逸れないよう、移動中は必要以上のおしゃべりをしないのだが、それでも目に入った物、ふと思いついたことを話して、退屈を晴らしたり、眠気を飛ばしたりはする。

あまりに静かすぎる小蓮に、マリーは少し顎を後ろに傾けて話しかけた。

「大河さん、いい人だね。料理もおいしい」

「そうだね」

小蓮の相槌はどこか上の空だ。マリーは小声でささやきかける。

「小菊と小杏《しょうあん》は、結婚のことがずっと悩みだったけど、小蓮もそう？　まだ老爺《ラオイエ》のお部屋さまを夢見ているの？」

小蓮は答えない。

「私は、気心の知れた身近な人と結ばれるのが幸せかなと思って、父の弟子と婚約したけど、まさか先立たれるとは思わなかった。でも、いまもそう思っている」

「でも、瑪麗《マリー》は老爺《ラオイエ》のこと好きでしょ」

「好意を抱いたところで、既婚者は対象になりません」

「それなのに瑪麗は陳厨師を勧めるの？　瑪麗は陳厨師をどう思っているのよ」

「親切で気さくな人で、将来有望な厨師」

「じゃあ、対象になる？」

「私が糕點師《ガオディアンシー》として独立するまで、待てる独身者なら対象範囲。でもそのころにはみんな、年のいったやもめ男性ばかりになってしまいそう」

マリーは眉間に皺《しわ》を寄せた。小蓮はくすくすと笑う。

「ねえ、小蓮、これは私の勝手な考えだけど、老爺のお部屋さまよりも、厨師の妻の方が、まだ将来が明るいんじゃないかと思うよ」

カッポカッポと蹄の音を十は数えたころ、小蓮が答えた。

「陳厨師は素敵なひとだと思うけど、対象外かな。南京にお嫁にいくことは、とても考えられない。満族の女が、漢族の家族に受け入れられるとは思えないもの。纏足《てんそく》もしてないから、女扱いもされないでしょうよ」

マリーは驚いて首を捻《ひね》り、小蓮の顔を見た。

「それって、そんなに重要なこと？　民族とか、纏足とか」

「すごく大事だよ。満族に支配されていることを快く思ってない漢族は、華北にも少なくない。まして江南あたりは白蓮教《びゃくれん》みたいな反清の邪教集団もいて、満族の女が一人でうろつくのは危険だって」

「誰に聞いたの？」

北京の内側と長城の北しか知らない小蓮が、江南の知識をどこで得たのか疑問に思ったマリーはそう訊ねた。小蓮は少し考えてから躊躇しつつ答える。

「みんなそう言ってる」

思った通り、都の内側でささやかれる噂以上のものではないと、見当をつける。

それ以上に、小蓮が意外と現実的であったことに驚かされた。ときめきや憧れは素直に表情や言葉にするわりに、環境や将来のことはしっかりと考えて一線を引いている。

それにしても――

「纏足していないと女扱いされないって、どういうこと？」

「女は足が小さければ小さいほど美しい、とされているのが漢族の風習。顔の美醜《びしゅう》より大事みたい」

馬鹿げたことだとでもいうように、小蓮は鼻をふんと鳴らした。

マリーはかつて外城で見かけた、極端に足の小さな少女を思い出した。小走りに駆けてゆく後ろ姿が、とても危なっかしかった。小蓮がマリーの背中で話を続ける。

「まず、漢族の女は纏足をしてないと、お嫁にもいけないらしいの。大足の女は、娘の良縁を願う両親を持たなかった、不幸で貧しい家の娘だと思われて、適齢を迎えても、縁談がこないんだって」

「でも、どうやって足を小さくするの？　小さな靴を履き続けるのかな？」

それで足の成長を止められるものか、とても疑わしいとマリーは思った。

「まだ骨の柔らかい幼児のうちに、足の指と甲が足の裏にひっつくまで内側にぐっと曲げて、包帯できつく縛り上げるの。纏足するのが遅れて、骨が成長してしまった女の子の場合は、指や甲の骨が折れて腫《は》れ上がり、何ヶ月も歩けなくなることもあるそう」

足を折り曲げられる激痛を想像したマリーは、「ヒュッ」と思わず息を吸い込んだ。

「そんなの、子どもが痛がって泣き叫ぶでしょう。それでも親は纏足をするの？」

「纏足しないまま大人になって、まともな結婚ができなくなった娘に恨まれる方が大変。どうして心を鬼にして纏足してくれなかったの？　てことになるらしいよ」

マリーはただ啞然とするばかりだ。

三寸金蓮《さんすんきんれん》といって、つま先から踵《かかと》までが、ほんの九センチほどの足が、もっとも美しいとされるという。そしてそれは、成長期を過ぎておとなになっても立って歩き回れる、ぎりぎりの大きさであった。

「嫁入り先で大足だって蔑《さげす》まれるのも嫌だし、もし娘が生まれたら纏足しないといけないと思ったら、とても旗人でない漢族には嫁げないよ。どんなに素敵で将来有望でも、江南に帰郷して家を継ぐ可能性のある漢族の男の人は対象外」

小蓮は心から残念そうに嘆息して、そう締めくくった。

マリーも、外国人であるからには南京に移住などはじめから無理なのだが、将来もしも清国に永住して自分のパティスリーを開くことがあるとして、内城を出て漢族の町で商売することと、この国で配偶者を持つことの帰結を、よくよく熟慮した方がいいと思った。

たっぷり七日かけて帰京したマリーたちは、鈕祜祿《ニオフル》氏から長旅の疲れを癒《い》やすようにと二日の休みを下された。

マリーは久しぶりに自分の部屋の布団《ふとん》で眠り、目覚めて天井《てんじょう》を見上げたときは、短い避暑山荘の日々と、その前後の旅程が夢ではないかと思った。が、起き上がろうとして、体の強ばりと足腰のだるさに現実であったことを実感する。

休日ということで、北堂のミサに参加し、午後は杏花庵《きょうかあん》の掃除をしてから、絵の練習でもしようかと考えていたマリーであったが、朝食も済まぬうちに顔見知りの太監が呼びに来た。身支度がすんだら、鈕祜祿氏の宮殿に伺候《しこう》するようにとの伝言を受け取る。

マリーは休日用の、裾が膝まである麻素材の短袍《ダンパオ》を着て、後院の東廂房《ひがしわきのや》に上がった。

鈕祜祿氏もまた、妃の薨去にともなう宮廷行事の責任を負わされた夫の体調を心配するあまり、顔色がよくない。

「皇上は愉《ゆ》妃さまを貴妃に追封されましたから、葬儀は貴妃の待遇で執り行わねばなりません。祭人を任された永璘さまは、皇上からの御指図を正しく理解し、故慶貴妃の前例をよりよく参照して、間違いなく儀式を進めることになります」

袖から出した手巾《ハンカチ》で口元を覆い、鈕祜祿《ニオフル》氏は疲れた口調で語った。

そのような大役が永璘に務まるか、心配でならないのかもしれない。マリーもまた心配で不安だ。だが、有能な書童の鄭凛華《ていりんか》がいるから、きっと大丈夫だ。

立ったままで話を聞いていたマリーに、鈕祜祿氏は椅子を勧めた。侍女に茶を淹れさせてマリーに差し出す。

マリーの休日に、鈕祜祿氏が自室に呼び出すときは、使用人ではなく準家族の扱いになるのは、後院の東廂房《ひがしわきのや》における暗黙の習慣となっていた。妃妾のひとりでなければ、妹や姪《めい》といった女性親族として接することで、あるていどの体裁を保てると鈕祜祿氏は考えているのであろう。

「ご葬儀はまだ終わっていないのですか」

珂里葉特《ケリイェテ》氏・愉妃の訃報が届いて、もう十日は経っている。北京と熱河を早馬が往復する速さをマリーは知らないが、堪えがたい北京の暑さを思えば、そうそうに埋葬《まいそう》してしまわないとあっという間に腐敗が進みそうだ。

「愉貴妃さまの棺《ひつぎ》はすでに殯宮《もがりのみや》に移されましたが、初礼の儀式は明日。大礼はその十日後になります」

マリーが会ったこともない愉貴妃について知っているのは、乾隆帝が即位する前の皇子時代から連れ添っていたということと、乾隆帝が後継者にと望んで寵愛した、皇五子の永琪の生母であったということくらいだ。

そして、永琪の逝去《せいきよ》した年に生まれた末の息子が、この才能豊かで人望にも恵まれた五男の生まれ変わりであれと期待した、乾隆帝の密かな願い。

現在まで生き残っている四人の皇子のうち、五男永琪とは比較にならないほど出来の悪い子と評価した末皇子に、その母親の葬儀を執り行うよう命じた乾隆帝の本心など、マリーに計り知ることなどできはしないのだが。

「それまで、老爺《ラオイエ》はお気持ちを張っておいでですね。お役に立てることがあれば良いのですが」

鈕祜祿《ニオフル》氏は、夫以上に疲れているのではといった笑みを浮かべる。

「瑪麗《マリー》はいつもどおり、あの方のお好きなお菓子を作ってあげてください。甘い物は、疲れた心に効くのだと、いつもおっしゃっておいでです。ところで瑪麗」

鈕祜祿氏は居住まいを正した。

「避暑山荘での側福晋方は、どのようにお過ごしでしたか。あなた方より少しあとに帰京の途についたと報せが届いていますが、短い滞在で、せっかくの熱河を楽しめなかったのではと気の毒です」

マリーは最後に見かけた劉佳《リユウギヤ》氏と武佳《ブギヤ》氏の面影を思い浮かべた。

「ほんとうに、お着きになってすぐに愉貴妃さまの訃報が届いて、あまりお目にかかる機会はなかったので、何も申し上げられないのですが」

マリーは両手を握っては指を揉んで、うつむき加減に応えた。敏《さと》い鈕祜祿《ニオフル》氏には、何かがあったと察せられるに充分な躊躇が声音に含まれていたことに、マリーは自覚がない。

「どちらかの側福晋に、何か言われたのですか」

マリーの握り締めた両手がびくりと動いた。鈕祜祿氏ならば信じられるだろうと、マリーはおそるおそる告白した。

「あの、老爺《ラオイエ》には側福晋さま方のお世話を命じられたのですが、私の立場を理解していただくのは、難しいなと思いました」

それだけで、鈕祜祿氏には充分に通じたようだ。

鈕祜祿氏はさみしげに微笑むと、立ち上がってマリーの横に歩み寄り、肩に手を乗せた。小柄な鈕祜祿氏は、底の高い花盆靴を履き、座っているマリーの横に立っても、顎を上げて見上げるほどの上背はない。それにもかかわらず、ラマ教寺院の背の高い観音像の高さから見下ろされたような、不思議な安心感をマリーに与えてくれる。

いや、キリスト教徒のマリーとしては、マリア像を拝《おが》む気持ちであるべきか。

「わたくしは、あなたの気持ちが変われば、いつでもわたくしの妹として部屋を用意しますよ。でも、それはあなたの心にも、永璘さまのお心にも適わないことなのでしょう？ 永璘さまはあなたが法国《フランス》人のままでいたければ、そのようにしておけと申されていました。このあと、瑪麗《マリー》のことをとやかく言う者がいれば、ひとりで我慢せずにわたくしに報告なさい」

凝《こ》り固まった背中にしみ込むような温かな言葉に、思いがけなくマリーの目から涙がぽろりとこぼれ落ちた。マリーは慌てて袖で卓に落ちた滴《しずく》を拭《ふ》きとり、親指の腹で目の縁《ふち》を拭《ぬぐ》う。

「あの、大丈夫です。私は老爺《ラオイエ》と嫡福晋さまが私の夢を理解してくださっているというだけで、この王府に、清国にいてもいいのだと、信じることができますから」

鈕祜祿《ニオフル》氏はマリーの頭に腕を回して、優しく揺らした。

「もう。本当にわたくしの妹にしてしまいたいわ」

マリーは唇を嚙みしめて、涙がこぼれるのを堪《こら》えた。

やがて、両側福晋も帰京して慶貝勒《けいべイレ》府に落ち着き、北京の日常が戻ってきた。

マリーの仕事と休日も、以前と変わらず忙しい。気がつけば夏が過ぎ、乾隆帝に献上する工芸菓子の製作にも取りかからねばならない。その忙しさに加えて、出産間近の和孝公主の見舞いにも、たびたびお使いに出される。

久しぶりに北堂の日曜ミサに参列したマリーは、アミヨーの弾くパイプオルガンの荘厳な音色に心身を浄《きよ》められ、浮世のあれこれを忘れることができた。

手土産《てみやげ》のお菓子を手渡し、お茶に誘われても、以前のように王府がらみの悩みは告解も相談もできないことを、この二年の間に学んだマリーであった。それでも、母国語でフランスの話や、あたりさわりのない近況を淀みなく話し合うことは、マリーの清国生活の中で唯一、心が安らぐ時間であった。

「イギリス国王が、清国皇帝に使節団を送り込むつもりらしい」

紅茶のカップを受け皿に置いたアミヨーは、珍しく政治外交の話題を持ち出してきた。

「英国の大使が清国へ来るのですか。宣教師ではなく？」

アミヨーは首を横に振った。

「純粋《じゅんすい》に、貿易にかかわる商談のために来るようだ」

「イギリスはカトリックの国ではありませんから、布教にはこだわらないのでしょうか」

マリーの疑問に、アミヨーは皺深い顔で微笑み返す。

久しぶりに会うせいか、あるいは革命後のフランスの情勢を気に病み、心労が重なっているのか、このところのアミヨーは急速に老《ふ》け込んできた気がする。

「イギリス国王と議会は、乾隆帝の八十歳の誕生日に使節を送ろうとして、五年前に海軍中将カスカート卿を大使に任命して出航したのだが、カスカート卿は途上で病死してしまった。その後のイギリスの動向がはっきりしなかったが、ようやく後任が決まったらしい。来年の万寿節《ばんじゅ》に間に合わせるとしたら、そろそろポーツマス港を出港しているころであろう」

一国の使節団となれば、外洋航海船も一隻《せき》や二隻ではあるまい。大使を務めるのは高位の爵位を持つ貴族で、かつ優れた軍人か政治家が任命される。

「イギリス国王の大使が、皇上と何を話し合うのでしょう」

マリーが小さな時から、フランスとイギリスは戦争をしていた。いまもしているかもしれない。英仏海峡越しではなく、大西洋の向こう岸にある大陸の、イギリス植民地アメリカの独立戦争を、フランスが支援する形で戦ってきた。その費用が嵩《かさ》んでフランスの財政が行き詰まり、革命の要因ともなっていた戦争だ。イギリスと清国が同盟を結ぶことがあれば、在清のフランス人はどうなってしまうのか。

「そもそも、イギリスを条約を締結すべき対等な国であると、皇帝が見做《みな》すことはないと思われるが」

アミヨーは紅茶をすすりながら彼の意見を述べる。

「基本的に、中華の皇帝は外国からの使節を拒《こば》むことはしない。だが、朝貢国《ちょうこう》として扱うのみだ。イギリス大使が、商談のテーブルに皇帝を引っ張り出すことは、まずあり得ないだろう」

アミヨーは少し考え込んでから、話を続けた。

「イギリスの目的は、中華における現在の対外貿易の形態を、根本から変えさせることだ。マリーは、清国人が外国人、特に西洋人に漢語を教えると、死罪になることは知っていたかね」

マリーには初耳である。それではマリーに漢語を教えた永璘や、永璘の秘書の鄭凛華、慶貝勒府《けいべいレ》のみんなが裁かれてしまう。マリーの場合は、半分が清国人ということで、都合良く許されたのだろうか。

「だとしたら、神父さま方は、どのようにして漢語を学ばれたのですか」

アミヨーはくすくすと笑い出した。

「私が渡華した当時は、そのような法律はなかった。三十年、いやもっと前か。三十五年になる。月日の経つのは早い」

指を折って数えながら、アミヨーは感慨深げに言った。

「当時はイギリス東インド会社の活動が活発になっていた。イギリス商人たちは西洋人居留地のある澳門《マカオ》にあきたらず、厦門《アモイ》や寧波《ニンポー》にも進出して交易をしていたのだが、広東《カントン》の貿易ギルドが自分たちの市場を奪われることを嫌い、これを阻《はば》むために朝廷に働きかけた。皇帝は他州に後《おく》れがちな広州《こうしゅう》の産業を守るためにかれらの願いを聞き入れ、西洋人との交易は広州のみに限定するよう、上諭を出された」

マリーは清国にもギルドがあるのかと驚き、菓子職人こと糕點師《ガオディアンシー》のギルドもあるのだろうかと、考えが逸れそうになる。

「それまで寧波を拠点として財を成していたイギリス人商人、東インド会社の通訳かつ外交員でもあったフリントが、この決定を覆《くつがえ》すために、非常に強引な手段で天津《テンシン》まで乗りつけ、皇帝に陳情を奉《たてまつ》った」

「それは、なんというか、命知らずな商人でしたね」

命知らずでなければ、海をまたいで貿易する商人になどならないのかもしれないが、皇帝への直訴は処刑台への一直線であると、知らない人間は清国にはいない。マリーでさえわかっていることだ。まして、外国人の行動が厳しく制限されている清国で、手順も踏まずに北京の目と鼻の先の天津まで乗り込むのは、船ごと大砲で沈められても文句は言えまい。

「まさに」とアミヨーはうなずく。

「フリントは捕らえられ、広東に送り返された。しかし、ギルド商人の不払いと、それを見逃した役人たちの不正に対するフリントの告発状は、皇帝の手元に届いた。北京から広州へと役人が派遣され、調査が開始された」

マリーは握りしめた手の内に汗が滲んできた。それは当時としては、かなり大きな事件だったと想像できる。

「公職者の不正は事実だったんですか」

アミヨーは意味深な笑みを浮かべた。

「清国では、不正を犯さない役人を探し出す方が難しい。ギルドと官吏《かんり》の癒着《ゆちゃく》、賄賂《わいろ》の横行は欧州の比ではない。一度でも調査の手が入れば、何かしらの不正はいくらでも掘り出せたことだろう」

革命が起きたくらいだから、飢饉《ききん》にかこつけて小麦の値段をつり上げた悪徳商人のやり口、それを見て見ぬ振りをしていた役人たちの不正など、フランスもかなりひどかったのだろうが、清国の行政腐敗は、さらにその上を行くのかと、マリーは呆然とする。

平和でよく治まっているように見えるけども、床下では静かに土台の腐食が進んでいるのだ。

「告発されていた役人は免職させられ、流刑となり、関係した者たちも、みなそれぞれの罪に応じた刑罰を受けた」

「不正は是正されたんですね。フリントさんの勇気は報われてよかったです」

マリーがほっとして言った言葉に、アミヨーは皮肉げに眉を上げた。マリーは自分が何か間違ったことを言ったかと会話を遡《さかのぼ》る。

「あ、フリントさんは、寧波《ニンポー》でも交易ができるようにしたかったんですね。だったら、不正が摘発されて、交易品の代金を払ってもらって、めでたし、めでたしというわけではないですね」

マリーの発見に、アミヨーは、目元の皺をいっそう寄せて、笑みを深める。

「その後、寧波の沿岸から、浙江《チエーチャン》にイギリス船が現れたと報告を受けた皇帝は、すぐにフリントの真の目的を看破《かんぱ》した。広州の交易ギルドの信用を失墜《しっつい》させ、制定したばかりの一口通商――イギリス人はこれを『カントン・システム』と呼んでいるが――これを覆すための工作だったのだと。そこで、フリントの陳情書を細かく調べさせ、翻訳《ほんやく》と執筆に関与した清国人は処刑された。『野蛮な西洋人』に漢語を教えて翻訳の手を貸した清国人は、『許されざるならず者として、死罪を免《まぬか》れず』となったのは、それ以来のことだ」

マリーは両手で口を覆った。

「フリントさんは、どうなったんですか」

「澳門《マカオ》の監獄に三年、そのあと清国を永久追放となった」

多くの役人と広東の人々を巻き込む大事件を引き起こした張本人であるにもかかわらず、外国人は処刑されずにすむらしい。

アミヨーが空のティーカップを受け皿に載せ、テーブルに置いた。

「皇帝は、イギリス人の狡猾《こうかつ》さを忘れているだろうか。私はそうは思わない。一商人の姑《こ》息《そく》な工作ではなく、今回は国王から正式に任命された全権大使であり、その大使はおそらく国内外の要職を経験した身分ある人物であろう。貿易の自由を標榜《ひょうぼう》するイギリス大使の手腕が清国の皇帝に通用するか、見届けたいものだ」

「どうして、その話を私にするのですか」

アミヨーが政治的な話をマリーにすることは、あまりない。若い娘には相応《ふさわ》しくない話題と考えているのか、あるいは清国について踏み込んだ知識を持つべきでないと考えているのか。また、故国フランスの実情を話し合うことで、双方がどうしようもない絶望感に苛《さいな》まれるのを避けようとしているのかもしれない。

「おや、興味がないのかね。清国が世界に開かれるかもしれないのだよ。西洋人が北京だけではなく自由に清国内を移動でき、商人や外交官が妻子を伴って清国に居住できるようになるかもしれない」

それは自分に関係のあることとか、マリーは考えてみた。王府と内城のなかで完結してしまう現在の自分だが、将来はわからない。マリーは北京に住む西洋人とは、教堂の聖職者の他には、ほとんどかかわりがなかった。軍機大臣の和珅《ヘシエン》の邸に出入りするイギリス人の商人ぐらいだ。

「でも、イギリス商人は、北京にいますよね。カカオやブランデー、ワインなどを売ってくれます」

アミヨーは口の端をわずかに上げて、意味深な笑みを見せる。

「それは、軍機大臣の翼下《よくか》で見逃されている商人のことだろう？　マリーはその商人とは、軍機大臣のところでしか会ったことがないはずだ。法的には、外国人で清国に居住が許されるのは、皇帝に奉仕し、宮廷に仕え、生涯を清国で過ごすと宣誓《せんせい》を立てた者だけだ。それ以外の西洋人は、非合法に滞在していると思って差し支えない」

たしかに、和珅の邸の外でイギリス人を見かけたことはない。王府まで配達してくれるのは、清国人の使いだ。かのイギリス人の商業活動は違法で、和珅は密貿易に関わっているのだろうか。だとしたら、かれらから食材を購入しては、慶貝勒《けいベイレ》府に問題を持ち込むことになるのではないか。

マリーの頭から、血の気が下がっていく。

「そんなに怖れることはない。和珅が失脚でもしない限り、存在するはずのない西洋人が検挙される心配はない。ただ、このことは、マリーも知《こ》っておくべきだね。清国は、もっとも皇帝に信任されている大臣が、国法を犯して私腹を肥やしている国であるということをね」

そうして、アミヨーは天気の話でも終えたように、マリーの持ってきたタルトをおいしそうに頬張った。

マリーは、北堂を辞して王府へと戻る轎《かご》の中で、とりとめなく浮かび上がる不安と新しく得た知識、そして和珅《ヘシエン》を舅《しゅうと》とする知己《ちき》の和孝公主、自分と慶貝勒《けいベイレ》府の行く末を考え続けた。

第二話

大英帝国の全権大使

西暦一七九二〜三年　乾隆五七〜八年　冬
北京内城／円明園／熱河

菓子職人見習いのマリーと、祖国の現実

マリーはクリスマスの伝統的な菓子をいくつも作り、北堂で行われる聖誕祭に持って行った。

しかし、楽しみにしていた聖歌の伴奏を弾《ひ》いたのはアミヨーではなく、他の聖職者だったので、すこしがっかりした。アミヨーはミサの間中、聖堂に姿を見せることはなかった。

――お体の具合が、よくないのかしら。

マリーの心配には根拠がある。避暑山荘から帰って以来、アミヨーの冴《さ》えない顔色や緩《かん》慢《まん》な動作に、病や老《お》いを強く感じるようになっていた。気温が下がるほどに咳《せ》き込むことも増え、話ができる日でも絶えず痛むらしい指の関節をさすり続けていた。ミサに姿を見せることも減り、ピエス・モンテ作りの相談は、絵の添削《てんさく》を兼ねてパンシ神父とだけですませることも増えていた。

クリスマスのミサが終わるのを待ち、マリーはパンシにアミヨーの体調を訊ねた。

「アミヨー神父も高齢でおられるからね。それでいて仕事は減らない。イギリス使節の話は耳にはいっているだろう？　澳門《マカオ》から送られてくる文書の翻訳量も半端ではない」

「大使との通訳は、宣教師の方々がされるのですか」

夏に話したとき、アミヨーがイギリス使節団の訪清に、非常な興味を抱いていることをマリーは感じ取っていた。漢語にも韃靼《だったん》語にも堪能なアミヨーは、通訳として適任だとマリーは思う。

イギリス王国が大清帝国との対等な貿易を確立しようという、この歴史的な舞台で通訳を拝命することは、中華の歴史と文化に最も精通した学者として、欧華に名の知れたアミヨーに、相応《ふさわ》しい役割だ。

「英語を流暢《りゅうちょう》に話せる宣教師はいないからね。ラテン語かフランス語を、漢語あるいは韃靼語に訳せる者が選ばれることだろう。アミヨー神父も候補に挙がるとは思うが、ベルナルド・アルメイダあたりが皇上に強く自薦《じせん》していると聞く」

アルメイダ神父はポルトガル人の宣教師だ。マリーはポルトガル人イエズス会の教会である南堂で、アルメイダの顔を見ることはあったが、なんだか嫌われているような気がして話をしたことはない。アミヨーによれば、アルメイダはフランス語があまり得意ではなく、会話するときはラテン語だということだったので、マリーを避けているだけと思うことにしていた。

アルメイダの上司にあたるロドリゲス神父はまだしも親切で、先だってクリスマスのパンとお菓子を持って行ったら、お返しにワインをくれたのだが。

南堂にあまり行かなくなったのは、アミヨーが南堂でチェンバロを弾かなくなり、北堂に詰めることが多くなったというのはある。だが何より、マリーや漢人の教徒がいるところでも、神父同士がポルトガル語で会話をすることに、居心地の悪さを感じてしまうからだ。

ポルトガル人宣教師団に排他的な傾向があるのは、アミヨーもほのめかしていた。

清国に孤立したヨーロッパ人同士が協力し合うべきところで、他国宣教師団がアルメイダたちに活動を妨害《ぼうがい》されるのは、珍しいことではないという。それは、マリーが王府から近いという理由で通い詰めていた南堂から、アミヨーとフランス人宣教師団の本拠である北堂に通うことが増えてから、マリーに対する対応がよそよそしくなったことからも察せられる。

「ロドリゲスとアルメイダは、欽天監《きんてんかん》の重職に就《つ》いていることもあり、皇上のお心を動かしやすい。だが、英国大使がラテン語ではなくフランス語での会話を望めば、アミヨー神父か漢語に堪能《たんのう》なポアロが通訳を命じられるだろう」

欽天監は天文や暦《こよみ》を司《つかさど》る公職だ。迷信深い清国人、輪廻転生《りんねてんしょう》を信じて息子を遠ざける乾《けん》隆《りゅう》帝は、星のお告げと言われれば、ポルトガル人神父たちの言葉を信じるのだろうか。

乾隆帝の祖父、康熙《こうき》帝の時代に、イエズス会士のベルギー人宣教師が、西洋暦法の正確さを証明して排斥《はいせき》を免《まぬか》れ、それより欽天監の要職には宣教師が就くことになっている。とはいえ、現在の欽天監の長官と副官が、どちらもポルトガル人宣教師に占められていることは、フランス人宣教師たちにとっては面白くない状況には違いない。

「この北堂ではロー神父が通訳に大変乗り気であるようだ。彼はイギリス王国の東洋進出を見越して、カスカート卿の使節が頓挫《とんざ》してからも、英語の学習に力を入れてきたらしい」

パンシの口元が皮肉げにゆがんだ。同じ北堂勤めとはいえ、ロー神父が新参のラザリスト会の神父であり、いまは解体されてしまったイエズス会のパンシやアミヨー、ポアロにとっては、同僚ではあっても同志ではないという気持ちが滲《にじ》み出たのか。

ロー神父は北京《ペキン》に来てまだ七年で、官位も高くない。数学者という、一般の宮廷人にはいまひとつ支持者を増やしにくい専門でもある。布教が許されない現状で、宮廷に影響力を伸ばしたければ、英国大使の通訳は願ったり叶《かな》ったりであろう。

「マリーはどうかね。通訳を名乗り出るつもりはないか。これからはイギリス東インド会社が隆盛《りゅうせい》を極めることになるだろう。いつかフランスに帰ることを考えたら、欧州のどの国にも縁故を持った方がいい」

急に水を向けられて、マリーはびっくりして肩をすくめた。

「え、でも。私、英語は『サンキュー』と『プリーズ』しか知らないです。あと『パードン』、でしたっけ?」

両手を力いっぱい振って、自らの可能性を折り取っていく。

「使節団の中には、フランス語やラテン語を話せる人材はいくらでもいるだろう。最新の報《しら》せでは、アイルランド貴族でアイルランドとイギリス両国で議員を務めたマッカートニー卿が、大使として最有力候補であるという。この人物は敏腕の外交官で、パリ条約の講和会議にも出席し、ロシアの駐在公使も務めている。つまり、フランス語が堪能であることは間違いない」

「でも、その人じゃないかもしれませんし」

前任者のように、航路半ば《なか》に病気で倒れる可能性もある。

パンシは小さくため息をつくと、背筋を伸ばした。

「マリー、アミヨー神父はまだ君に話していないようだが、君は知っていた方がいいと思うことがあるのだ」

マリーも、思わず姿勢を正した。熱河《ねっか》から帰って以来、アミヨーの口がひどく重くなっていたことに、関係があるのだろうと直感したからだ。老いのためではなく、かれの健康を蝕《むしば》む何かを感じ取っていたものの、本人が何も言わない以上、周りの誰かからも聞き出せずにいたのだ。

「まず、フランス国王とその家族が幽閉された。パリから脱出して、オーストリアに亡命しようとしたところをヴァレンヌで捕らえられ、パリに連れ戻された。昨年六月下旬のことだ」

一年半も前のことである。早ければ今年のはじめには届いていた情報のはずだが、アミヨーはマリーに教えなかった。

「このような大事なことを、フランス国民であるマリーにも話さずにいたのは、決して秘密にしていたからではない。ヴァレンヌ事件以来、ひと月の内に幾通もの書簡が、ヨーロッパじゅうのあらゆる機関、あるいは知人から届けられた。託された船の速さと航程によって、発送された日付が前後してしまうこともあり、情報が錯綜《さくそう》しているのでね。確かな流れと王室の消息がわかるまでは、我々もうかつな解釈と判断をできずにいたのだよ」

マリーは膝の上で組んだ拳《こぶし》をぎゅっと握りしめた。知らず知らずのうちに、奥歯を嚙《か》みしめてしまう。

「すべての情報を整理して、今日まで明らかになった事実だけを話そう。国王と王妃が、スウェーデン王国と、亡命を予定していたオーストリア帝国の軍隊を借りて、革命派を倒そうとしていたことも明るみに出た。フランス国民は怒り、世論は王政を廃止して、共和政権を樹《た》てる方向へ一気に傾いた。議会の決議でかろうじて王位は保たれたが、革命派の政権争いは過熱するばかりで、党派同士で殺し合いも起きているらしい。八月には、ドイツに亡命した王弟とフランス貴族たちに焚《た》きつけられたオーストリア皇帝とプロシア国王が、ルイ十六世の復権を求めて、フランスの革命政権に対する武力行使を宣言した」

「えと、つまり──」

マリーはごくりと唾《つば》を飲んだ。

「戦争ですか」

パンシは重々しくまぶたを閉じた。

「実際に軍隊が動いたという報せはまだない。といっても、最新の書簡でさえ半年以上も前の情報だからね。いまはどうなっていることか、まったくわからない。わかっているのは、亡命貴族の財産は差し押さえられ、領主権は廃止になり、各地の城が共和主義者や領民に襲撃され、掠奪《りゃくだつ》されているらしい」

――フランス王国は、内も外もめちゃめちゃってこと？

マリーがパリを脱出した革命直後よりも、さらにひどいことになっているようだ。

振り返れば来た道は消えてなくなり、戻れなくなっていることを、ぼんやりと実感する。

パンシは疲れたようにため息をついた。

「もっと早くから、マリーには話しておいた方がよいと、アミヨー神父には忠告してきたのだが、王室が危険な状態にあることを話すのは、ためらわれたのだろう。アミヨー神父自身も、祖国が混乱の極みにあることを、言葉にするのはつらかったのかもしれない。だが君は、我々と違い民間の職人だ。望めばヨーロッパに帰る選択肢《せんたくし》もある。西洋の情勢については、常に気を配りなさい。我々が生きている間は、フランスの事情がわかれば、私の一存で教えよう。だがそのあとは、ヨーロッパと自分自身を繋ぐ糸を、マリーが自力で紡《つむ》いでいかねばならない」

パンシは、アミヨーが地上を去る日がそう遠くないことを、暗に示唆《しさ》している。

アミヨーが高齢であることを、マリーは意識的に考えないようにしてきた。乾隆帝が八十歳を超えて、まったく衰《おとろ》える気配がなく、いつまでも生きそうに見えるから、つい周りの高齢者もずっとそばにいて、見守ってくれるのではないかと思い込んでいた。

フランス人の宣教師は他にもいるが、アミヨーほど心を砕《くだ》いてマリーを見守り、支えてくれた人間はいない。それに、アミヨーは永璘《えいりん》の秘密をも共有してきた人物だ。絵の師につくことのできなかった少年時代の永璘に、身の危険を冒《おか》して理論的な側面から助言をしてきた。

アミヨーが逝《い》ってしまったら、永璘の秘密を抱えるのは、マリーひとりになってしまう。この清国で、心から信頼して母国語で相談できる相手が、もうすぐいなくなってしまうという現実。避暑山荘から帰ってきてアミヨーを訪ねたときは、想像もしていなかったことだ。

ぼんやりとした面持《おもも》ちでマリーが教堂を出ると、何雨林《かうりん》が轎《かご》を背に待っていた。

「趙小姐《ちょうシャオジエ》。どうかしましたか」

マリーはハッとして雨林を見上げ、気弱げに首を横に振った。吐く息の白さに、最後にアミヨーと話したのはまだ外套《マント》のいらない季節だったことを思い出した。

何雨林が轎の幌《ほろ》を上げてくれる。マリーは身をかがめて轎に入り、椅子《いす》に腰かけた。幌が下ろされ、空間が閉ざされた途端、上を向いても、袖でまぶたを押さえても、涙が滲み出てくる。いつもは苦手な轎の狭苦しさが、このときほどありがたいことはなかった。

「アミヨー神父さまは、まだ生きてらっしゃるのに。ちょっとお年を召して、昔ほど元気じゃなくなっただけなのに涙ぐむなんて。まったく失礼だよ、私」

それでも、ふとした調子で、アミヨーの演奏するチェンバロやパイプオルガンのメロディが耳の奥に蘇《よみがえ》り、そのたびに目尻がじわりとしてきて、袖で顔を覆《おお》った。

菓子職人の見習いマリーと、元宵節《げんしょうせつ》の夜

慶貝勒府《けいベイレふ》の春節は、例年よりも浮き立った気配で満ち満ちていた。

上級使用人の近侍《きんじ》から、御殿や回廊に上がることを許されていない下男下女まで、だれもがそわそわと仕事の手を休めては互いに囁《ささや》き合い、嫡福晋《ちゃくふくしん》である鈕祜祿《ニオフル》氏の住まい、東《ひがし》廂房《わきのや》のある後院の方角へと、期待に満ちた視線を送る。

初冬のころからたびたび医師の診察を受けていた嫡福晋の体調不良が、懐妊の兆《きざ》しであったことが御殿勤めの近侍の口から漏れて、新年最初の満月である元宵節《げんしょうせつ》までには、邸《やしき》じゅうに広まっていたからだ。

年末年始はもちろん、元宵節もまた、マリーの所属する膳房《ぜんぼう》の点心局は戦場のような忙しさである。元宵節は特に、元宵という名の団子を何千と作り続けなくてはならない。

小豆餡《あずきあん》、胡麻《ごま》餡、棗《なつめ》餡、その他にも刻《きざ》んだり練ったりした干果《かんか》や、砕いた堅果《けんか》を混ぜ合わせた何種類もの餡を小さく丸め、餅米《もちごめ》の粉をまぶす。粉に覆われた餡を水に通して、さらに餅米粉を広げた大きな平笊《ひらざる》の上で転がして粉をまぶし、また水に通しては平笊に戻し

て餅米粉をまぶしつけていく。元宵が少しずつ大きさを増していき、やがて真っ白な団子に膨《ふく》れ上がるまで、厨師《ちゅうし》はひたすらに笊を前後左右あるいは時計回り逆時計回りと、延々とただひたすらに平笊を回し、団子を転がし続けるのだ。

その作業を何日続けてきたか、マリーの記憶《きおく》はすでに定かではない。水通しと笊振りをときどき交代しつつ、ともに作業に励む徒弟仲間の李二《りに》とマリーの顔と首、そして袖を折り返した肘《ひじ》も手も、餅米粉で真っ白である。

舞台俳優のように白粉《おしろい》を厚く塗《ぬ》りつけたような二人の顔には、真冬の寒さも無視して汗の筋がいくつもついている。

「去年よりもたくさん作っている気がする」

マリーが一息ついて小声でぼやくと、李二も顎《あご》の汗を二の腕で拭《ふ》き取ってうなずく。

「倒座《とうざ》房《ぼう》の元宵は、賄《まかな》い厨房で作っているのにな」

永璘が嫡福晋の二度目の懐妊を、父親の乾隆帝に報告したその日から、慶貝勒《けいベイレ》府《ふ》には永璘の兄弟とその息子たち、そして皇族や姻戚《いんせき》にあたる高官らが祝いに押しかけた。永璘の正房《おもや》には、食事でなければ酒や点心がひっきりなしに運ばれ、鈕祜祿《ニオフル》氏の廂房《わきのや》には実家の女性陣が駆けつけてあれこれと世話を焼いていた。

また、めでたいことのあった家からの贈り物はどこも喜ばれる。宗室に連なる第一等の親王九家以下、郡王、貝勒、貝子《ベイツ》はもちろん、親戚でもない限りこちらから進物を贈る必要のない第五等の国公以下、第十二等の将軍からも祝いの品が届けられれば、返礼としての季節の元宵と、点心の詰め合わせを使者にことづけねばならない。

「でも、お祝いにもらうのも、点心の詰め合わせなのよね」

各王府の面子《めんつ》を懸《か》けた、縁起物の激しい応酬《おうしゅう》が、季節行事における清国の文化とマリーは解釈していた。それにしても膨大《ぼうだい》な量の似たような料理や菓子が行き交《か》うのは、行き過ぎではと思えてくる。

「よほど家族の多い王府でもない限り、食べきれないよ」

「余れば俺たちにも下げ渡されるから、無駄にはならない。代々秘伝の点心を自慢し、どこの王府の元宵が一番うまいか、一目置かれる絶好の機会なんだ。それぞれの王府に勤める厨師の、腕の見せ所ってわけだよ」

李二が自らの解説にうなずくと同時に、王《おう》厨師の怒声が響き渡った。できあがった胡桃《くるみ》餡を取りに来いとがなり立てている。私語がばれないよう、できるだけ低い声でささやきあっていたのだが、しっかり見つかっていたようだ。

元宵節に入る前は、マリーは通常の膳房業務に加えて『慶貝勒府《けいベイレふ》特製の洋式甜心《てんしん》』を作る作業にも打ち込まねばならず、日の出前から日没後まで働き続けた。

花梨《かりん》を煮詰めて固めのゼリー状に仕上げたコティニャックと、別々に泡立てた卵白と卵黄に、少量の小麦粉を混ぜて焼いたビスキュイ・ア・ラ・キュイエールは定番で、内城では人気の菓子になっている。

どちらも材料と作り方がシンプルなので、他の王府でも試行錯誤《さくご》して作り始めているとだが、花梨の果肉と砂糖を煮詰めて漉《こ》し、滑《なめ》らかにして冷やし固めるだけのコティニャックはともかく、清国にはない洋式の密閉型オーブンで、短時間で焼き上げるビスキュイ・ア・ラ・キュイエールは、まだどの王府も類似した甜心を作れずにいるという。

マリーの作る洋式甜心のほとんどは、そろえられる材料が希少で高価なことから、宗室の兄弟姉妹の他には、永璘が懇意《こんい》にしている王府にのみ配られる。

マリーはガトー・オ・ショコラと、フランスで新年に食べられるガレット・デ・ロワを一度にいくつも焼いて小さく切り分け、粉砂糖やココアパウダーを篩《ふる》って、蜜漬けの桜桃《さくらんぼ》や木苺《きいちご》で飾った。

箸《はし》や手づかみで食べられる、一口大の菓子を好む清国人の嗜好《しこう》に合わせた盛り付けだ。

そして、クリスマスのチョコレート菓子『カトル・マンディアン』を、清国人の好みにアレンジし、小さなタルトを小皿に見立てて中に詰める。貴重なカカオを大量に使用したこのお菓子は、永璘の同母兄永琰《えいえん》の親王府と、異母妹の和孝公主の分だけを作って、詰め合わせに添えた。

カトル・マンディアンは、原料となるカカオが稀少で高価なだけではない。

カカオ豆を焙煎《ばいせん》したのちに、皮を剝《む》いて取りだしたカカオニブを細かく砕いて、粉状になるまで擂《す》り潰し、さらに擂り続けて粘《ねば》りが出たところで湯煎《ゆせん》にかけ、ドロドロになるまで練り続ける。そうしてできあがったカカオペーストを冷たい大理石の上で広げ、光沢《こうたく》が出るまでテンパリングを続けて、ふたたび温めることでカカオバターが安定し、口当たりも滑らかに固形ショコラが仕上がる。

父親の残したレシピを頼りに、カカオ豆が手に入るたびに先輩厨師の孫燕児《そんえんじ》や李兄弟、ショコラの試食に与《あずか》りたい厨師たちの手を借りて、ショコラ作りに励んできた。去年に比べれば、かなり口当たりの良いショコラが作れるようになったと、マリーは密かに自負している。

和孝公主が、マリーの教えたガトー・オ・ショコラを好むようになってまもなく懐妊したことと、カカオの栄養に夫婦和合の効能ありと宮廷勤めの宣教師たちが認めたことから、ショコラ菓子を求めて慶貝勒府《けいベイレふ》に使いを送り込む皇族や高官は引きも切らない。ただ、材料が手に入りにくく、作るのに手間がかかるため、その味を知っている幸運な人間はとても少なかった。

そこへ、永璘と結ばれて十年以上経《た》っても、子宝に恵まれずにいた鈕祜祿《ニオフル》氏が懐妊したというのだ。希少な西洋菓子の霊験《れいげん》あらたかさはいよいよ証明され、慶貝勒府のお抱え西洋人糕點師《ガオディアンシー》の評判は、マリーの想像力を超えて一人歩きしている。

未明から作り始めた何種類もの元宵は、午後には山のように積み上げられ、マリーたちはようやく一息ついた。

「櫃《ひつ》に詰める前に一休みするぞ」

点心局局長の高《こう》厨師が声をかけ、マリーと李二は空いた場所に茶の用意をする。朝からずっと立ちっぱなしで、脚がすっかり棒になってしまった。ふくらはぎを揉んだり、屈伸したりして、湯が沸《わ》くのを待つ。

休憩が終わったら、王府内で消費する元宵と、贈答品に詰め合わせる元宵を振り分け、膳房をかたづけて掃除し、マリーたちの一日が終わる。

最初の年に元宵の作り方を習ってから、もはや三度目の元宵節だ。作業も手早くなったし、笊いっぱいの元宵をリズミカルに転がしては、次々と丸い団子の山を作り上げていく手際《てぎわ》は、なかなかのものだと内心で自画自賛している。餡を作らせてもらえるのは、来年あたりだろうか、それとも厨師助手になってからだろうか。作り方そのものは、そばで見ているので、自己流で作れなくもないが、マリーは高厨師直伝の元宵を習得したいと思っている。

いつか自分のパティスリー、あるいは甜心茶房を持ったときに、洋菓子に加えて慶貝勒《けいベイレ》府《ふ》膳房お墨《すみ》付きの甜心をメニューに並べたい。その店がパリの街角になるのか、北京の胡《フー》同《トン》のどこかになるのか、先のことはまったく考えていないのだけども。

灯籠祭《とうろうさい》とも言い換えられるほど、元宵節には家という家の軒に、無数の明るい提灯《ちょうちん》や灯籠が下げられ、夜通し火が灯される。

慶貝勒府も例外ではなく、永璘の住まいである正房《おもや》にも、妃たちに割り当てられたどの廂房《わきのや》の軒下にも、そしてその御殿群を繋ぐ回廊と、前後の院子《なかにわ》を隔てる過庁《かちょう》という大きな門楼の軒にも、等間隔に赤い提灯《ちょうちん》が並んでいる。

皇帝の住む紫禁城や裕福な旗人たちの邸から、北京内城と外城の貧しい胡同《フートン》まで、人々は門や軒の隅々に煌々と輝く提灯を飾りつけるのだ。その無数の灯火は、北京のみならず清国の隅から隅まで、人の住む城下や町を明るく隅々まで照らし、夜を押しやる。

仕事でぐったり疲れ切ったはずのマリーと同室の下女たちだが、部屋に持ち帰った夕食を大急ぎで胃袋に収めた。髪を結《ゆ》い直してとっておきの簪《かんざし》を挿し、軽く白粉をはたき、薄く頬紅を載せる化粧《けしよう》をすませて外出着に着替える。昨年の春節まで、マリーには化粧の習慣はなかった。しかし、元宵節の宮中行事で、乾隆帝自ら『なぜ化粧をしないのか』と下問されてから、外出や公用で人前に出るときは薄く化粧をするようになった。

職業衛生上、化粧は必要ではないと、いまでもマリーは信じている。だが、マリーの仕事を知らない赤の他人や、厨師という仕事そのものに理解のない人間の中には、マリーのそばかすだらけの顔を嘲笑《あざわら》ったり、何かの病気ではないかと邪推《じやすい》して言いふらす人間もいる。

自分ひとりが不快感をやり過ごせばいいという問題ではなく、慶貝勒府《けいベイレふ》の体面にもかかわってくると考えるようになったマリーは、そのことを高厨師に相談した。

丸々とした体軀の高厨師は、太くぽっちりとした人差し指で汗の滲む額を掻《か》いて、白い頰にそばかすの散るマリーの顔を、あらためて見下ろす。

『おれはもう気にならんが、初めて会う人間は、妙齢の娘が雀斑《そばかす》や痘痕《あばた》をさらして表を歩いていたら、確かにびっくりするだろうな。皇上がわざわざ呼び止めて御下問なさったのも、驚きになったからだろう。法国《フランス》では、そういうこと……つまり、痣《あざ》や見えるところの染みを隠すといったのは、女の身だしなみに入らないのか』

『若くても年をとっても、お化粧はふつうにしますよ。清国と同じで、肌は白ければ白いほど好まれますから、もう地の色がわからないほど真っ白に塗ります。ただ、私は侍女とか接客の仕事でなく、職人ですから、化粧する必要がなかっただけです』

マリーは苦笑しながら答えて、付け加えた。

『フランスでは、貴族や富豪など上流の男性も化粧します。あばたや血色の悪さを気にする人は、特に厚化粧でした。でも、清国の男性は、化粧で顔の欠点を隠すことは身だしなみに入らないみたいですね』

嫌《いや》みを言った積もりはなかったが、王厨師がものすごく嫌な顔をしたので、失言したのかとマリーは焦《あせ》った。李二がすかさず口を挟む。

『あばたがあっても、男が化粧するなんて考えたことないけど、おれたちの身だしなみは頭に時間がかかるんだよ』

そう言って、李二はきれいにそり上げられた頭頂をなで上げる。後頭部に残した髪を、うなじの少し上に集めて編《あ》まれた長い辮子《おさげ》は腰にまで届く。

『もしかして、それ、毎朝剃《そ》っているの？』

『おれたちは二、三日おきに剃ってるけど、伸びるのが早い連中は、毎日剃ってる。時間に余裕のある大人《たいじん》は召使いに抜かせてるらしい。人前に出る仕事だと、やっぱマメに剃ってるんじゃないかな。ヒゲと同じで。あと、辮子はほつれ毛が出ないように手入れして、髪が減ってきたら付け毛を足したり、行事のときには飾りをつけるのも、男の身だしなみだぞ』

永璘や官職にある男たちの辮髪《べんぱつ》には、辮子の先端に玉石や房飾りが下げられている。城下ですれ違う庶民もまた、リボンや何かしらの飾りをつけていた。

所変われば習慣が違うのは当然だが、高厨師や李二、そして先輩厨師の孫燕児、そして清国じゅうの男子が、上は皇帝から下は庶民まで、辮髪の手入れに毎日どれだけの時間を費《つい》やしているのかと、マリーはふと気の毒に思えてきた。

『なんだか、私が一番楽をしているんですね。朝は顔を洗って、髪を梳《と》かして結うだけなんて』

高厨師が少し顔をしかめて、重々しくうなずいた。

『厨房で化粧なんぞ問題外だが、勤務時間でないときに外出したり、人に会ったりするときは、それなりに身だしなみを整えておけよ。王府のなかでは、瑪麗《マリー》は厨師徒弟だが、外に出たら嫁入り前の女にしか見えん。老爺《ラオイエ》の体面にも、かかわってくるかもしれんからな』

マリーはそばかすが自分の欠点だとは思っていなかったが、清国に来てからあまりにも言われるので、仕事以外では化粧した方がいいのかと思い始めていた。高厨師に言われて、ようやく決心がついた。

それに、マリーがフランスを出奔《しゅっぽん》したときは、まだ十五歳だった。パティシエール見習いという裏方仕事に忙しく、公私にかかわらず人前に出ることはほとんどなかった。だから、パリジェンヌとして当然知っておくべき女性の身だしなみやおしゃれには関心もなく、知識もなかった。

身を飾ることを覚える前に、父の弟子であったジャンにプロポーズされたのだ。

――外見を気にしない私が、フランスでも清国でもふつうじゃないのかも。

ということに、ようやく思いが至ったマリーであった。

それ以来、マリーは外出するときには、化粧をするようになった。

他の娘たちのように、耳たぶに孔《あな》を開けていないために、耳飾りをつけることはできないが、同室で最年長の小杏《しょうあん》に白粉や頬紅の載せ方を教えてもらい、同年の小蓮《しょうねん》や後輩の小葵《しょうき》と、仕上がりを批評しあう。

高厨師に相談し、小杏たちに助けられて、仕事以外の時間に身を飾ることを始めたマリーの変化を、好意的に受け取る使用人ばかりではない。さてはいよいよ本気で永璘の歓心を買おうと色気を出してきたのか、あるいは厨師の誰かと恋仲になったのか、と噂《うわさ》の種にされる。

だが、マリーがおしゃれをするのは同僚と外出するときと、教堂のミサに参列するときだけだ。それもせいぜい、うすく白粉をのばし、ほんのりと頬紅を刷《は》くだけだった。外出着と髪に挿す簪も、小杏たちのそれと違いはなく、下級使用人の分を越えるような派手《はで》なものではない。

「瑪麗《マリー》はもとから色が白いから、そんなに塗らなくていいんだよ。あばたと違って、そばかすは簡単に隠せるし」

刷毛《はけ》に残った白粉を落としながら、小杏が太鼓判を押した。

「できた。うん。五割増し！」

最年長の自負もあり、後輩たちの化粧指南に積極的な小杏にとって、マリーは新しい実験台でもある。

「次、私！」

待っていた小葵がマリーの横に並ぶ。小蓮は鏡をのぞき込んで、水溶きの白粉を自分で載せている。

清国の女性はあまり外出しない。それも未婚の女子が日没後に外出することは、親の危《き》篤《とく》でもない限り滅多《めった》にないのだが、元宵節で街じゅうが明るく賑《にぎ》わう夜は特別だ。貴賤《きせん》に関わりなく、仲の良い姉妹や親類、友人たちと夜遅くまで歩き回ることが許される。無数の提灯が都じゅうを照らす元宵節は、ふだんの外出を制限されている彼女たちが、夜の街をそぞろ歩くことのできる、数少ない機会であった。

少女たちがそれぞれの手に自分の提灯を持って使用人門へ繰り出すと、数人の年若い厨師が待っていた。先輩厨師の孫燕児と、李兄弟、そして漢席厨師の陳大河《ちんたいが》である。

「陳厨師？」

マリーは無意識に瞬《まばた》きをして、首をかしげた。

大河はにこやかに女子たちに会釈《えしゃく》した。

「孫厨師たちが祭を見に行くというので、おれも便乗させてもらおうと思いまして」

マリーは昼夜を問わずひとりで外出しないように、永璘に命じられている。だが、同僚たちと祭見物へでかけるのに、帯剣した侍衛がついてくるのでは、小杏たちを緊張させてしまう。

そのため、夜歩きの付き添いを燕児たちが買って出てくれたのだ。

マリーと小蓮にとって、燕児と李兄弟は共通の職場で働いてきた付き合いの長い同僚であるから、彼女たちの頼みに応じるのは理に適《かな》っている。しかし、部署の異なる大河まで出てきたのは腑《ふ》に落ちない。

「ほかの厨師さんたちは、行かないんですか」

「住み込みの漢席厨師で、北京に自宅や親戚がいないのはおれだけなので」

微笑しながら少し視線を落とす仕草に、マリーの背後で小蓮たちがそわそわする気配が感じられる。春節から元宵節までは、使用人たちは帰省《きせい》が許される。マリー以外の下女たちも、年明けから二、三日ずつ交代で帰省休みを取っていた。陳大河の実家は南京《ナンキン》なので、帰省休暇が二ヶ月は必要になるため、正月はずっと出勤であった。

「去年は勤め始めたばかりで忙しくて、北京の元宵節を見損《みそこ》ねましたから、今年は楽しみしていました。夜にひとりで出歩くと道に迷ってしまうかもしれませんから。同行させてもらえると助かります」

マリーは口の端を少し上げた半分微笑と、困惑した目つきで燕児の表情を窺《うかが》う。燕児は腕を組んで、マリーの視線を受け止めた。燕児の面には、大河の飛び入り参加について快不快の感情はなく、是非《ぜひ》の返答はマリーに任されたようだ。

マリーの知る限り、徒弟時代から王府に仕えてきた燕児と、永璘の声がかりで王府に迎えられた江南《こうなん》出身の大河が、意気投合して友人付き合いをしている気配はない。賄い厨房が繁忙を極めると、漢席の厨師が応援に入ることは珍しくなかった。とはいえ、古参のほとんどの厨師は、新顔の漢席厨師を無視するか遠巻きにしているので、燕児としては上役に嫌みを言われたりしないためにも、大河との接触は減らしたいはずだ。

マリーは返答に窮《きゅう》した。

「孫厨師さえ、いいのなら、問題ないですけど。私たちと一緒では、あまり多くの夜店や催《もよお》しを見て歩けないかもしれませんよ」

燕児と李兄弟も祭を練り歩くのを楽しみにしているが、マリーたちから少し離れて見守る役目が最優先である。若い娘たちが立ち寄れる場所は限られており、成人男子が寄りたい出店や酒楼《しゅろう》、見世物を選んで気ままに歩くことはできない。

「迷子になるよりは、みなさんのあとについて歩く方が安全ですから」

さりげないマリーの牽制《けんせい》を、大河は白い歯を見せて爽《さわ》やかにかわした。小杏以下、小蓮も小葵も、うっとりと微笑《ほほえ》んでうなずいた。

「私たち、問題ないですよ」

小葵が真っ先に声を上げた。

最年少で勤務年数最短である小葵の、身を乗り出すような差し出口を、先輩の小杏が小声で叱《しか》りつけ、肘《ひじ》を取って下がらせる。小葵は口の中でぶつぶつと小杏に何か言い返したが、おとなしく下がった。

小葵の立場をわきまえない態度に、燕児の表情が変わらなかったので、マリーは少しほっとした。李二と李三は微妙に口元をもぐつかせて互いに視線を交わしていたが、異論はないようだ。

八人の男女が夜の街へとでかける。娘たちが先を歩き、燕児たちは少し距離をとってついてくるので、歩きながら男女間の会話が交わせるわけではないが、小杏たちは明らかに舞い上がっていた。王府でも女たちに人気のある美男の陳大河が、自分たちの逍遙《しょうよう》に付き添っているのだ。小葵は絶《た》えず肩越しに振り返り、男子らがついてきているか確認し、小蓮は簪がずれてないか、たびたび確認する。小杏は化粧が崩れてないかと何度もマリーに訊ねては、大丈夫だと言われてほっと息をつく。

「瑪麗《マリー》のお化粧に夢中になって、自分のはおざなりにしちゃったの。あー。運がないなぁ」

小杏はため息まじりにつぶやく。

「小杏も素敵だよ。燕児たちと並んで歩くわけじゃないし、暗いし、そんなにわからないって」

「瑪麗《マリー》、あんたって、本当にわかってないのね！」

小杏は非難がましくささやき、ふたたび嘆息《たんそく》する。

マリーだって、小杏たちの気持ちがわからないわけではない。

小杏はもう二十歳だ。つまり適齢期を逃しつつあるのだ。マリーも、すでに適齢期は通り過ぎているのだが、結婚よりも手に職をつけることを最優先としている。しかし、小杏はそうではない。年季があるために、望みのままに退職することもできず、親の意思か主人夫婦の命令でもないかぎり、結婚とも縁がない。かといって、このまま年季明けまで働き続ければ、婚期は遠ざかり嫁《とつ》ぎ先の範囲も限られてくる。

どこかの年をとったやもめの後妻か妾《めかけ》にやられるくらいなら、気心の知れた王府の使用人男性の中から、将来有望な相手と娶《めあわ》されるほうがいいに決まっている。執事の推薦《すいせん》で、使用人同士が縁組みされることは、珍しくなかった。

「ねぇ、瑪麗はどうなの？　孫厨師から打診《だしん》はないの？」

「打診て、なんの？」

マリーは思わず頓狂《とんきょう》な声を出し、慌てて手を上げて自分の口を塞《ふさ》いだ。

「孫厨師と瑪麗って、馬が合ってるみたいじゃない。いつも、瑪麗の好きな料理を賄いに出してくれるし」

「え、でもそれは李二も李三も同じだよ。膳房ができる前は点心局で一緒に働いていたから、互いの呼吸とか好みはだいたい把握《はあく》しているわけで。高厨師に師事してきた仲だもの、厨房が分かれても、教えてもらったり、助け合ったりは当然でしょう」

しどろもどろにならないよう、マリーは慎重に言葉を選んだ。小杏がそう考えているということは、王府の使用人には勝手な憶測をして、噂を流すやからがいるかもしれない。

「いまはそうかもしれないけど。いくら瑪麗《マリー》でも、一生独《ひと》り身を貫くつもりじゃないでしょう？」

「そりゃ、いつか菓子職人として独立するのが夢だから、伴侶になる人がいっしょに店を切り盛りしてくれたらいいなとは思うよ」

「だったら」

小杏はマリーに肩を寄せて、ささやきかける。

「孫厨師と陳厨師なら、どちらがいい？」

「小杏」

マリーはあきれて何も言えない。言えないままに、将来のパティスリーで一緒に働く誰かを想像してみる。燕児かもしれないし、大河かもしれない。李兄弟のどちらかという可能性もあるし、あるいはこれから出会う未知の誰かかもしれない。

ぱっと永璘の顔が浮かんだが、すぐに打ち消した。そもそも生きる道が違う。

これがフランスならば、王族をパトロンとするパティシエールの構図になるのだろう。

資産はないが才能のある芸術家を、富裕層が支援するのは公的な義務となっていることもあり、経済的な支援を受けている芸術家や職人は、男女にかかわらず珍しくない。だが、パトロンが男性で女性が被支援者であると、どうしても愛人関係であることを勘ぐられてしまう。

そして、その勘ぐりはほぼ高確率で正しいのだ。パトロンを持った職業婦人は、愛人関係の有無にかかわらず、家庭を持つようになるとパトロンとの縁が切れてしまう。男性の芸術家や職人が、結婚して家庭を持っても、生活の支援が継続されるのとは対照的であった。

マリーは天涯《てんがい》孤独になり、故国から遠く離れたいまも、神の定めた伴侶と巡り会って、自分自身の家庭を持つことはあきらめてはいない。永璘に対する気持ちとは別に、自分の人生は大切にして、父が叶えられなかった夢を自分が叶え、平凡な市井《しせい》の暮らしを手に入れることが、自分の身の丈《たけ》にあっていると固く信じている。

永璘はいまでも、ときおり思い出したように側室の地位をほのめかす。そのたびにマリーは首を横に振る。

清国に来てから三年も経てば、マリーの立場はもちろん、気持ちにも変化はある。以前は自分でも気づかなかった永璘への思いを、自覚するようにもなった。そうしたもろもろの感情を認めた上で、マリーは膳房の徒弟であることを選んでいるのだ。

「そういうの、ふたりに対して失礼よ。向こうにも好みや理想とか、希望があるだろうし。

それでもってあちらから願い下げって言われたら、私がすごく傷つくから、この話はやめにしよ」

マリーは声に切実さを滲ませて、小杏に応える。

こうして、言質《げんち》を与えず、そして誰にも気を持たせずにかわせるようになったのは、自分も成長したのだろうかと、マリーは密かに思った。

しかし、小杏はここで話を畳《たた》まれたことに不服らしい。

「それ、答えになっていないでしょ。私は瑪麗《マリー》の気持ちを訊いたのよ」

ここでマリーの本音を話したら、明日には王府じゅうの人間の耳に入っていることだろう。ふと顔を正面に向けたマリーは、「あ」と小さく叫んで、さっと小杏の後ろに回り込んだ。

「瑪麗、どうしたの」

小杏は首を捻《ひね》ってマリーの動きを追う。マリーは小声でささやいた。

「しっ。私の名前を呼ばないで。それから、もうちょっと道の端に寄ってくれる？」

小杏が正面へと振り返っても、広くもない胡同《フートン》の両側に並ぶ屋台と、出店を冷やかして歩く老若男女が目に入るだけである。中空に浮かぶ赤い提灯の行列は、賑やかな人の波を照らし、灯籠《とうろう》を手に提《さ》げた華やかで上質の絹をまとう貴婦人たちは笑いさざめく。貂《てん》の毛皮を縁取《ふちど》りにした胴着を着た貴公子の一行もいる。富貴の人々を避けて、それぞれの晴れ着や盛装に身を包んだ庶民が、こちらもいろいろな意匠《いしょう》の提灯や灯籠を提げて、のんびりと道の両側を進んでゆく。

内城の誰もが、貴賤にかかわらず、元宵の夜を満喫《まんきつ》しているのが見て取れた。

艶《あで》やかな衣裳《いしょう》の貴婦人の行列に見惚《みと》れていた小杏は、「え」と小さくつぶやいて思わず立ち止まった。

雑踏《ざっとう》の中から、地味な色ではあるが、よく見れば上質の絹織りの長袍に、毛皮の縁取りの外套と帽子、そして銀狐《ぎんぎつね》の襟巻《えりま》きを身につけた、見るからに身分の高そうな貴公子が、こちらに向かって大股《おおまた》で歩いてきたからだ。

このままではぶつかると判断して足を止め、道の脇に寄ろうとした小杏だが、背後で止まり損ねたマリーに押されるようにして二、三歩進んでしまう。貴公子は小杏の目の前で立ち止まった。

「ひっ」

小杏は息を呑み、藪《やぶ》から蛇《へび》に跳びかかられでもしたように、足をもつれさせて道の脇へと飛び退《の》く。どこの王府か将軍府、あるいは官僚家らしき、見るからに高貴な人物の足を、一介の使用人風情《ふぜい》が止めさせるなど、非礼千万なことだ。お付きの者に罵《ののし》られ、打たれても文句は言えない。

「道を遮《さえぎ》り、申し訳ありません」と叫びつつ、地面に膝と手を突いた。

置き去りにされたマリーといえば、いきなり正面に立ちはだかった貴人の、まっすぐ伸びた背筋の天辺《てっぺん》から見下ろしてくる視線をかわしてうつむき、深く膝を折った。両手を左膝の上に重ねる。

「豫《よ》親王殿下には、ご機嫌《きげん》よろしゅう」

背後で小蓮が息を呑む音が聞こえた。燕児や大河たちが立ち止まり、見守る視線を感じつつ、マリーもまた息を詰めて豫親王裕豊《ゆうほう》の言葉を待った。

慶貝勒府《けいベイレふ》の西洋人糕點師《ガオディアンシー》を引き抜こうという親王たちのなかでも、もっとも熱心なのが豫親王だ。マリーが引き抜きに応じない意思を鮮明にしてもなお、慶貝勒府を頻繁《ひんぱん》に訪れる。そのたびにマリーは豫親王のために洋菓子を作って出し、持ち帰る折り詰めまで用意することになるのだ。

北堂へミサに通う日も『偶然』往来で顔を合わせては、マリーを引き留めて話しかけるので、最近はもっぱら何雨林《かうりん》の用意する轎《かご》に乗り、毎回違う道を通って北堂に通わねばならない。

まさか元宵節に親王が夜歩きをしているとはマリーは想定していなかったが、祭に羽目《はめ》を外すのに尊卑《そんぴ》はない。

一拍の間を置いて、豫親王が咳払いし、「立ちなさい」とマリーに命じた。

小杏は自分も立ち上がっていいのかわからず、おどおどとマリーと豫親王の顔を見比べている。豫親王は小杏の存在すら認識していないようで、挨拶《あいさつ》もそこそこにマリーに話しかけた。

「今年の慶貝勒府から贈られた点心は種類も増え、去年に増して美味であった。特に奶油《めいゆ》麺餑《めんぼつ》の風味が非常にこくがあり、当家の厨師に作らせても同じものができない。当家の厨師に瑪麗《マリー》の洋菓子を習わせることはできないものか」

いわゆるバターをたっぷり練り込んだ饅頭《まんじゅう》が、豫《よ》親王はことのほかお気に召したらしい。しかしバターやクリームを練り込んだ焼き菓子は何種類かあるため、豫親王が何を指しているのか、マリーには見当がつかなかった。菓子の名前を書いた目録はつけてあるはずなのだが、奶油麺餑《バターまんじゅう》と名付けた菓子は覚えがなかった。

「あのう、そういうことは私にではなく、老爺《ラオイエ》を通していただけないでしょうか。老爺と高厨師の許可があれば、食単《レシピ》をお分けすることに異存はありませんので」

同じ台詞《せりふ》を繰り返すのは何度目になるだろう。

「慶貝勒《けいベイレ》からよい返事をもらえない。そなたは奴婢《ボーイ》ではないゆえ、勤めのない日に当家の厨師に指導に訪れるのは、慶貝勒の許可も要《い》るまい」

「いえ、要ります」

マリーは即答した。

使用人の地位や待遇《たいぐう》にも細かい区別があり、マリーは陳大河と同じように、勤めるも辞めるも己の意思で決められる庶民である。労働の対価に賃金を得て、休みの行動は自由だ。個々の命と意思まで、主家の所有物かつ財産である奴婢のように、その生涯を束縛《そくばく》されることはない。

とはいえ、勤める以上は主家への忠誠は必須で、許可なくよその王府の利益となることに、自分の勝手で時間を割《さ》くのは義理と職業倫理に反する。

それに何より、マリーは特別居住許可を与えられた外国人である。奴婢以上に、邸外での行動には制限があった。許可と随伴《ずいはん》なしに北京から離れることは許されず、内城でさえ、訪問先や交流相手はすべて報告し、記録されなくてはならない。去年までは最寄りの教会である南堂と、慶貝勒《けいベイレ》府《ふ》から半径二区画にある市場へは、ひとりでも出かけることは見逃されていたが、親王たちの勧誘が激しくなってからは、ひとり歩きはほとんどできなくなっていた。

今日は仲間が大勢いて、祭の人混みに紛《まぎ》れることができるかと思っていたのだが、考えが甘かった。親王たる者が近侍や護衛に先払いもさせず、まっすぐにマリー目指して歩いてくるとは想像もしていなかった。庶民がうっかり主人の行く手を遮らぬよう、数歩先を歩いて人払いをすべき護衛たちは、豫《よ》親王に振り切られてしまったらしい。随身たちは主人の背後に固まって、身の置き所もないといった表情でそわそわしている。

気の毒なのは、巻き添えになった小杏である。まだ地面に膝をついたまま、立ち上がろうにも立ち上がれずにいる。地味な色柄ながら、廉価《れんか》の絹で仕立てられた春節の晴れ着の膝と裾《すそ》が、冬場のぬかるんだ泥水を吸い上げているのが、夜目にも見て取れた。

マリーは豫親王を見上げて、小杏へと視線を移した。

「あの、私の連れも立たせてもらっていいですか」

豫親王はマリーの視線を追って初めて、小杏の存在に気がついたようだ。あたりを見回せば、小杏の他にも小蓮と小葵、燕児たちもマリーを半円に囲むようにして跪《ひざまず》いている。

マリーが面倒ごとに巻き込まれないように付き添ってきたとはいえ、相手が親王では、燕児らから話しかけてマリーを連れ去ることはできないため、拝礼の姿勢より次の行動に出られないでいるのだ。とはいえ、もしも豫《よ》親王が理不尽《りふじん》にもマリーを拉致《らち》しようとすれば、全力で阻止《そし》する態勢は整っている。

豫親王は全員に立ち上がるように命じた。マリーはほっと息をついて、豫親王に向き合った。

「今夜はお祭りですので、お仕事のお話は別の日にお願いできれば、とても嬉しく思います」

この言葉遣いでいいのか自信はなかったが、マリーはそう言い切ると軽く片膝を折った。無意識に西洋の婦人の作法が出てしまったが、それが退去の許可を求める仕草であることは豫親王に伝わったようである。

豫親王はぐっと口角を引いて、苛立《いらだ》たしげに帯の飾り玉を指で擦《こす》った。色の白い卵形の輪郭《りんかく》と、大きすぎもせず小さくもない奥二重《おくぶたえ》の目は心持ち切れ長で、まっすぐ通った鼻筋の、いかにも高貴な御曹司《おんぞうし》といった面差《おもざ》しは、どことなく永璘に似ている。ただ、豫親王の傍若無人《ぼうじゃくぶじん》さが鼻についているマリーとしては、永璘の親しみやすい笑顔が懐かしくなるのは贔屓目《ひいきめ》であろうか。マリーが辛抱《しんぼう》強く退去を許す言葉を待っていると、ふいに何かの気配を感じたかのように、豫親王はマリーの背後へと視線を向けた。

ふんと鼻を鳴らし、豫親王《よ》はくるりと向きを変えると大股で歩き出した。親王府の護衛や近侍の太監《たいかん》がぞろぞろと主人の後を追いかけてゆく。

豫親王の視線の先を、マリーは一瞬だけ目で追った。それから手巾《ハンカチ》を取り出して小杏に向き直り、膝と手の汚れを拭き取った。

「ごめんね。すぐに立たせてあげられなくて」

「それは、仕方ないけど、服が汚れちゃったから、先に帰っていい？」

小杏はひどく意気消沈して言った。高級品ではないものの、祭用の晴れ着に泥がついたのだ。汚れが気になって買い物や芝居見物どころではない。

マリーは小蓮たちへと振り返った。

「私も小杏と帰るから、みんなで楽しんできて」

「え、なんで。だったら私たちも帰るよ。人数少なくなったら面白くないし」

「でも、まだひとつも橋を渡ってないよ」

小葵はせっかくの外出が中断される不満を隠そうともしなかった。元宵節の夜に橋を渡るのは、幸運を呼び、厄《やく》を避けるおまじないだ。宗教的にどうかしらと思うマリーだが、幸運を呼び寄せるお守りや、不運回避のまじないといった伝承ごとは、ヨーロッパにもある。元宵節の行事を異国の文化と捉えたマリーは、今年は工芸菓子の献上《けんじょう》が滞《とどこお》りなく進み、さらにたくさんの中華甜心を学べるように祈りながら、提灯を持って橋を渡ることを楽しみしていた。

固まってしまった娘たちに、燕児が話しかけた。

「俺はこいつらと王府に帰る。李二と李三は陳厨師を案内してやってくれ」

「いや、そういうことなら、おれも帰りますよ」

大河がそう言えば、燕児は手を上げて遮る。

「おれたちは毎年でも北京の元宵節を見ることができるけどな、陳厨師はそうじゃない。楽しめるときに楽しむといい」

そう言うと財嚢《ざいのう》を李兄弟に渡して、好きに使うように言った。

「いいんですか」

李兄弟は声をそろえて言う。小蓮もまた懐から刺繡入りの財嚢を取りだして、李二に渡した。

「お土産《みやげ》買ってきてくれる？　簪でもいいし、砂糖菓子でもいい。素敵な絵付けがされた提灯でもいいかな。余ったら、三人でおいしいもの食べて」

李二は困り顔で財嚢を受け取った。大河は事の成り行きに戸惑って決心がつかないようすだ。

「孫厨師だけで大丈夫ですか。さっきの親王が引き返してくるかもしれませんよ」

「それほど遠くまで来ていないから、急いで帰れば問題ない」

燕児はマリーに目配せをする。その仕草で、豫《よ》親王を去らせた原因に燕児もまた気づいたことを、マリーは悟《さと》った。あるいは、帯刀した慶貝勒府《けいベイレふ》の侍衛がマリーたちを尾行していたことを、燕児ははじめから知っていたのかもしれない。いまもこの雑踏《ざっとう》の中に、私服を着た数人の侍衛たちがマリーを見張っている。

「急いで帰れば大丈夫。小杏、行きましょう。早く着替えないと足が冷えちゃう」

マリーと小蓮に背中を押され、小杏は泣きそうな顔で歩き始める。小葵は未練がましく大河らを振り返りながら、マリーたちのあとについていった。

小蓮は深いため息をつく。

「久しぶりの外出だったのに、ちょっと残念」

「ここのところ、親王たちの勧誘がおさまってきたから、油断していた。ごめんね」

マリーは自分のために、みなの楽しみが奪われたことに罪悪感を覚える。

「瑪麗《マリー》は悪くないよ。ただ、楽しみだったからがっかりしただけ。愚痴《ぐち》はいいでしょ？新しい造花とか、髪飾りがあったら買おうと思ってお金を貯めていたの。自分で選べなくて悔しい」

「私はお金ないから買い物できないけど、夜の街を歩くのは楽しみにしてた。私の実家は年嵩《としかさ》の女ばかりで、年の近い子と夜の街にでかけたこと、なかったから」

小葵も年に一度の楽しみを潰された悔しさを吐き出して、鬱憤《うっぷん》を晴らす。小葵が惜《お》しんでいるのは夜歩きだけではなさそうだが、それは小杏も小蓮も同じであったろう。

「ごめんね」とマリー。

「だから謝らないで、誰のせいでもなくても、愚痴は言っていいでしょ。黄砂が降って掃除が大変なときは天に文句言っていいし、雨続きで洗濯物《せんたくもの》が乾かなくても愚痴っていい。もし今夜のことを責めるんなら、庶民の楽しみを邪魔した親王さまよ。ご自分は普段からいっぱいおいしいもの食べて、娯楽には不自由なさってないのに！」

小蓮は本当に腹が立ってきたようで、次第に声が大きくなる。背後から燕児が低い声で「小蓮」とたしなめた。

「誰が聞いているかわからない。他家の陰口《かげぐち》は王府に帰ってからにしろ」

「はいはい」

小蓮と燕児のやりとりを聞きながら、マリー自身も久しぶりの外出を楽しみにしていたことを実感して、ひどくがっかりした気分となった。そして、連れがいようといまいと、うかつに街を歩けなくなったことを、いまさらながら思い知る。

どちらを向いても、賑わう胡同《フートン》をどこまでも無数に並んで赤く照らす提灯の風景に、マリーは入っていけない。きゅっと痛みを伴う悲しみがのど元に込み上げてきたが、マリーは小蓮のように無邪気に愚痴を吐き出す気持ちにはなれなかった。

翌日、マリーは永璘に呼び出され、豫《よ》親王とのやりとりを詳細に訊ねられた。

マリーの外出は、付き添いの護衛だけでなく、ひとりのときも武器を携《たずさ》えた侍衛の誰かが尾行して、逐一《ちくいち》永璘に報告されている。これは、乾隆帝から工芸菓子の製作と献上を命じられ、鉄帽子《てつぼうし》王家の親王たちの注目を集めたために、外国人である彼女の行動が都じゅうの注目のまとになって以来、定められたことだ。

このことは、厨房では高厨師と燕児のみに伝えられている。

「まったく裕豊には困ったものだ」

マリーの話を聞き終えた永璘は、さほど事態を深刻に捉えてはいないようで、微笑を浮かべて年下の親王の無軌道ぶりに嘆息する。

「ほかの親王さまはもう何も言ってこなくなったので、気がゆるんでいたようです」

「裕豊は生まれついての嫡子で、若くして親王位を継《つ》いだこともあり、自分の望みが叶わないという経験がない。宮廷人としての節度は教育されているから、二等下の爵《しゃく》位とはいえ、今上の宗室に連なり、年長でもある私に無理難題を押しつけてくるようなことはしないが、どうもマリーの件に関しては、あきらめきれないようであるな」

マリーも嘆息交《ま》じりに自分の考えを口にする。

「豫《よ》親王府まで来て、西洋菓子の作り方を厨師さんたちに教えろだなんて。外国人の小娘で、しかもまだ徒弟の私に、教えて欲しがる厨師さんなんかいるわけないのに」

「そうしたところに考えが至らないのも、裕豊の若さだ。豫親王府の厨師たちは、主人の命令であればマリーに教えを請《こ》うことは否とは言うまい。だが、そなたの言うように、外国人の年若い娘に、敬意ある態度と謝意を持って接してくるかというと、はなはだ疑問である」

慶貝勒府《けいベイレふ》においても、マリーが受け入れられるのは、決してなだらかな道のりではなかったのだ。

「私が直々に豫《よ》親王府へ赴《おもむ》いて、裕豊に釘を刺してこよう。その折りに、奶油麺餑《めいゆめんぼつ》？　あの乳脂を生地《きじ》に練り込み、弧月の形に巻いた麵麭《パン》のことか？　あるいは鶏蛋奶油《ジーダンナイヨウ》を餡に包んだ揚げ麵麭のことか」

「私にもちょっと——今回、贈答に詰め合わせたお菓子だけでも、生地にバターを練り込んで、クリームを包んだり挟んだりするパン状のお菓子は、ひとつやふたつではないので、どのお菓子をおっしゃっているのか。シュー・ア・ラ・クレームは、饅頭《まんじゅう》ではないので除外できそうですが」

「見た目はいびつな饅頭《マントウ》に見えなくもないぞ」

笑いを含みながら断言すると、永璘は茶碗の蓋《ふた》をずらして茶をすすり飲む。茶碗を置いてから、決心したように姿勢を正した。

「点心局の厨師でも、そろそろ洋菓子を習得した者がいるのではないか？　その者を連れてゆこう」

燕児に余計な仕事を背負《せお》わせてしまったようだ。燕児の作るカスタードクリームは、すでにマリーのそれに劣《おと》らない。むしろ食感や味わいは、清国人の味覚に馴染《なじ》むようで、とても好評であった。

「遊牧で生きる蒙古《もうこ》族、放牧もしてきた満族と北方の漢人には、獣乳や酪製品を使った甜心の心得がないわけではない。豫《よ》親王府の厨師たちも、簡単な指導と充分な材料があれば、適当な奶油麵餑《バターまんじゆう》は作れるだろう」

「いろいろと、すみません」

恐縮するマリーに、永璘は微笑みかけた。

「裕豊は年が近く、私とは弟か従兄弟《いとこ》のように、ふだんから行き来はある。マリーが気を悩ますことはない。ただ、裕豊は洋菓子というより、マリーに執着しているようだな。舶来の時計や、自鳴琴《じめいきん》のように、人が持っているのに自分の手に入らぬものとなれば、いっそう欲しくなるのが人情というものだ」

永璘は話がすむと手を軽く振って、マリーの退室を促した。

「紅蘭《こうらん》のところにも顔を出しておけ。昨夜のことを伝え聞いたようで、心配していた。悪阻《つわり》もあるようだから、食欲の出る甜心を考えてやってくれ」

「かしこまりました」

マリーは作法通りにお辞儀をして、正房《おもや》を下がり、嫡福晋《ちやくふくしん》の鈕祜祿《ニオフル》氏が住む、後院の東廂房《ひがしわきのや》へと移動した。

菓子職人の見習いマリーと、円明園《えんめいえん》の夏

元宵節が終わると、一気に春が目覚《めざ》める気がする。

冬のあいだ、雪の中から人々の目を慰《なぐさ》めていた臘梅《ろうばい》の透《す》き通った黄色、紅梅や寒椿《かんつばき》の赤が少しずつ姿を消し、濃紅の蕾《つぼみ》をふくらませる桃、薄紅を帯《お》びた桜の花びらが開き始める。

北堂でのミサに参列するほかは、王府から一歩も出ないマリーの日常は、忙しいながらも単調に過ぎていく。休みの日に、大小の市場や大道芸を見に行くという気晴らしさえ、マリーはあきらめていた。西洋人糕點師《ガオディアンシー》の引き抜きを狙う親王府からの勧誘攻勢は下火になったとはいえ、まったく鎮火したわけではないことを、豫《よ》親王との邂逅《かいこう》であらためて認識したからだ。

「皇帝陛下《へいか》に差し上げるピエス・モンテ作りもやらないといけないから、休みの日だって無駄にできないわけだし」

慶貝勒《けいベイレ》府《ふ》の西園を散策しつつ、飴細工《あめざいく》のモデルによさそうな枝振りの樹花を選びながら、マリーはぼやいた。

「しかし、非番の日まで甜心作りや細工の練習とは、趙小姐《ちょうシャオジエ》の勤勉ぶりには、奴才《やつがれ》は感心

するばかりです」

　枝を活《い》ける水桶《みずおけ》を持ってマリーについて歩きながら、太監の黄丹《こうたん》が応える。

「黄丹さんて、お休みの日はどうしているの？」

「太監は官奴《かんぬ》の身ですから、特に休みというのはありません。公私の用を問わず、特別な腰牌《ようはい》をそのたびに出してもらわねば、外出することも許されていませんし」

「じゃあ、一日も休みはないの？」

「洗濯や沐浴《もくよく》の日は、非番になります」

　日常の仕事から離れる日があるのは使用人と変わらないようだが、非番のときも邸から離れることはないらしい。黄丹は眉を寄せて微苦笑を浮かべる。

「王府の外に出ても、奴才《やつがれ》のような者が人目を気にせずに楽しめる場所はございませんからね。願い出れば、一、二ヶ月ごとの帰省は許されますが、実家に戻っても鼻つまみ者にされるだけで」

「でも、ご両親には仕送りをしているのでしょう？」

「ええ、子として当然のことです。両親も喜んでくれます。ただ、一族から太監が出ているのは、親戚や近所には、あまり体裁のよいことではありません」

　マリーは言葉を失って黙り込む。黄丹はマリーの沈黙を察し、八の字の眉毛を少し上げて、付け加えた。

「奴才ごときに同情される必要はございませんよ。後宮勤めから慶貝勒府《けいベイレふ》に移れたことは、とても運の良いことだと思っています。こちらは、老爺《ラオイエ》も嫡福晋《ちゃくふくしん》さまも、とても気立てがよくておいでで、居心地のよい場所です」

「ここみたいな王府は、珍しいの？」

「王府に限らず、どこの大人《たいじん》のお邸でも、主人と奥様の気質や仲の善し悪しによっては、勤めづらい家もありますでしょう？」

永璘の異母兄で皇十一子の成《せい》親王永瑆《えいせい》は、吝嗇《りんしょく》かつ狷介《けんかい》な性格で、嫡福晋に度を越した倹約を強《し》いて狂疾《きょうしつ》に追い込んだという。家人たちへの給金もしぶりがちで、身元の確かな旗人の子息からではなく、恩赦《おんしゃ》によって赦免《しゃめん》されたやくざ者を多く召し抱えてるという。

「後宮にいたっては何百という太監や宮女が、仕える主人の格や、所属する部署のしがらみで競いあったり、足を引っ張りあったりして、気の休まる暇《ひま》がございませんのでね」

「円明園《えんめいえん》でも、毎日とても気が張りましたからねぇ」

マリーは相槌《あいづち》を打った。

「趙小姐《シャオジエ》は、今年はまだ円明園に上がっていませんが、間に合うのですか」

マリーは毎年、円明園の四十景から二つずつ選んで、ピエス・モンテを作り、乾隆帝に献上しなくてはならない。そのためにも、春が終わる前に円明園に出向いて、その年のモデルにする庭園と建造物を写生する必要があった。

「今年は、穎妃《えいひ》さまのお加減がよくなくて、熱河へ行幸なさらないから、老爺も都に残ることになったでしょう。だから皇上が熱河山荘にお発《た》ちになってから、お留守《るす》のときに写生に伺うことになっているの」

「ああ、そうでしたか。穎妃のお加減もですが、嫡福晋のご出産があるので、老爺《ラオイエ》は都に留まることを、特に皇上にお願いされたのでしたね」

「仲のよいご夫婦って、傍で拝見しているだけでうっとりしてしまいますよね。お子さまがお生まれになるのが楽しみ」

マリーが剪定鋏《せんていばさみ》を持った手を右頬に添えて、夢見るように桃の枝を見上げると、黄丹は不思議そうな顔になる。

「趙小姐《シャオジエ》は、ほんとうにお心の広い方ですね」

黄丹がどういう意味でそう言ったのか、マリーは深く考えないことにして微笑み返し、近くの枝を切った。

外出できない日々も、マリーにはやることがたくさんある。まして慶貝勒《けいベイレ》府《ふ》は七つの御殿と、それに付随する建物が何棟もあり、橋のかかった池や小山、樹林を抱《た》いた西園は邸宅群の敷地よりも広い。散歩がしたければ、広大な庭園を歩けばことは足りる。

妃《きさき》や侍女たちは、行事か参詣《さんけい》、実家訪問の用でもなければ、外出すらしない。一年の、あるいは人生のほとんどが、王府の内側で完結してしまう。

春爛漫《はるらんまん》の西園では、毎日のように妃たちが散策に出歩き、池の小島に建てられた四阿《あずまや》で茶菓を楽しみ、あるいは伶人《れいじん》を招いて音楽に耳を傾ける。春霞《はるがすみ》越しの陽光は柔らかく、ほこりっぽい黄砂が訪れる前に、暖かな戸外を満喫できる短い季節だ。

池の向こうの亭《ちん》に集まり、茶会で賑わう女たちの声と楽団の音曲、そして歌声を背中で聞きながら、マリーは杏花庵《きょうかあん》へと引き返す。

茶房の杏花庵に戻ると、すっかり王府の使用人におさまった飴細工職人が、溶かした飴を練りあげて、桃花の飴を作る準備を終えていた。

旗人に連なる縁故もなく、一庶民が四十前後で由緒《ゆいしょ》ある王府に勤めることなど、まずあり得ない。しかし、飴細工職人はたまたま舞い込んできた『外国人の糕點師《ガオディアンシー》見習いの娘に飴細工を教える』という、常識ではさらにあり得ない仕事を引き受け、しっかりこなして、安定した職場を得る幸運に恵まれた。

マリーとしても、乾隆帝に工芸菓子を毎年献上する必要から、マリーを小娘扱いしない飴細工職人が常勤になったのはありがたいことであった。

「四鉢作ってお妃さま方に差し上げればいいんですね」

「和孝公主へのお見舞いと、老爺《ラオイエ》の正房《おもや》も入れて六鉢です。あと、中院の西廂房《にしわきのや》には、阿《あ》紫《じ》公主さまがおいでですから、枝を多めに挿します」

鉢は固めに焼いたビスキュイをバタークリームで糊付《のりづ》けしてある。鉢に詰める土は、アーモンド粉と小麦粉でふんわりと焼いたガトーだ。そこに、飴細工職人とマリーが作り上げた桃の樹花を挿してゆく。

「現物と同じ大きさなら、もう本物と見分けがつかないくらい、上手《じょうず》に作れるようになりましたね」

飴細工職人が感心してマリーを褒《ほ》めた。マリーは嬉しくて笑みが込み上げる。

「あとはどこまで小さくできるかですよね。御殿の大きさによっては、豆粒よりも小さな花を作れないといけませんし」

「そこまで小さくなったら、本物そっくりの花なんて無理です。細部を忠実に再現するのではなく、木の雰囲気がその花らしく見えればいいんです。枝振りや樹皮の感じは、木の種類によって違いますからね。梅などは特徴がはっきりしています」

「桃にも桜にも、個性があるということですね」

マリーと飴細工職人は手早く樹花の工芸菓子を仕上げていく。

「励んでいるな」

開け放された扉から、永璘が声をかけて入ってきた。すでに朝服を部屋着に着替えて、くつろいだ風情だ。飴細工職人が膝をつくところまで黄丹の拝礼を真似《まね》して、両手は揖《ゆう》に組んで拝礼する。マリーは満族女性の請安礼《しょうあんれい》に、「おかえりなさいませ」と付け加える。

永璘の目配せを受けた黄丹が、飴細工職人を促して杏花庵から出て行く。永璘は耳を澄《す》ませて黄丹たちが立ち去るのを待ち、脇に挟んでいた紙の束を広げた。

「慈雲普護《じうんふご》を描いた絵画を集めてきた。みな時計盤のある正面から描いたものばかりで、後背がどうなっているのかは、実際に行って描いてこなくてはならんな。楼閣《ろうかく》というのは、だいたいみな似たような造りだから、あまりこだわる必要はないと思うが」

紙の上には、『コ』の形の島に建つ三層六角の高楼と、二層の寺院、建物群を繋ぐ回廊が描かれ、背景となる小山が連なっている。

少しずつ違う角度から描かれた円明園四十景のひとつ、慈雲普護の風景を一枚一枚めくっていくうちに、マリーの手が止まる。

「これ、老爺《ラオイエ》が描かれたのですね」

「わかるか」

マリーが目の高さまで持ち上げた絵画は、西洋画のように奥行きがあった。建物には陰影が描き込まれ立体感があり、消失点によって遠近もはっきりとしている。

こうして、他の清国人画家の描いたスケッチや色つけされた絵画と比較すると、永璘の画風は明らかに異彩を放っている。永璘の画才がどこから来たのか、乾隆帝が怖《おそ》れて敬遠し、絵を描くことを禁じた理由が、マリーにはわかる気がした。

マリーはその絵を横に置いて、自分のスケッチ板に挟む。

「参考になりそうか」

「もちろんです。他の俯瞰図《ふかんず》もいただいていいですか。こうして見ると、後湖《こうこ》の岸辺も、島が並んでいるんですね。慈雲普護と隣の島は、橋でつながっていて」

「うむ。迷路のように、島から島へと渡れるようになっている」

三層六角の高楼は、一階では漏刻《ろうこく》が時を刻み、二階の正面の壁には西洋風の時計盤、三階には西洋鐘が据えられてあり、夕刻になると自動的に鐘が鳴って時を知らせるという。

「自鳴鐘楼《じめいしょうろう》の鐘が鳴るのを、マリーは聴いたか」

「はい。穎妃《えい》さまのもとでピエス・モンテを作っていたとき、日没近くなると教会や聖堂と同じ鐘の音がどこかから聞こえてきたので、びっくりしました。あら」

紙束をめくっているうちに、一片の紙がひらりと床に落ちた。ぱっと見てそれが何かを悟ったらしき永璘は、大慌てで膝をつき、両手で恭《うやうや》しく紙を拾い上げた。

「失くしたかと焦っていたのだが、こんなところに挟んでいたのか。うっかりにもほどがある」

ひどく真面目《まじめ》な顔つきで、安堵《あんど》に引きつった笑みを浮かべた。

マリーには難解な漢字の羅列にしか見えない覚え書きのようだが、永璘にとってはひどく大事なものらしい。

「紅、緑《みどり》、簾《すだれ》、好、鶯《うぐいす》、暁《あかつき》、高、春風、夢。何かの詩ですか」

マリーは拾い読めた文字を声に出して訊ねた。

「皇上の御製だ。床に落としてしまったことは、誰にも言うな。私とそなたの首が飛ぶぞ」

マリーは目を瞠《みは》って永璘を見つめ返したが、冗談ではないらしい。マリーは片手を上げて絶対に人には話さないと誓《ちか》った。永璘はほっと息を吐き、覚え書きの埃《ほこり》を払う。

「慈雲普護について、皇上がお詠《よ》みになった詩だ。工芸菓子に取り入れることができる要素があれば、皇上はきっとお喜びになると思ったので、書き写してきた」

マリーは目を眇《すが》めて詩文を眺める。難しい漢字ばかりで目が滑る。

永璘はマリーのために音読したが、やはり何を詠んでいるのかよくわからなかった。ひとつひとつ文字の意味を永璘に訊ね、文章の描く情景を思い浮かべる。

「最初の句は、『窓枠の赤に、簾の緑がしなだれかかって、池の水は清く澄み、暁に鶯の聲《こえ》を聴く』という解釈でいいのですか」

「うむ、だいたいそんなところだ」

マリーは『偎紅倚緑簾櫳好、鶯聲瀏栗南塘曉』という部分をピエス・モンテに活かせるか少し考えてみた。窓枠が赤いのも、簾が緑なのも、中華風の建築では一般的なことで、鐘楼や寺院に限ったことではない。人工湖は深みがなく、常に水を入れ替えて清らかに保ってある。詩の内容と関係なく、ピエス・モンテのできあがりはそのようになるだろう。

飴かマジパンで鶯を作り、樹間の枝に留まらせておくのはどうか。春の花を咲かせる樹があれば、さらに効果的だろう。永璘は次の行を解説する。

「『高閣漏丁丁、春風多少情』これは、自鳴鐘楼の漏刻の立てる水音を聴きながら、春風に情のありやなしやと、思いを馳《は》せている状況であろう」

「『幽人醒午夢、樹底濃陽重』、後半がいまひとつわかりませんが、昼寝から覚めたら木立の底にも陽光が射してまぶしかったと、そういうことですね」

「たぶん、そうだろう」

永璘の解釈も、そのくらいであるようだ。最後の行まで読み終わっても、ピエス・モンテに採り入れることのできそうな情景は見当たらなかった。

「樹下に砂糖菓子の文人を寝かせて、目覚めたばかりのように見せるとか」

「それは、なかなかの遊び心だな。皇上のお気に召すだろう。この詩を覚えておいでであれば、だが。なんと皇上は、二万に届く詩をお詠みになっているそうだからな」

「昨年の春に円明園に滞在したときに、それぞれの庭園を案内していただくたびに、その庭園に因《ちな》んだ御歌をお詠みになったんですけど、私の頭ではさっぱり理解できなくて」

「即興でお詠みになることもあるからな。散歩のときでさえ、太監がいつも筆と墨壺、紙を持ち歩いている」

額を突き合わせて紙片をのぞき込んでいた永璘とマリーは、扉が突然開かれた物音に、驚いて振り返った。甘い香りとともに派手な色彩がふたりの視界になだれ込んでくる。

「貝勒《ベイレ》さま！　これはどういうことですの？」

マリーはさっと膝を折って拝礼の姿勢を取った。驚きと怒りに満ちた武佳《ブギャ》氏の目がマリーに向けられる。永璘は武佳氏には応えず、扉の外へ向かって叫ぶ。

「黄丹！　侍衛！　なぜ二側福晋をここに入れた！」

恐縮して這《は》いつくばる黄丹と、やはり頭を深く下げた侍衛が、扉の入り口に見えた。

「申し訳ございません。全力でお止めしたのですが、無理にお通りなさろうとする二側福晋さまのお体に、触れるわけにもいきませず」

武佳氏は周囲の制止も聞かず、強引に乗り込んだものらしい。

「どういうことですの？　使用人とふたりだけで、昼間からこのようなみすぼらしい小屋におこもりになるとは」

武佳氏《ブギャ》のまだ幼さの残る顔に厚く塗った白粉の下から、赤く染まった頰が透けて見えた。

マリーはそっと壁際へと後退する。永璘は『慎《つつ》ましくて信心深い』と思っていた武佳氏の勢いに、ただびっくりして事態が呑み込めないでいるらしい。

武佳氏は、マリーが黄丹に付き添われて、杏花庵へ入るところを茶会の席から見ていたのだろう。そこへ、あとから永璘がやってきて、黄丹と飴細工職人だけが出て行ったのを見れば、男女がふたりきりになったことを怪しみもする。そのために頭に血が上って駆けつけたのだ。

だが、夫が使用人に手を出していると確信する現場へ踏み込んで、どうするつもりだったのだろう。本当に濡れ場であったのなら、それこそ永璘とマリーに取り返しのつかない恥をかかせ、王府の体面に泥を塗ってしまう。

顔を赤くして追及する新妻に、永璘は卓や炕《かん》に広げられた絵画や俯瞰図を指して平然と応える。

「皇上より依頼されている洋風の工芸菓子の資料を借りてきて、マリーに届けにきたのだ。それより、なぜそなたが私の許可も得ず、杏花庵に立ち入った？」

永璘の口調が、後半で急に硬《かた》く冷たくなった。マリーには一度も向けられたことのない口調だ。表情も硬く、顔色こそ変わっていないが、周囲を圧倒する静かな怒りが漂っていた。

その怒りを向けられた若き妃は、唇を震わせて永璘を見つめ返す。一瞬、マリーへと視線を移した。それから部屋を見回し、卓にも炕にも、絵と文字と図案で覆われた紙の束が重なり、あるいは広がっているのを見て、浮気の現場ではないことを悟ったようだ。

「あの――」

言葉につまり、背後へと肩越しに振り返る。マリーが視線を追うと、侍女とおぼしき若い娘がふたりほど中をのぞき込んでいたが、頭上で雷が鳴ったかのようにたちまち頭を引っ込めた。

「あの者たちが――二のお姉様が――」

先ほどまでの紅に染まった頰が、白粉越しにはっきりとわかるほどさーっと青ざめてゆく。口ごもりながら永璘の問いに答えようとするが、出てくるのは要領を得ない言葉ばかりだ。

少なくとも、自分をそそのかし煽《あお》った者たちの名を出すことを思いとどまったのは、他者に責任をなすりつける行為であると気づく理性が働いたようだ。

「誰かの口車に乗せられて、想像力を逞《たくま》しくさせてきたようだな」

永璘は冷ややかな口調で武佳《ギャ》《ブ》氏をたしなめる。

「も、もうしわけ、ありません」

武佳氏はいまにも泣き出しそうになり、目尻がみるみる赤くなった。

「黄丹、二側福晋を侍衛に守らせて嫡福晋の廂房《わきのや》へ連れてゆけ。二側福晋の侍女たちをここに呼べ。私が直接話を聞く」

外では妻の名を呼ばないのが清国の作法だとしても、あまりに他人行儀すぎて冷淡に感じ、マリーにはとてもなじめない。

永璘はもとは二間と台所のみであった杏花庵の、奥の部屋にマリーと書類を残し、仕切りを下ろした。中の間には、天井まで届く西洋式窯《かま》の煉瓦《れんが》が壁面のひとつを占領しているため、かつては小さな田舎家《いなかや》であった杏花庵は、いまや建物の半分が厨房のようになってしまっている。

その窯の前に置かれた作業台の近くに、永璘は木の榻《とう》を引き寄せて腰を下ろした。

ふたりの侍女が侍衛に肩を押されて入ってくる。マリーは仕切り越しに、長袍の立てる絹擦れの音に息を潜《ひそ》める。

「そなたらは武佳《ブギヤ》家の者であるな。年若い主人に、王府での立ち居振る舞いと分別を教えるために、従ってきたのではないのか」

「申し訳ありません」

と二人分の声がして、床に膝をつく音がした。ひとりは武佳氏と同じくらい若く、あどけない。もうひとりは、二十代は超えていると思われた。若い方の声が続けて訴えるのが聞こえる。

「私を罰してください。邸内の噂を小姐《シャオジエ》、いえ、側福晋さまのお耳に入れた軽率者は私です」

声は震えて、いまにも泣き出しそうだが、主人を庇《かば》おうとする意志の強さが声の響きから感じ取れる。マリーは音を立てないように炕に腰を下ろし、侍女たちの訴えに聞き耳を立てた。

若い侍女の言い分はこうであった。

マリーが昨年の春、円明園での仕事を終えて帰ってきたときに、永璘が垂花門《すいかもん》まで迎えに出たことは、王府内でも長く話の種になっていた。福晋たちが長期の外出や里帰りより帰宅しても、王府の主が前院の門まで迎えに出ることはない。邸の主は、最奥の御殿にて、家族なり使用人の報告を受けるのが常識であった。そのため、慶貝勒《けいベイレ》が外国人糕 點師《ガオディアンシー》に注ぐ寵《ちょう》は、ひとかたならぬものであると噂されたのも無理はなかった。

二ヶ月も乾隆帝と渡り合ったマリーが、五体満足で帰ってきたかどうか、永璘は一刻も早く確かめたかったのだろう。内城じゅうの親王たちが、マリーの引き抜きを狙っていた時期でもある。

正房《おもや》で落ち着いて待つことなどできなかったという事実は、マリーに対して、常人には理解できない思い入れを、永璘が抱いていることの証明になるだろう。

それが嬉しくもあり、そのために心ない噂が広がってしまったことに、マリーの胸が痛む。

そのような異例ともいえる永璘の出迎えに続いて、間もなく避暑山荘へ出かける永璘が、自分の馬車にマリーを伴って行ってしまったのだ。嫁いだばかりで、マリーの仕事の特殊さをよくわかっておらず、その存在に慣れてもいなかった武佳氏《ブギヤ》は、後から出発するように命じられて、心穏やかではなかったという。

「それで、一側福晋に何か吹き込まれたのか」

武佳氏が二の姉と呼んだのは、側福晋の劉佳氏《リユウギヤ》のことだ。これには年嵩《としかさ》の侍女が答えた。

「避暑山荘からの帰り道、糕點師《ガオディアンシー》だけを先に呼び戻した理由を、劉佳の奥様にお訊きになったそうです。劉佳の奥様は、趙《ちょう》糕點師は老爺《ラオイエ》に特別に愛されているのだとお答えになり、それを聞いた私は、奥様があの雑種女と同列に置かれていることが堪えがたく――」

「そうか」と永璘は仮面のような表情でうなずき、ゆっくりと立ち上がった。跪《ひざまず》く侍女の前に立つ。上体を前に倒して、冷たく低い声で訊ねる。

「私の母は魏佳氏《ウェイギヤ》だ。さすれば私もまた、そなたの目には雑種であろうな」

ヒッと侍女が喉《のど》を鳴らす音を立てた。永璘の靴にとりつき、床に額を打ち付けながら、悲鳴にも似た声で謝罪する。

「申し訳ございません。そのようなつもりは髪の毛一筋たりともございません。お許しください、お許しください」

若い侍女もまた、凍《こお》り付いたように青ざめて、額を床にこすりつけて同輩の失言に許しを請《こ》うた。袖口からのぞく永璘の拳の硬さを見た者がいれば、いまにも怒りを爆発させて、侍女を蹴り上げるのではと心配したかもしれない。しかし、永璘は体を起こし、ふたりの侍女を鈕祜祿氏《ニオフル》のもとへ連れて行くように太監に命じた。

「いまのやりとり、この侍女が放った言葉を、一字一句そのまま嫡福晋に伝えるように」

永璘は踵《きびす》を返すと奥の間に入り、不安そうに見上げるマリーと目を合わせる。

「また私のことで、ご迷惑をおかけしましたね」

マリーはひどく申し訳ない気持ちで謝ろうとした。しかし、永璘の周囲に硬く冷ややかな空気が漂っているのを感じ、口を閉じる。

「マリーのせいではない。私の家庭内のことだ。いっそそなたを養女にして、紅蘭《こうらん》の廂房《わきのや》に引き取れればよいのだがな」

「さすがにそれは――」

「二側福晋の誤解については、紅蘭によく諭《さと》しておくよう伝える」

武佳《ブギャ》氏の誤解を解くためには、永璘の秘密を公《おおやけ》にしなくてはならない。

永璘が絵を描くこと、描いた絵を清国人に見せることを皇帝によって禁じられていること、外国人であるマリーにだけ見せて、すぐに処分されていることを知っているのは、嫡福晋の鈕祜祿《ニオフル》氏と黄丹、そしてパリ遊行時に随身を務めた二、三人の側近だけである。劉《リュウ》佳《ギャ》氏や侍女に煽られて、永璘とマリーの現場を押さえようと乗り込んできた武佳氏であれば、永璘の描いた絵もなんとかして見ようとするかもしれない。

「紅蘭がうまく計らってくれる。マリーは何も心配するな。そういえば、養母様がマリーはいつ円明園に写生にくるのかとお訊ねであった。今回の一件が静まるまで、円明園に行くのはどうだ？　皇上は熱河にお発ちになったし、皇家庭園をのんびり堪能《たんのう》するよい機会であるぞ」

「そう、ですね。その方がいいかもしれません」

慶貝勒府《けいベイレふ》とその膳房を離れるのは、マリーにとってはつらいことだ。たびたびマリーが不在となり、点心局は手が足りなくなるため、高厨師にも迷惑をかける。高厨師は賄い厨房に新人を入れ、燕児と李三を点心局に呼び戻すよう、李膳房長に相談しているという。

杏花庵を去り際、マリーに振り返った永璘は、ふと優しい声でこう言った。

「あの侍女の吐いた言葉は、気にするな」

侍女の吐いたどの部分のことを言っているのか、マリーにはわからなかった。侍女はとても早口だったので、全部は覚えていない。ただ、永璘がひどく冷たい怒りを侍女にぶつけたあたりを、思い返してみる。

永璘が本気で怒るところを初めて見たのではと、マリーは少し恐ろしくなった。

翌日、マリーはその年の工芸菓子の作製のために、円明園に上がることになった。

世間的には、嫉妬《しっと》に狂った若い妃に永璘が譲歩して、手付きの使用人を体よく追い払ったように見えるかも知れない。

だが、必要な措置《そち》であった。武佳氏《ブギヤ》が実家へ苦情を持ち込めば、その苦情は武佳氏の父親によって朝廷に申し立てられ、乾隆帝は事の詳細を明らかにするために、永璘を避暑山荘まで召喚《しょうかん》するかもしれない。事の真偽《しんぎ》はともかく、慶貝勒府にとっては不名誉なことだ。

マリーが使用人以上の待遇を受けていると勘ぐられれば、永璘は譴責《けんせき》を受けてしまう。そうなる前に、穎《えい》妃がマリーの菓子作りを公に庇護《ひご》していることとなれば、もし本当に武佳家が騒ぎ立てるようなことになったとき、心強い味方になってくれるだろう。

どこにいても湖水や小川、小さな運河が目に入り、針葉樹や広葉樹の葉陰に事欠《ことか》かない円明園は、戸外も屋内ものどかで涼しい。慶貝勒府《けいベイレふ》から移ったときはまだ春の庭園であったが、黄砂が過ぎた途端《とたん》に、一気に夏の樹木が空気まで新緑に染め上げる。

「蒸し暑い北京の内城よりも、円明園で夏を過ごせるのは、私としては運がいいなぁ」

小蓮は菓子作りの道具を手入れしつつ、暢気《のんき》なことを言った。

「それはそうなんだけど、男子禁制だから、飴細工職人さんが出入りできなくて、手伝ってもらえないのはつらいよ」

マリーは新しい図面を引きながらぼやく。

「男の人でも、職人なら如意館《にょいかん》までは出入りできるんでしょ？」

最初に作った慈雲普護の時計塔は妙に不格好で、他の建物とのバランスがおかしかった。数日前にアミヨーが如意館まで持ってきてくれた慈雲普護の、建物群の比率を計算した設計図を、もう一度じっくりと見直す。円明園入りする前に、マリーの絵の師であるパンシ神父は、絵画から比率計算をして、お菓子の時計塔の設計図を描いてくれると約束してくれたのだが、本業が忙しかったらしく、ひと月もかかってしまった。

久しぶりに会ったアミヨーの老け込みぶりに、マリーは狼狽《うろた》えるばかりであった。ただでさえ忙しい老いた友人に、負担をかけてしまったことがとても胸苦しい。

マリーは早く自分でいろんなことができるようにならなければと歯を食いしばり、ピエス・モンテ作りにますます打ち込む。

試作品や失敗作は、宮舎や厨房の掃除をする太監に持って行ってもらえば、無駄にならずにあっというまに消えてしまう。慶貝勒府《けいベイレふ》よりも人数が多いため、同じお菓子を延々と作って処分を頼んでも苦情はでない。その上、甘い物に目のない太監たちの厚意がいろいろな形で返ってくるので、皇帝不在の後宮ぐらしはなかなか快適であった。

「夏の風景にしてしまえば、庭園の植物はほぼ緑でもいいわけだよね」

あっというまに一年の半分が過ぎ去ろうとし、まもなく立秋である。マリーはなるべく時間をかけずに二作を創り上げなくてはならない。

「秋と春とどっちが大変なのかしら。皇上のお誕生日は秋だから、秋の風景もあったほうがお喜びになると思うけど」

小蓮は俯瞰図に書き込まれた、紅葉する樹木の名を指で追った。

「そういえば、瑪麗《マリー》が如意館に行った日、なかなか帰ってこなかったから何かあったのかと太監に訊かれた」

「フランスから書簡が届いて、イギリス王国の使節が、いまどこまで来ているかというお話をしていただいたの。イギリス使節の船団よりも後に出航したフランスの商船が、先に澳門（マカオ）に着いていたとか。予想よりもずいぶん遅れているみたいだ」

「へえ。欧州からの書簡って、どのくらいの時間がかかるの？」

　小蓮は外国で何が起きているのか、これまでの人生でまったく考えたことがなかったらしく、目を丸くしてマリーの話を聞く。

「船の性能と、天候にもよるけど、早くて半年、かかっても一年かな。船が沈めば、永遠に届かないこともある。公用文書の速達なんかは、補給や交易《こうえき》にかかる停泊期間を削るために、足の速い軍船や商船にリレーをかけて、半年以内に届けることもあるそうだけど、それもやっぱり天候次第。風を読み誤《あやま》ると、大西洋を横断して対岸の南アメリカ大陸まで流れ着くこともある。そこからアフリカ大陸へ引き返してインド洋に出る航路に戻れば、一年以上かかってしまったりね。老爺《ラオイエ》と私が渡海したときは順調だったから、風や嵐で航路を外れることもなく、半年で澳門《マカオ》に着いた」

　地球の大きさを知らない小蓮は、ただただため息をついた。

「瑪麗《マリー》はつくづく遠い国から来たのね。それも命を懸《か》けて」

「命懸けといえばそうだけど、あのままフランスに残っていても、家も仕事もなくて、とっくに餓死《がし》していたかも」

「そんなに大変だったの。それなら、半年前のことでも、故郷がどうなっているのか知りたいよね。でも、家族はもういないんだっけ。それでも瑪麗は法国《フランス》が気になる？」

　小蓮は語尾に少しばかりの同情を含ませる。

「うーん。帰れるなら、帰りたいと思うときもある。やっぱり、生まれ育った所って、もう誰もいないと思っても、どうしようもなく懐かしくなる。もっと短い時間で、命を懸けなくても好きなように行ったり来たりできれば、どんなにいいかな、ってときどき思うよ。でも清国だけで、北の端から南の端に行くのに、二ヶ月も三ヶ月もかかっちゃうんだもんね」

明るい調子で、小蓮に応えたのは空元気《から》だったかもしれないが、マリーは深刻な気分にだけは、なりたくなかったのだ。

マリーが部品の大きさと数を確認してから材料の計算を始めてすぐ、太監に呼び出された。

「皇上から勅諚《ちよくじよう》でございます」

マリーと小蓮は即座に床に膝をついて顔を伏せ、太監の読み上げる乾隆帝の命令を承《うけたまわ》る。

「英国使節を円明園でもてなす際の、厨師のひとりとして御膳房に勤めること」

なんてことをと、マリーは思わず顔を上げた。

「私がですか」

太監はくるくると勅書を巻いて、両手で捧《ささ》げ持った。

「同じ欧州の人間であれば、使節の喜びそうな料理も作れるであろう。ただし、使節の前に出るときは、太監の服を着て男として給仕せよとのことだ。そして、使節の団員の会話でそなたが聞き取ったことを、詳細に報告するように」

スパイの真似事をさせるつもりだろうか。だが無理だ。

「あの、待ってください。私は英語はわかりません。かれらの会話を聞き取り、理解することはできないのです」

太監は目を丸くして、不可解な表情になった。

「だが、そなたら洋人は出身国が違っていても、問題なく話し合っているではないか」

「それは、私の母国語であるフランス語が、欧州の公用語になっているからです。あと、カトリック教会に所属する宣教師の方々は、ラテン語が共通語になっているので、フランス語かラテン語ができれば、だいたい世界のどこにいても、会話が通じるのです。ですが、英語は――」

「では、英国人とも法国《フランス》の言語で話せばよいではないか」

「フランス語で話すのはかまいませんが、英国人同士なら英語で会話するでしょうから、彼らの会話を聞き取って皇上に報告することはできません」

太監はチッと舌を打った。

「では、その件については、そのように報告しておこう。遠方から朝貢《ちょうこう》に来る使節だ。できるだけ快適に過ごせるよう、料理面で心を配るようにとの、お言葉である」

マリーは平伏して勅書を受け取った。

「また、すごい仕事が舞い込んできたね」

小蓮が驚愕《きょうがく》をこらえようと息を詰め、吐き出すように言い放った。

「太監厨師に混ざってイギリス料理を作るとか？　ないわぁ」

マリーは膝をついたまま、頭を抱えて悲鳴を上げた。

勅諚をもたらした太監によれば、イギリス国王の全権大使は、もう天津《テンシン》に上陸するばかりの距離にあるという。マリーの予測よりも、ずいぶんと早い到着であった。

菓子職人見習いのマリーと、英国使節の少年

今年のピエス・モンテは、皇帝の誕生日祝いである万寿節《ばんじゅせつ》に献上《けんじょう》するつもりであった。

しかし、使節の接待まで仰せつかっては、とてもではないが間に合わない。

「イギリス使節団は、秋の万寿節まで滞在する予定らしいから、それまでにピエス・モンテに専念できる時間は取れそうにないよ。困ったな」

マリーがぼやいていると、小蓮が励ます。

「万寿節だと、それこそ国内と世界中から贈り物が届いて、せっかく差し上げても、皇上のお目に留まることとなんてないと思う。それより、落ち着いてから冬至《とうじ》の還御《かんぎょ》のあとで差し上げたらいい。その方が寒くてお菓子も長持ちするし」

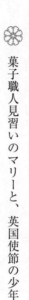

小蓮の意見は合理的だ。前向きに考えるのはいいことだ。とりあえず寸法に無理のないところまで試作品を仕上げていけば、使節が帰国のために北京《ペキン》を発ってすぐに、本番に取りかかれるだろう。

「でも、今回の円明園勤めが長すぎて、王府が恋しくてたまらない」

永璘は北京の留守居役も兼ねて、円明園の穎《えい》妃の面会にも訪れる。マリーとも言葉を交わす時間はあるが、やはり同僚や友人たちと会えないのは寂しい。燕児や李三が膳房に戻ったと聞けば、また一緒に働きたいという気持ちも起きる。

マリーと小蓮は、使節団が北京に到着する前に、いったん里帰りを願い出ることにした。却下《きやつか》を覚悟していたところ、思いがけなくあっさりと許された。

穎妃は上機嫌で、慶貝勒《けいベイレ》府《ふ》に贈る手土産をマリーに持たせる。

「永璘に無事、次男が生まれました。待ちわびた嫡男ですよ。私からの祝いの品を届けておくれ。紅蘭はそなたが作ってくれた『しょこら』なるお菓子の御利益だと言っているそうです」

「お子さまが！」

マリーと小蓮は同時に叫んで、飛び上がるほど喜んだ。それぞれが永璘に対して抱えている感情はともかく、慶貝勒府に待望の男子が生まれたのだ。それこそなかなか子どもの増えない慶貝勒府では、生まれたのが女子でも喜ばれただろう。それが王府の跡取りとなれば、使用人としてはただひたすら喜ばしい。

マリーは二ヶ月ぶりに王府に『帰宅』できた。

皇帝がイギリス使節団の接待陣に加わるようマリーに命じたことは、慶貝勒府《けいベイレふ》ではすでに知れ渡っていた。昨年の春に円明園から帰宅したときと同じように、永璘が垂花門まで迎えに出ただけではなく、そのまま正房《おもや》へと連れて行かれる。皇族の訪問や福晋の帰還ではないので、使用人一同が居並んで迎えるということはないが、回廊や建物の陰のあちこちから、使用人たちが鈴なりに顔を出して、永璘のあとについて歩くマリーの姿をのぞき見ている。

後院の院子《なかにわ》には、李膳房長と高厨師をはじめとする点心局の面々が、マリーを迎えるために並んでいた。燕児と李兄弟との久しぶりの再会に嬉しさもひとしおだが、特に、しばらく会わずにいる間の、李兄弟の成長ぶりが目を瞠《みは》る。李三でさえ、もうマリーの背丈《せたけ》を超えようとしていた。

「去年の円明園行きも、熱河《ねっか》行きのときもそうだったけど、李二と李三、会うたびに拳一個分ごと背が伸びて、顔が逞《たくま》しくなってる。秋に帰ったら、もう見上げるほどになっちゃいそう」

マリーは両手の拳を交互に積み上げて、自分の頭上で止めた。

「そろそろ伸びないよ。燕児兄に追いついたところだしな」

李二が照れ臭そうに応じると、燕児が後ろから口を挟んだ。

「李家の男たちは大男が多い。おまえたちもおれより背が高くなるかもな」

李二と李三は嬉しそうにはにかむ。

「そういえば、二と三ということは、上にもうひとりいるということ？　お兄さんは、やっぱり料理人なの？」

「三等侍衛やってる。跡取りだから宮仕えができんだ」

「瑪麗《マリー》、おしゃべりは後にしろ。老爺《ラオイエ》がお待ちかねだ」

高厨師が四人の間に立ち、マリーを正房《おもや》へと促した。

マリーが内心で怯《おび》えたことに、正房には永璘だけでなく、鈕祜祿《ニオフル》氏を筆頭に四人の妃が並んで待っていた。

鈕祜祿氏は産後のやつれも見せず、美しく整えた化粧に凛《りん》とした姿勢で立ち、マリーを手招きした。

「瑪麗、こちらへ」

なんだか厳粛《げんしゅく》な空気に、マリーは背筋を伸ばして正房へ上がる階段を上った。

居間正面の炕《かん》に永璘と鈕祜祿氏が腰かけ、その前にマリーは膝をついて拝礼した。三人の妃は緊張した面持ちで、入り口を背に並んでいる。

鈕祜祿氏は厳格な口調で、マリーに立ち上がるよう命じた。

「皇上より、当家の糕點師《ガオディアンシー》を英国の朝貢《ちようこう》使節の接待役に差し出すよう、勅命がありました。男装して太監厨師の役に就くようにとのことですが、これは瑪麗が適齢の女子であることへの皇上のご配慮です。瑪麗が西洋の文化に知見のあること、糕點師として当家に仕えていること、その技量を皇上がお認めになっての抜擢《ばってき》であることは、慶貝勒府《けいベイレふ》の我らには自明のことです。しかし、瑪麗《マリー》が宮女として接待に出れば、他人には若い娘を外国使節の歓待に差し出したようにしか見えないでしょう。そうすると瑪麗の名誉と慶貝勒府の体面に傷がつきます。皇上のお気遣いをありがたく承りなさい。当家からは、使節に出す献立《こんだて》に西洋料理を幾品か加えるということであれば、それ用の厨房を用意していただくよう、円明園の太監には要請してあります。安心してお勤めなさい。朝貢使節を満足させて、この慶貝勒府の誉《ほま》れを上げて帰ってくることを、私たちは心から期待していますよ」

これは武佳《ブギヤ》氏を含めて、マリーの特別待遇に不満と疑問を抱える妃と、その侍女たちへの、ある種の示威行動であった。マリーの存在と役割が、年齢と性別、そして一家庭を超えた公《おおやけ》のものであることと、慶貝勒府にとって政治的に非常に重要な駒であることを、王府の女主人である鈕祜祿《ニオフル》氏が宣言してくれたのだ。

ようやく十九になる一介のパティシエールには、あまりにも重すぎる責任である。だが、囲われた妾妻《しょうさい》ではなく、異国にて自立を目指し、修業することをマリーが選んだ以上、避けて通れない道なのだろう。

「いまだ見習いの未熟な私ですが、全力を尽くしてお役目を果たして参ります」

マリーは再び膝を折って、鈕祜祿氏の激励に応えた。

点心局で振る舞われた高厨師の心づくしのごちそうに、マリーは本物の自宅に帰ったかのような安心感に満たされた。もしかしたら、高厨師自身も、マリーを自分の娘のように感じ始めているのかもしれない。出てきた点心はマリーの好物ばかりであった。

普段からマリー嫌いを隠さない王厨師でさえ、自作の甜心を卓の隅に置いていった。いまにも花開きそうな蕾《つぼみ》、散り急ぐ瞬間の花びらや、飛び立とうとする一瞬を写し取った鳥の工芸菓子を得意とする王厨師の華麗な宮廷甜心は、マリーには真似のできない完成度であった。こういうのを使節に出せとでも言われたようで、マリーは思わず微笑してしまう。

高厨師はふくふくとした丸い顔を暑さで赤くし、不安でたまらないといったようすで眉を寄せて、宮廷では注意深く行動し、粗相《そそう》のないようにと繰り返し忠告した。

「工芸菓子の献上も、そりゃあ大変な仕事だったがな。それでも皇上と老爺《ラオイエ》の親と子の間ですむ部分もあった。だが、今回は外国からの客だ。つまり国威ってものがかかっている。失礼があっちゃならん」

「イギリス人はあまり食べ物に執着しないんですよ。貴族でさえ、丸焼きにした肉の塊に、パンと紅茶さえあれば満足なんです。あとは肉汁をかけたじゃが芋。果物《くだもの》もそのまま丸かじりしたり、砂糖をどっさり入れてジャムに煮込んだりが、お好みのようですね」

その歴史上、海峡を挟んで戦争の絶えない国民柄と、カトリックとプロテスタントという流血の排斥《はいせき》を伴う宗教の対立もある。そうしたことから、いついかなるときにもさりげなく、あるいは条件反射的に、隣国の食文化に対する暴言を吐く機会を逃さないのは、フランス料理人の習性のようなものであった。

その一方で、イギリスの貴族階級はフランス人シェフの就職先として、とても人気があった。イギリスの上流階級では、フランス人の一流シェフを雇《やと》っていることが一種のステータスにもなっているから、どうかするとフランス国内よりも待遇が良い。

特に革命が起きて国内が混乱状態に陥《おちい》り、貴族が亡命したり追放されたりすることが続く現在、貴族に仕えていた職人や芸術家もまた、王党派の烙印《らくいん》を捺《お》される前に我先にと国外へ新天地を求める羽目《はめ》になっている。

パティシエといった、命を繋ぐ食を提供するわけではない職種は、庶民よりも貴族やブルジョワに需要があったので、なおさら国外の上流階級を頼ってヨーロッパ大陸へ散っていったのではないか。ある意味では自分もそうであったマリーはそのように想像する。

パンシがイギリス使節の通訳になれとマリーを焚《た》きつけたのも、そうした現実と未来への選択肢を示唆《しさ》したのかもしれない。

「英国人が気にしなくても、もてなすこっちに不首尾があったら大問題だ。天津《テンシン》で使節の宿に運ばせた食糧に、腐った材料が混ざっていたのが見つかって、用意させた官人は官位を剥奪《はくだつ》され、使用人たちは一人残らず笞《むち》で打たれたそうだ。この暑さだ。運んでいる間に腐っちまうことはあるだろうによ。納品する前に検査されて、ちょっとでも傷《いた》んでいたら罰を受ける。だからマリーも、わずかな手落ちもないように、気をつけるんだぞ」

むしろ高厨師のほうが落ち着きなく、いつまでも説教を続けるので、燕児と李兄弟は苦笑いを押し隠すために、饅頭を絶えず頰張らなくてはならなかった。

「でも、瑪麗《マリー》って料理も作れるのか？　法国《フランス》の料理」

高厨師が息継ぎのために茶を口に含んだ隙に、李三が口を挟む。マリーは口を開きかけて、思いとどまり、いったん口を閉ざす。それから慎重に言葉を選んだ。

「糕點師《ガオディアンシー》はお菓子だけ作っていれば良かったので、家庭料理はともかく、貴族に出せるような宮廷料理は作れません。でも、パンは焼けます。フランスやイギリスのパンを出せるだけでも、イギリス大使は喜んでくれると思います。パイも、中身の餡をかれらの好きな羊や豚の挽肉《ひきにく》にすれば問題はないでしょうけど。でも、高厨師の言われる通り、気温が高くて鮮度を見極めるのが、未熟で専門外の私には難しそうで、心配になってきました」

不安そうなマリーに、さきほどまでは脅してばかりであった高厨師が励ます。

「瑪麗の面倒を見てもらえるよう、老爺《ラオイエ》が御膳房の太監にいろいろと付け届けをしてくださっているはずだ。あっちでは可愛がってもらえるようにしろ。太監はいちど気に入った相手には義理堅くもなるからな」

マリーの里帰りは二日で終わり、まもなく北京《ペキン》入りするイギリス使節団より先に円明園に戻ることになった。円明園に向かう途中で北堂に寄ったが、アミヨーは床《とこ》に臥せっているということであった。会うことはできるかと訊ねると、女人禁制である修道士の宿舎に通してもらうことができた。こうした特例が認められるということが、アミヨーの症状の重さを物語っているようで、マリーの胸はひどく騒ぐ。

マリーが部屋に案内されると、寝台の上に座しているアミヨーがこちらを向いて微笑した。

「起きて大丈夫なのですか。もしも私に気を遣っておいででしたら——」

「いや、この方が楽なのだよ。起きられる間は、体を起こしているべきだ」

膝の上に開いた本に読書用の拡大鏡を置いて、アミヨーは少しかすれた声で応じる。

「イギリス使節の接待に駆り出されたそうだね。マリーのパンと菓子はすでに職人として通用する。大使も使節団員も喜ぶことだろう」

「もうご存じでしたか」

マリーは軽い驚きを見せる。

「北京の宣教師と清国じゅうのキリスト教徒が、このイギリス大使の去就に注目している。イギリス国王の申し出る協定を皇上が受け入れたら、いや、検討するそぶりだけでも見せるなら、歴史が変わる。大使が謁見《えっけん》するその場に、私も居合わせたかったよ」

アミヨーは膝の上の、節くれ立った手を握りしめて、外出すら困難な体調を嘆《なげ》いた。

各教堂の宣教師たちは、イギリス使節団が北京に到着してすぐに、円明園の外国使節公館で面会することになっているが、アミヨーは参加をあきらめなくてはならないようだ。

アミヨーは折りたたまれた一枚の紙を差し出した。

「マッカートニー大使の来歴だ。知っておけば役に立つかも知れない」

広げた紙には、アイルランドの国立大学を卒業してから、パリで外交官、ペテルブルグで駐在公使として活躍し、英国領の植民地カリブ諸島のグレナダ、インドのマドラス総督を歴任、さらにアイルランドとイギリスの議会でも議員も務めたジョージ・マッカートニーなるアイルランド貴族の、輝かしい経歴が連ねてあった。

この全権大使の役を担うにあたって、アイルランドの男爵位から伯爵へとして昇進、叙《じょ》爵《しゃく》している。

あまりのきらきらしさに、マリーにはこのマッカートニー伯爵が、身分はもちろん頭の作りからして異なる、まったく別の世界の人間であることしかわからなかった。パンシは、マリーがフランスへ帰るためには、こうした人物との縁故も必要と示唆したが、あまりに世界が違いすぎる。

しかし、アミヨーはマリーの戸惑いには気づくことなく、呟き込みながら訴えた。

「マリー。私の代わりによく見ておいてくれ。マッカートニー大使がどのような人物であるかを。清国が世界に開かれる可能性が、少しでもあるだろうかということを」

その人生のほとんどを異国で過ごし、やがては清国に骨を埋めるであろうという聖職者の切実な思いを、マリーに理解することは難しい。清国に仕えた学者としてはもっとも優秀であったとされるアミヨーだが、布教の挫《ざ》折《せつ》という敗北感、専門の音楽を清国宮廷に根付かせることのできなかった無力感は、これから人生の始まるマリーには想像もできない重圧で、アミヨーの命を削り落としているのだ。

　イギリス王国使節団が北京入りし、円明園に入ったのは乾隆五十八年七月十三日、西洋暦では一七九三年八月二十一日のことだった。太陰暦では立秋を過ぎた頃合いとはいうものの、まだまだ暑い日が続いていた。マリーは使節団より三日早く円明園に戻り、穎《えい》妃が新しくあつらえさせたという太監の服を試着した。

「さすがに、老公の誰かの着古しでは嫌ですものね」

　穎妃は顔をしかめて微笑した。

　マリーとしては、たかが見習いの暫定料理人が、新品の官服を着て働いていては、上役となる太監厨師の手前いかがなものかと思ったものの、せっかくの厚意なので素直に受け取った。御膳房に出入りがしやすいよう、小蓮も太監の服を用意されて、複雑な表情を見せた。マリーも小蓮も、髪をひとつの辮髪《べんぱつ》に編み、背中に垂らす。前と横の髪を剃っていないことを隠すために被りの深い丸帽子をかぶり、頭をすっぽりと覆う。

　それから、円明園の御膳房を仕切る掌案《しょうあん》太監に目通りさせられたが、掌案太監はマリーの専門が料理ではなく菓子職人であり、料理は中華の点心のみ修業していたことを知ると、茶坊で働くように命じた。

　料理人だけでも何百人といる御膳房に、いきなり女子をふたり放り込んでも仕事のできる場所などないであろうし、序列が乱される。それのみか、皇帝お声掛かりの糕點師《ガオディアンシー》を最低級の徒弟格で膳房に入れるわけにもいかない。まだ人数の少ない茶坊に小太監格で配置すれば、公館用の厨房への出入りは容易だろう。

茶坊の首領太監に会い、西洋のパンとお菓子と点心を作る仕事を皇帝より仰せつかったことを伝える。

首領太監は四十代かそれくらいと見えた小男であった。太監の例に漏れず年齢不詳である。だが、毎日大量の小麦粉と格闘している猛者《もさ》であることはその太い腕から察せられた。これまで対応したことのない外国からの賓客《ひんきゃく》ということで、本来なら排斥すべき外国人の、それも若い女の料理人を受け入れざるを得ないことに、複雑な顔でマリーを迎えた。

「おれたちの作る点心のどこに不満があるっていうんだ。中華の点心は世界一だぞ」

「まったく同意します。ですが、故国を離れて一年近くになる異国の使節に、少しでもふるさとの味に近いものを出せたら、それがもてなしになるのではと皇上はご賢察になり、未熟ではありますが洋式糕點師《ガオディアンシー》の私にこの大任を御命じになりました」

すらすらと応じるマリーに、首領太監はふんと鼻を鳴らした。不服はあるようだが、今回の任務の重さはよくわかっているらしい。近隣の朝貢国ではなく、大陸の西の果てからはるばるやってくるという使節だ。かれらの乗ってきた軍艦の偉容についても、清国の沿岸部ではかまびすしい噂になっており、清国としてはこちらの国威をはっきりと示さなくてはならない。

「わかった。おれたちとはやり方も違うだろうから、あんた専用の竈《かまど》と作業場を分けてやろう。助手はそのお嬢ちゃんだけでいいのか。使い走りのこぞうはいらんのか」

住み込みの太監ではない外部の少年を、使い走りにつけてやろうという申し出は、マリーには意外に感じられた。だがそれも、さまざまに煩雑《はんざつ》な宮廷作法に縛られた太監が、外からやってきたマリーとのやりとりに、齟齬《そご》をきたさないようにとの配慮であったろう。それほど、円明園の接待陣はあらゆることに気を配っていた。

マリーはたらい回しの挙《あ》げ句、円明園でも西の外れの、後宮とは厚く高い壁で隔てられた公館の茶坊に連れて行かれた。外国の公使でも滞在しない限り使われることのない茶坊は、急いで掃除された気配で、手入れが行き届いているとは言い難かった。

マリーはさっそく配置された厨房に並ぶ竈のひとつを湯沸かしと具材用に残して、あとはすべてを密閉式の烱炉《メンルー》に造り替えさせた。その方が煉瓦の窯を作るよりも早かったからだ。百人を超える英国人全員に行き渡るほどのパンを焼くことはできないが、大使とその側近のテーブルに盛り上げる分は間に合うだろう。

竈の火力を把握したところで、マリーは運ばれてきた小麦粉と、このごろ根気よく育てていた酵母を使って、まずは定番のフランスパンを焼くことにした。生地を発酵させている間にブリオッシュを焼き、ありったけのバターで朝食用のクロワッサン生地を練り込む。

外の喧噪《けんそう》をすっかり聞き逃していたマリーは、使節の夕食に出すパンを催促《さいそく》されて初めて、イギリス国王の全権大使一行が円明園入りをしたことを知った。

焼き上がったパンはすぐに運ばれた。晩餐《ばんさん》が終わった後はひとつも残らなかったと聞かされ、マリーはほっと胸を撫で下ろす。それから翌朝の支度《したく》にとりかかった。

朝は他の太監よりも早い時間に目を覚まし、作業着に着替えて厨房に立つ。

朝一に、ひと晩寝かせておいたクロワッサンを焼き上げて、大皿に積み上げる。さらにイギリス人好みの厚さのパンケーキを何十枚も焼いて、昨夜のうちに牛乳を煮詰めて凝固《ぎょうこ》させておいたクロテッドクリームに、アプリコットのジャムを添えて給仕役の太監に手渡し、一段落した。

小蓮が淹れてくれた紅茶を飲んで一息入れ、パンケーキにバターとジャムを塗り、早点《そうてん》代わりに一緒に食べる。

イギリス人が、清国人のように朝食前の早点を食べるかどうかは知らないが、この国の朝食時間を待っていたらお腹が空いてしまう。早点の果物や粥《かゆ》のそばに、ジャムやクリームの添えられたパンケーキを見つけたら、イギリス人たちはきっと驚くことだろう。

客人が何を好むかわからないため、何種類も出される早点を朝食と勘違いして全部食べてしまい、朝食が出されたときは満腹のあまり困惑してしまうのではないかと、マリーは会ったこともない英国貴族の顔を思い描き、くすりと笑う。

とはいえ、澳門《マカオ》から何度も清国の港に停泊し、通州《つうしゅう》からは何日もかけて北京に来たのだから、清国の食習慣はそろそろ把握していることだろう。

日の出とともに門が開き、手配されていた使い走りの少年が出勤してきた。同時に牛乳が配達されたので、北堂から借りてきた攪拌機《かくはんき》の使い方を教え、大量のクリームを樽《たる》に入れてバターを作らせる。はたと思いつき、牛乳を味見して鮮度を確認し、温めてから小瓶に移し替え、自前の紅茶葉に添えて、給仕の太監に大使に持って行くように言付けた。

「イギリス人の好きなお茶です。沸騰《ふっとう》させたお湯と一緒に」

イギリス人ならどこにいても紅茶が飲めるよう、自分の紅茶とティーセットを持ち歩いているものらしいが、新鮮なミルクティーが清国でも飲めると知れば、それはそれで喜んでくれるだろう。

ほとんど準備する時間のない、乾隆帝の唐突な思いつきに振り回されているマリーであったが、竈を手早く密閉式オーブンに造り替えたり、乳脂肪分がそれぞれ異なる獣乳の扱い方など、昨年の避暑山荘での経験がここで役に立った。

焖炉《メンルー》で大量にパンを焼くのなら、タンドーリ風に平たいパンを内釜に貼り付ければいい。そのままだとパサついた西域風のパンになってしまうのだが、玉耀院《ぎょくよういん》でいろいろ試した配合の生地で、イタリア風にハーブを入れて焼いたり、ドライフルーツを刻んで菓子パン風にすると、そこはかとなく南欧の風が薫《かお》る。

「もはやパン専門の職人ブーランジェールとしても、やっていける自信がついてきたわ」

朝食には卵料理をいくつか出すことを、臨時上司の首領太監には伝えてある。

ゆで卵、バターとミルクを使ってふんわりと焼き上げたオムレツ。沸騰した湯に酢を入れて、卵を割り入れて作る落とし卵に、レモン汁で卵黄を温めながらひたすら泡立て器でかき混ぜ乳化させた、滑らかなソース・オランデーズをかける。

「いきなりこれしかできないフランス料理代表のソースを出すのって、どうかとは思うけど。他の料理を作れないのは、早めに首領太監に言わないとだめよね」

「瑪麗《マリー》の西洋料理の切り札、それしかないの？」

給仕の太監がパンと卵料理を運んでいくのを見送りつつ、小蓮があきれた声で言う。

「だって、パリで勤めていたホテルでは、朝食担当でこればっかりやっていたんだもの。自宅で作るのは、庶民が食べるようなスジ肉と野菜の煮込みくらいかな。残り物をパイに包んで焼いたりとか」

パティシエール見習いといえば聞こえはいいが、始めたばかりのころは雑用係で、慣れてくるとひたすら同じ作業の繰り返しになる。二年目で皿洗いと鍋洗いを卒業し、パンやケーキに使うバターや生クリームの攪拌を覚えたのちは、朝食のシフトに回されてクレープもしくはパンケーキを延々と焼き、その後はなぜか卵料理をひたすらやらされていた。

「でも、ソース・オランデーズはソースシェフの腕の見せ所なの。卵とレモン汁を分離させずに滑らかに仕上げるのは、簡単じゃない。落とし卵の卵黄を白身で包んで、まあるく仕上げるのもね。お菓子とは関係ないから、清国では作る機会がなかったけど、勘は鈍《にぶ》ってないようで安心した」

うまくソースが作れなかったとしても、マリーはさほど心配はしていなかった。ポーチドエッグに塩胡椒《しおこしょう》だけでも、イギリス人は文句を言わないものだからだ。

生ごみを回収しに来た徒弟太監が、大量の卵の殻を見てため息をついた。

「卵が足りなくなったから、明日の分を今日中に配達してもらえますか」

マリーが丁寧に頼むと、太監たちは互いに横目で目配せをする。ひとりが遠慮がちに前に進み出た。ブリオッシュにガトーにビスキュイ、そして大量の卵料理に、気前よく数え切れない卵を消費していくマリーへ、太監のひとりが『使いすぎでは』と小声で注意する。

「でも、西洋人の朝食とデザートに、卵は欠かせないんだけど」

太監たちは目を見合わせたものの、あきらめたような表情で声をそろえ、「チャー」と承服を意味する太監独特の言葉を返して生ゴミを運び去った。

「さー、急いで朝ご飯を食べたら、午前のお茶用のタルトと、昼食用のパンと、午後のお茶用のガトーと、夕食用のパンと、デザートには氷菓子とヌガーを作ります。それから余ったミルクでチーズを作って、明日のパンの下ごしらえ！」

「ちょっと、瑪麗《マリー》。そんなに初日から飛ばしていると、体が持たないよ」

皿を並べていた小蓮が、すでに疲れた声で訴える。

「だって、円明園にいるのは十日だけだそうよ。皇上の万寿節に謁見するために、十日後には熱河《ねっか》へ出発するんですって。その間、余ることを心配せずに、大量のお菓子を何種類も作れるんだから！　イギリスのお菓子のレシピも、探さなくちゃね」

「残念ながら、趙小姐《シャオジエ》の仕事は十日で終わりません。西洋式糕點師《ガオディアンシー》も使節と一緒に、熱河へ行くことになります」

よく知った穏やかな声に、マリーは驚いて振り向いた。

「鄭《てい》さん！　お久しぶりです」

永璘の秘書、書童《しょどう》を務める鄭凛華《りんか》が、にっこりと笑って厨房に入ってきた。官帽と朝服をまとった官吏《かんり》の姿に、雑用をしていた少年や徒弟太監は後ずさって膝をついた。

「ああ、拝礼はいい。仕事を続けなさい」

鄭凛華は鷹揚《おうよう》に指図した。マリーはいそいそときれいな茶碗に茶を淹れて、小蓮は部屋の隅に寄せておいた背もたれのある椅子を出してくる。

「王府に置いてきた物が必要になったり、こちらで手に入らない材料があれば、私に言いつけてください。食材を手配する太監を通すと、時間と費用がかかりすぎることがありますから」

食材の購入は、内府と御膳房の太監にとっては、またとない金儲《もう》けの機会である。縁故のある納入業者と結託して代金を水増し請求させ、差額は山分けして自らの袖に落とす。

「そういえば、さっき卵を使いすぎ、って注意されました」

マリーがそういえば、鄭凛華は苦笑気味にその理由を教えてくれる。

「庶民相手の市で卵をひとつ買えば、饅頭ひとつの値段よりちょっと高いくらいですが、農家から業者、そして太監の手を渡って御膳房にたどりつくまでに、ひと月分の米代になってしまうという話は、耳にしたことがあります」

そういうのは職権を悪用した不正ではと、マリーは広東《カントン》の貿易ギルドの商人たちが厳罰を受けて罷免《ひめん》されたり、笞で打たれた話を思い出す。こちらに調査が入ったら、大勢の業者や太監が処分されそうだ。

だが、後宮の経費を預かる内府の構造改革には、皇帝ですら口を出すことはないという。

「ここは麵麭《パン》の焼ける良い香りで、満ち満ちていますね」

鄭凛華が爽やかな口調で露骨に話題を変えたので、マリーのその意図を汲《く》んだ。

「たくさん残してありますから、鄭さんもよかったらどうぞ」

自分たちの朝食として取っておいたクロワッサンや落とし卵を並べて、鄭凛華に勧める。

マリーはカリカリに焼いたパンのスライスに、落とし卵を載せてオランデーズ・ソースをかけた。ソースの上から匙《さじ》を入れて白身を切り、半熟の黄身がとろりと流れてソースとともにパンに吸い込まれるのを、わくわくしながら見守る。

「この卵、私たちのひと月分のお給金くらいするのかも」

「よく味わって食べなきゃ」

と小蓮と囁き合って小声で笑う。鄭凛華がコホンと咳払いした。

「来る途中で、接待役の官僚のひとりから聞いてきました。趙小姐《シャオジエ》の麵麭《パン》はなかなか好評だそうですよ。熱河でも洋風の麵麭を食べることができれば、とても喜ばしいということでした」

「あまり気は進みません。移動中は料理もお菓子も作れませんし、熱河の宮殿でまた竈の改造からやらないといけないと思うと、気が重いです」

「窯を造るのは間に合いませんので、ここの厨房の竈を改造した焖炉《メンルー》と同じものを、あちらでも何基か用意するよう、使者を出しました」

マリーはぐるりと目を回して天井を見上げ、肩をすくめた。

「それはつまり、使節団の移動に私もついていくことは、とうに決まっていたってことですね。老爺《ラオイエ》はご承知ですか」

「私がここへ遣わされた理由のひとつがそれです」

鄭凛華は笑みを崩さずに本題に入る。

「老爺も万寿節に参列されるために、数日後にはご出発されます。趙小姐《シャオジエ》も同道することになるでしょう。乗馬できるようになったので、馬車いらずの身軽な旅ができると、老爺は楽しみにしておいでですよ」

「老爺も一緒に行ってくださるのですか」

頓狂な声を上げたのは小蓮だ。

「待望のご嫡男が生まれたのですから、ぎりぎりまで王府にいて嫡福晋をいたわり、熱河での行事が終われば、すぐに帰京されたいのが、御本心といったところでしょう」

「小爺《シャオイエ》、すこやかでいらっしゃいますか」

ほんの二週間前に生まれたばかりの永璘の次男を、マリーはうっとりと思い出す。

マリーが里帰りを許されて帰宅したあの日、三福晋を前に威厳のある態度でマリーの任務を激励したあと、鈕祜祿《ニオフル》氏は自らの廂房《わきのや》にふたたびマリーを呼び出した。すでに部屋着に着替え、髪の飾りも下ろして横になっていた鈕祜祿氏に、マリーは驚いて駆け寄った。

『久しぶりに朝からきちんと起きて、動き回ったせいね。少し疲れただけ』

優しくはかない笑顔に、マリーはひどく焦った。突然の里帰りに謝罪の言葉を探すマリーを、鈕祜祿《ニオフル》氏は優しく諭した。

『心配しなくていいのよ。出産して十日くらいは疲れやすいものだそうだから。長男のときも、そうだったわ。それより、赤ちゃんを見てゆきなさい。またしばらくのあいだ会えなくなるのだから』

侍女が艶のある赤い絹のおくるみにくるまれた赤ん坊を抱いて、寝台まで連れてきた。頬と額に赤い湿疹《しっしん》が浮いていたが、象牙《ぞうげ》色のふっくらとした頬が可愛い赤子であった。永璘に似ているようであり、鈕祜祿氏に似ているようでもある。黒々とした髪と、柔らかくすぼまった唇。思わず触りたくなる蒸したての饅頭のような頬。

『お可愛いです』

『暑いから、汗疹《あせも》ができて大変なの。一日に三回も四回も枇杷《びわ》湯に浸すのだけど、そのたびに泣き叫んで。でも湯浴みの後はたくさん乳を飲み干してすぐに眠ってくれるから、乳母は助かると言っているわ』

永璘もやってきて赤ん坊を受け取り、『可愛いだろう』とようやく腕に抱くことの叶った嫡男に、相好《そうごう》を崩して自慢する。

視界の隅に小さな頭が映った気がして、マリーが扉へと目をやると、年明けに五歳——清国の数え方では六歳——になった永璘の長女、阿紫《あじ》がぴょこんと顔を半分だけのぞかせている。

マリーの視線に気づいた永璘が、『阿紫、おはいり』と声をかけると、阿紫はおずおずと部屋に入ってきた。鈕祜祿氏《ニオフル》の手招きに、ぱっと顔を明るくして駆け寄り、マリーの裾にとりついた。

マリーが鈕祜祿氏の廂房《わきのや》にいると小耳に挟み、遊んでもらおうと張佳氏《ヂャンギャ》の廂房を抜け出してきたらしい。しかし、三人の注意が赤ん坊に集まっていたことから、自分も見たいと父親にせがみ出す。永璘は寝台に腰を下ろして、生まれて間もない息子を娘に見せてやった。

『私も、抱っこしたい』

マリーがそっと一歩退き、侍女が進み出て阿紫を寝台に座らせた。阿紫が赤ん坊を抱くのを、横から手を添えて助けてやる。

永璘も鈕祜祿氏も、阿紫もとても幸せそうで、マリーの胸に名前の付けられない温かな思いがあふれそうになる。思わず涙ぐみ、袖でそっとまぶたを押さえた。

かの幸せな家族の肖像は、いまこの円明園の公館で、目の回る忙しさの中で思い出しても、胸が熱くなり涙がにじみそうになる。

この接待で英国大使を満足させれば、西洋人の糕點師《ガオディアンシー》を見いだして連れ帰った永璘の株も上がるだろう。新興の王府だからといって、慶貝勒府《けいベイレふ》のみなに肩身の狭い思いをさせずにすむ。英国使節団の行程と乾隆帝の気まぐれに振り回されようと、最後まで仕事をやり抜く気合いが入るというものだ。

鄭凛華が帰ったあとも、マリーはますます忙しく働いた。

厨房から出ずにひたすらパンを焼き、お菓子を作っていたマリーは、使節団が円明園で何をしているのかはまったく把握していなかったし、する必要もなかった。

とはいえ、使節団の公館へ料理を運ぶ太監から、大使一行のようすを聞けるのは楽しみだった。

はじめはおどおどしていた徒弟太監が、後宮では厳しく強制される作法や礼儀をマリーには省略していいとわかると、上役や先輩の前では絶対に出さないような方言交じりで、マリーの知りたいことに答えてくれるようになる。これは、マリーがフランス語訛《なま》りの北京語をことさら直そうという努力を、まったく見せないせいもあっただろう。

マリーの差し出す洋菓子やパンも、多大な効果を発揮した。洋風の食事が巷《ちまた》で言われているほど不味《まず》くも毒があるわけでもないとわかると、末端の太監は満足に食べられないのかと心配になるほど、宮廷の召使いとは思えない激しさでガツガツと口に突っ込み、冷まし湯で呑み下す。

マリーの厨房から一歩でも外へ出ると、パンくずを払い落とし、もとの真面目《まじめ》くさった顔に戻ってバターのにおいもさせられないという現実は、外部の人間にはなかなか想像のできないことであった。

そうして午後のお茶の時間までにマリーのもとに集まってきた情報によれば、大使は朝の九時には北京の宣教師たちと会見し、誰が通訳を務めるか検討したという。

「朝廷が指名した南堂の宣教師は、大使の知っている言葉を話せなくて、最初から選びなおさなくちゃならなくなって、かなり揉めてるそうです」

まだ少年の面影《おもかげ》を残す徒弟太監は、カスタードパイを頬張りながらそう教えてくれた。

南堂はポルトガル人宣教師の教堂だ。ならば、通訳を命じられたものの、大使の望む言語を操れず不採用となったのは、フランス語の苦手なアルメイダ神父であろう。同じく南堂のロドリゲス宣教師はフランス語も流暢《りゅうちょう》に話せるのだが、どういうわけか通訳を命じられなかったらしい。あるいは、本人がイギリス大使の便宜を図ることを望まなかったのか。

上流階級のイギリス人と話すためには、英語ができなければフランス語かラテン語に堪能でなくてはならない。ロシア帝国やフランス王国で外交官を務めるほどの全権大使がラテン語を話せないはずがないので、排外主義のポルトガル人宣教師を忌避するためにラテン語を理解しないふりをしたのでは、とマリーは穿《うが》った想像を巡らす。

マリーとしては、フランス人の神父が通訳になってくれたら、大使に近づく機会もあるのでは、といったところまで考えて、はっと我に返った。

「どうしてイギリス大使に接近する必要があるの。私ったら、何を考えているのかしら」

と、おもわずひとりごちた。急いで夕食のデザートの予定を立てる。

翌朝の準備も終えたころにはすっかり日が暮れて、宿舎へ戻る道はところどころ灯りが届かず、真っ暗な角もあった。灯籠に火を灯しながら、部屋の整理のために先に小蓮を帰してしまったことが悔やまれる。

ひと区画進んだ曲がり角で、暗がりからうつむきがちの小柄な太監が現れ、マリーに近づいてきた。警戒するほどの相手でもないが、さすがにどきっとする。緊張しながらすれ違った瞬間に、予期せぬ言葉で話しかけられ、マリーの心臓は飛び上がった。

「Bonsoir. Excusez-moi, mademoiselle.（こんばんは。ちょっといいですか、お嬢さん）」

思春期半ばの少年の声と、流暢なフランス語で話しかけられたマリーは、一歩下がって小柄な太監をじっと見つめた。

顔を上げた少年太監の顔立ちは、まがうことなきアングロ・サクソンの白人顔だった。官帽の下からは、柔らかな金髪がはみ出している。子どもながらも脂肪の少ないまぶたの下から、薄茶色の目がいたずらっぽくマリーを見返している。

「Q-q-q, Qui etes-vous?（あああ、あなた、誰?）」

思わずフランス語で詰問《きつもん》し、はっとして右手で口を塞ぐ。自分がフランス人であることを露呈《ろてい》してしまった。

「やっぱりフランス人の料理人だったんだ。しかもきれいなおねえさん。僕はジョージ・トーマス・スタウントン。父は準男爵《バロネット》のジョージ・レナード・スタウントンでマッカートニー伯爵の筆頭書記官を務めている。僕のことはみんなトーマスと呼んでる。よろしく」

少年は微かに英語訛りのフランス語を巧《たく》みに操り、満面の笑みで右手を差し出す。

「どど、どうして私が女だってわかったの?」

マリーは自分の右手を背中に回して問い質《ただ》した。トーマスは背筋を伸ばし、笑みを絶やさずに問いに答える。

「最初は宦官《かんがん》かと思ったけど、歩き方が宦官ぽくなかったし、男でもなかったから」

「料理人がフランス人だと思った根拠は？」

「フランスで食べたのと同じ味のクロワッサンと、クリーミーなホレンダイズ・ソースのかかったポーチドエッグを、清国人のシェフが作れるわけないと普通は思うだろ？」

「オランデーズ」

マリーは少年の発音を訂正したが、トーマスはにこりと笑っただけで言い直さなかった。

「夕食のブールも外皮がカリカリで、中身は気泡の大きな柔らかいフランスパンだった。これで確定」

トーマスは半球の形を手で作り、口の両端を上げて笑う。

暗がりで話し合っていても怪しまれると思ったマリーは、トーマスを促して歩き始めた。帽子の後ろから、付け毛の辮子《ベンツ》が背中に下がっている。用意周到だが、柔らかな金髪が耳のうしろと襟足《えりあし》からはみ出しているところが注意不足だ。

「外国人が勝手に歩き回っちゃだめでしょう？　捕まったらスパイ扱いされて、澳門《マカオ》へ送り返されてしまうよ」

「子どもだからってことで、許されない？」

「許されません」

「とってもおいしかったクロワッサンを作ってくれたお礼を、どうしてもしたかったんだ」

あどけない謝意を示されれば、マリーとしては悪い気はしない。

「こんなところで、こそこそフランス語を話していても怪しまれちゃう。宿舎へ送ってあげるから、帰りなさい」

「シノワの言葉で話した方がいい？」

「清国で話される言葉は、ひとつだけじゃないの。広東《カントン》商人が話す漢語と、北京《ペキン》の宮廷で話されている漢語は英語とフランス語くらい違うんだから」

「そんなのあっちでも常識だよ。北京官話《マンダリン》も広東語も船の中で学んだ」

少年はさっと北京官話に切り替えて話を続けた。マリーは唖然として訊ねる。

「英語とフランス語と広東語と北京官語が話せるの？」

母国語の他は、北京官話ひとつでアップアップしているマリーには信じられない。

「あとイタリア語とラテン語とドイツ語が話せる」

「どうしてそんなにいっぱい？　あなた、何歳なの？」

そんな天才が存在するのかと、マリーは驚きつつ訊ねた。

「十二歳。イタリアには父の仕事について住んでいたことがあったし、ラテン語の家庭教師がドイツ人だったからかな？　北京の宣教師が漢語からラテン語に翻訳した中華の文書は、僕の家庭教師が英語に翻訳するんだ。その逆もね」

「へぇ。じゃあ、いつも勉強しなくちゃいけないから、大変ね」

マリーは自分が漢語を学ぶのに、どれだけ大変だったか思い出して言った。それを、この少年は二つの漢語を船の上の一年弱で覚えたというのだ。しかも二種類の漢語と母国語の英語を含め、欧州五ヶ国語を操るという。

桁外《けたはず》れに頭が良い人間というのは、確かに存在するのだ。

「僕もマッカートニー卿や父のように、外交官になりたいんだ。それなら、使える言語は多いほど有利になる。話せなくても、聞いて理解できたり、その国の文書を読めたりするだけで、通訳の嘘《うそ》を見抜けるからね」

胸を張って断言する少年に、マリーは『十二歳でそんなことを考えるのか』と、ただ目を瞠るばかりだ。

「ところで、その太監の服、どこで手に入れたの？」

「同じ体格の宦官に頼んで借りた。水晶のブローチひとつで一式そろえてくれたよ。清国人は親切だね」

「もしかして、ここまで手引きしてくれたのも、その太監？」

「そうだけど？」

マリーの背中に冷や汗が噴き出した。官服の大きさを見れば、トーマスと同じほんの子どもの衣装に過ぎないことがわかる。対価に目の眩《くら》んだ少年が、命を売り渡した光景を容易に想像できるマリーだ。

「すぐに返してあげて。見つかったらその太監はものすごく重い罰をうけるから。棒で打たれて、骨が折れるかもしれない」

「そんな馬鹿な」

トーマスは信じられずに鼻で笑ったが、マリーの真剣な表情に黙り込んだ。

「ここは清国なの。イギリスでもフランスでもないから。どんなささいなことでも、上司を怒らせたら、笞や棒で足腰が立たなくなるまで打たれちゃうの！」

マリーの言葉に少し頬を膨らませて、トーマスは自分がまとった宦官服の胸を撫でる。頬の空気を吐き出し、トーマスは反省の色を薄茶の瞳に浮かべた。

「わかった。これは返す。でもまた君に会いたいときは、どうしたらいい？　名前もまだ訊いていない」

少年らしい素直さに、マリーは表情と口調を和らげた。

「マリー。マリー・フランシーヌ・趙・ブランシュ。ここでは趙瑪麗《マリー》で通っている」

「マリー。フランス人《フランシーヌ》の趙マリー」

トーマスはその味を舌の上で確かめるように、マリーの名を口の中で転がした。

「ここそこ会わなくても、料理のリクエストを直接担当料理人に渡したいと大使のお付きが要求すれば、私は公館に上がることができます」

トーマスの顔がぱっと明るくなった。

「わかった。じゃあ、さっそくお父様にお願いしてくるよ」

くるっと身を翻して、その場から駆け出そうとする。マリーはその背中に叫んだ。

「あ、私が女だってことは、内緒にしておいてね！」

「どうして？」

半身だけ振り向いて、トーマスは不思議そうに訊ねる。その理由を十二歳の少年に説明するのは、マリーにとって酷《こく》なことであった。

「この太監の服を着ているってところで、察してよ」

トーマスは顔中を疑問符だらけにしたが、それ以上の質問は許されない空気は察して、その場を駆け去った。

蒸し暑い空気の中を、一陣の涼風がそよいでいったが、マリーの額に滲んだ汗はなかなか乾きそうになかった。

菓子職人の見習いマリーと、皇帝陛下の万寿節

マリーは翌日、公館に呼び出された。

公館の広間には、イギリスの礼服を着た高貴な紳士らが居並んでいた。欧州宮廷風に、かつらを被っている人物もいる。マリーは自分が太監の服を着ていることを恥ずかしく思

い、ひどく緊張した。

コルセットで腰を締め上げ、ボンネットを被り、パニエを大きく張り出したフランス貴婦人の、袖や裾をレースとリボンで飾り立てたドレスでなくてもいい。せめて化粧をして髪をきちんと結い、明るい色の絹糸で織った女物の旗服長袍をまとって、英国大使に拝謁できたのなら、どんなによかったであろう。

トーマスは約束通り、マリーが女であることは父親にも大使にも話しておかなかったようだ。マッカートニー大使は、マリーの外見と物腰では女性なのか宦官なのか判断がつかず、困った表情でマリーに話しかけた。

「マドモアゼル?」

マッカートニー大使に声をかけられ、フランス語でならそう呼ばれても問題なかろうと、マリーは欧州の軽く片膝を折る婦人の会釈で返した。フランス上流階級風の作法を完璧にこなすマリーの対応に、大使は安堵してにこやかに話し始めた。

「旅の疲れが出たらしく、持病のリューマチの痛みが出ているのでね。着座のままで失礼する」

その短い話しぶりで、大使がいかにフランス語に堪能であるか推《お》し量《はか》ることができた。

「お膝が――」

マリーは心配げに相手の顔を見つめた。マリーに医学知識はないので、大使の苦痛を和《やわ》らげる方法を知らない。まだ五十六歳という年齢と聞いていたので、大使の思いがけない健康状態にマリーは不安を覚えた。

「一年ぶりにまともなパンと卵料理を味わうことができて、関節の痛みも少し減った気がする。礼を言いたかった」

食のホームシックというのは深刻なもので、久しぶりにヨーロッパの味を楽しめたというマッカートニー大使の賛辞は、マリーにとってはとても名誉なことであった。

大使はマリーがどのようにして清国宮廷のパティシエールにおさまったかと訊ね、マリーは慎重に言葉を選んで答えた。母親がフランスに移民した清国人で、父親がフランス人パティシエであったこと。フランス革命で身寄りをなくし、たまたま知り合った清国の富豪に招かれて北京へ来たこと。清国に来てからも、父の跡を継いでパティシエールになるための修業を続けていることを簡潔に語った。

大使はマリーの数奇な運命に耳を傾け、感慨深げに嘆息した。

最後に、マリーは自分が女であること、そして宦官の風体で円明園に勤めていることは、公にしないで欲しいと願い出た。

「どうしてだね？　異国の宮廷にいてこれだけの仕事をやり遂げるのは、女性であればなおさら賞賛され、記録されるべきだと思うのだが。私の日記に書いておくことも許されないのかな」

清国の正式なパティシエールとして接待を任されていたとしたら、どんなにいいだろうとマリーは思った。しかし現実は皇帝にスパイの真似事を示唆され、真に主人と考える永璘は、乾隆帝のお覚えが思わしくない。自分の一挙一動が、どのような影響を今後の慶貝《けいベイ》勒府《レふ》に与えるか、先を見越す能力のないマリーとしては、可能な限り慎重に行動したいと思うのだ。

それが正しい判断かはわからないが、乾隆帝が自分に太監の扮装《ふんそう》をさせた意図を考えた末、自分の痕跡《こんせき》を公の記録に残さない、という結論を出した。

「私は使節団のために臨時で雇われているだけで、正規の宮廷料理人ではありません。ご覧の通り欧華の混血で、どちらの世界でも歓迎されることは滅多にありません。そんな私ですが、革命下のフランスから北京に受け入れてくれた御方の家で働くことができています。とはいえ、特別滞留許可を得て、城下の個人宅に雇われている一パティシエールでしかないのです。清国では欧亜混血の人間が表に出ることはほぼあり得ませんし――」

唐突に、武佳《ブギャ》氏の侍女がマリーを指してなんと呼んだか思い出し、息を呑んだ。

永璘を心から怒らせた侮蔑《ぶべつ》の言葉。あれほど永璘を怒らせたのだから、よほどの蔑《さげす》みを込めた差別意識を含むのだろう。漢族出の侍女は、主人の夫もまた異なる民族の間に生まれてきた『雑種』であることを失念していたようであったが。

そして、漢族の家に嫁ぐことは考えられないと断言した、小蓮の強い決意。

マリーは渇いた喉に唾を飲み込んで言葉を続けた。

「――まして女であることも足枷《あしかせ》になります。主人に迷惑のかかりそうなことは避けたく思いますので、厨房の名もなき一料理人のまま扱っていただくと助かります」

マッカートニー大使はどう解釈し、対応したものか悩ましげな顔で、側近のスタウントン親子と視線を交わした。結果的に、マリーの願いを聞き入れて、若きパティシエールの存在については触れないことにした。

「だが、ここで出されたパンや菓子の素晴らしかったことは、おおいに褒《ほ》めても構わないだろうか」

マリーは明るい表情になって、両手を組んで礼を言う。

「もちろんです。皇上のお耳に入れば、主人と私の誉れになります」

大使はさらに、円明園よりも北京城内の公館の方が居心地が良さそうなので、そちらに移れるよう接待役の官僚に頼んでいるところであるという。市内への移動の要請が叶ったあとも、パンを提供してもらえるだろうかと訊ねた。北京市内であれば、西洋窯のある王府の厨房で、品質のそろったパンを一度に大量に焼ける。大使とその側近だけでなく、使節団の全員に行き渡る棒パン《バゲット》やブリオッシュを作れるだろう。

マリーにとってはその方が都合がいいことを、大使に正直に伝えた。

「まことに、この公館は悪くないのだが、冬は寒くて耐えられそうにないだろうな」

マリーはふふっと笑う。

「この皇家庭園は、春と秋にしか使われません。どの建物も、冬を過ごすことを考えて設計はされていないはずです。しかもこちらの公館は、春と秋に外国使節が来なければ、誰も住まない建物だそうです」

「なるほど。手入れが行き渡っていないように見えるのは、そういうことか」

大使は納得のいったようすでうなずいた。

世界中を飛び回ってきた人物であるためか、マッカートニー大使はマリーの知っているどのフランス貴族とも違う、質実剛健で柔軟な印象を受けた。

「では、明朝のパンも楽しみにしている」

マリーはフランス女性らしく袍の両脇をつまんで片膝を軽く曲げ、つま先で床をトンと突いた。

マッカートニー大使と直に会話できたことで、マリー自身が感じたことを、アミヨーに伝えられることが、とても嬉しい。それに、すぐにでも王府に帰れそうなことが、いっそう気持ちを軽くした。

「イギリス人の貴族にも、気持ちのいいひとはいるのねぇ」

マリーが物心ついたころには、フランスとイギリスは戦争していた。

戦場はどちらの本土でもなく、遠いアメリカ大陸であったし、マリーがホテルで働くころには、アメリカの独立戦争は終わっていた。しかし、フランスが大陸に派兵したために植民地を失ったと考えるイギリスの国民もいたためか、ホテルで遭遇したイギリス人客はひどく横柄《おうへい》であった。

漢語もフランス語も堪能なトーマス少年と、マリーの作ったパンと卵料理を流暢なフランス語で褒めてくれた英国大使によって、かつての不快な隣人像は、友好的なものに塗り替えられた。

「たぶん、どの階級にも、どんな国にも、良い人や嫌な人、気の合う人、合わない人がいるんだろうな。慶貝勒府《けいベイレふ》みたいな小さな世界だって、そうなんだもの」

マリーは無意識に鼻歌さえ歌いつつ、緑陰の小径《こみち》と回廊をスキップしながら、小蓮の待つ厨房へと戻っていった。


翌日、午後の休憩をとっているマリーのもとへ、トーマス少年が姿を現した。肩にかかる金髪には櫛《くし》が通り、質の良い毛織りのジャケットとベスト、絹のブラウスと膝下までの半ズボン《ブリーチ》に靴下留は銀ボタン。磨き上げられた革靴は細身で、いかにも育ちの良さそうな御曹司《おんぞうし》だ。

トーマスのジャケットは裾が短く、尻や腿《もも》からふくらはぎまで脚の形がはっきりとわかる西洋の脚衣に、小蓮と徒弟宦官らは驚きを隠せず、目のやり場に困っている。

トーマス少年は、デザートのリクエストを届けるメッセンジャーの役目を編み出し、大使からの書状を載せた銀のお盆をマリーに差し出した。

「この旗を持って歩けば、誰何《すいか》されないって偉そうな宦官にもらった」

トーマスは片手に持っていた細長い旗を、マリーに見せびらかす。

「それは襟に挿すのではなかったかしら」

太監がそうしているのを見たことがあるだけなので、正確なところはマリーにもよくわからない。

「だからみんな目を逸らすのか。洋服が珍しいなら、もっとジロジロ見られるものかと思ったけど。余所者《よそもの》が旗の掲げ方を間違えていると、指摘もされずに失笑されるのはわかる」

トーマスは納得して旗を襟に挿そうとする。マリーはトーマスの誤解を解こうと焦った。

「後宮のことは私も詳しくないので、旗の持ち方については誰かに聞いてみないと確かなことはわからないんだけど、その、洋服というか、上着の裾が短いのが、みんな気になるんじゃないかな。清国の服って、小さな子どもでも、手足や体の線を出さないものなの。腿《もも》か、せめてお尻の隠れるような上着は持ってない？　イギリスでは、前が短くて後ろの裾が長いコートが流行ってるんでしょ？」

フランスでも、上着の下に着るウェストコートの裾がだんだんと短くなる傾向があったことは、マリーも覚えている。しかし貴族の上着が、裾まで庶民のジャケットのように短くなっていたのは、記憶にない。

トーマスはジャケットの裾を両手で引き下ろそうと、虚《むな》しい努力をしながら自分の服装を見おろした。

「裾の長い正装用のコートは謁見《えつけん》用にとってあるんだ。一応、スペアはあるけど。確かに、清国の服は肌だけじゃなくて体もすっぽり隠しているね。郷に入っては郷に従えというし、宮殿内ではコートを着るよ」

トーマスはマリーの忠告に耳を傾け、驚くほど素直に清国の流儀に合わせようとする。子どもながら、使節団が反感を買わないよう、とても気を遣っているようだ。

マリーはひと安心して、小蓮に向き直った。フランス語と漢語の両方でトーマスを紹介する。

「小蓮、この方はイギリス大使の秘書官、スタウントン卿のご子息、トーマスさん。大使のお小姓《こしよう》を務めてもいるそう。こちらは私の助手をしてくれている、小蓮」

小蓮に気を遣ってか、あるいは自分の漢語力を試したいのか、トーマスは漢語であいさつする。

「よろしく、小蓮さん。小蓮って、『小さな蓮の花』って書く？」

と、指で中空に漢字で書く仕草をしてから、握手を求める。

十二歳といっても、すでに小蓮の背丈と変わらない。

少年の漢字に関する知識に驚かされただけでなく、大事な客の息子と知った小蓮は、膝を折って腰を落とし、正式な礼拝をした。

「清国へようこそ――少爺《シャオイエ》」

英語の姓名は一度では覚えられなかったらしく、小蓮は敬称だけで会釈を返した。トーマスは宙に浮いた右手で頭を掻き、背中に回して両手を組んだ。

「いい匂いがするね」

目を閉じ顎を上げ、鼻をひくつかせる。

「ちょうどお茶にしていたところだったの。トーマスさんも飲んでいく？」

「もちろん。それが目当てでこの時間を狙ってきたんだから。それから、ぼくのことはトーマスと呼んで」

いそいそと手近な丸い籐《とう》椅子に腰かけ、目に入ったティーポットを持ち上げてお湯が入っているかどうか揺する。貴族の御曹司にしては、ずいぶんとくだけた感じだ。外交官として植民地を渡り歩く父親について、世界中を飛び回って育ったせいだろうか。

マリーは皿をとって、その日に作った菓子をいくつか盛り合わせてトーマスに差し出し、紅茶はティーポットの茶葉を入れ替え、沸かしたての湯を注ぎ込んだ。

「チーズケーキ！　まさか東洋でチーズケーキが食べられるとは思ってもみなかった」

トーマスは興奮して、マリーがフレッシュチーズで作ったガトー・オ・フロマージュを頬張り、その味と風味を堪能した。

その喜びぶりと食べっぷりの良さに喜んだマリーは、自分の分もトーマスの皿に移す。

「いいの？　メルシー！　サンキュー、謝謝你《シェイシェイニー》！」

「夜に出す予定のデザートだから、今夜も食べられるよ」

「やった！　ディナーがすごく楽しみだ」

非常に頭が良く、世界を知っているようであるが、食欲とデザートに対する執着は成長期の十二歳らしい。マリーは微笑ましく思いつつ、トーマスのカップに紅茶を注いだ。

「でも、こんなところで油を売ってだいじょうぶ？　お小姓って大使のおそばにいなくていいの？」

「マッカートニー伯爵は、謁見の大広間に飾り付ける礼品の配置を検討するのに忙しい。清国人の役人や宦官が勝手に触ると壊れちゃうガラス製の芸術品や、精巧な機械もけっこうあるから、神経を尖《とが》らせている。清国人は叱られるとすぐにむくれて文句を言うから、長いことあの場にいるのは疲れる」

口論の間に立つのは通訳だ。それも英語からラテン語もしくはフランス語、そして漢語へと、本人同士を前にした伝言リレーの応酬になる。すべての言語が聞き取れるトーマスには、西洋人に対する悪口も耳に入るだろうから、それはそれは疲れることだろう。

小蓮が身を乗り出した。

「礼品って、イギリスの王様からの朝貢品？　どんな贈り物？」

外国の宝物に、興味津津《しんしん》らしい。

「謁見の間って、正大光明殿《せいだいこうみょうでん》？」と、マリー。トーマスはうなずいた。

「そう。そういえば、すごく古い音楽時計が飾ってあったんだけど、イギリス製でびっくりしたなぁ。文字盤にはロンドンのジョージ・クラークが作ったって書いてあったけど、時計の時代様式には詳しくないから、いつの時代のかわからなかった。イギリス人の職人が作った時計が、もしかしたら百年も前からあそこにあったのかもしれないと思うと、とても感動した」

マリーは初めて北京に着いた日のことを思い出す。無骨な城壁と四合院の住宅が並ぶ中華の城下、驚くような密度で清国人のあふれる街中に、西洋バロック建築の教堂を見つけたときの、深い喜びと感動。遠い異国で故郷や同胞に出会ったときに抱く懐かしさと感動は、容易に共感できる。

マリーは、小蓮が西洋の宝物について知りたげにうずうずしているようすに、話の先を促した。

「イギリスの王様からの贈り物は何？」

「天球儀と地球儀、一対のシャンデリア、プラネタリウムと太陽系儀。時計はもちろん最新の型。晴雨計《せいうけい》と、あとは自動人形《オートマタ》に、ダービシャー州の磁器製品。中華より優れた磁器や陶器は、欧州ではまだ作れないけど、ダービシャー窯のは張り合えるくらいには洗練されてきているって、伯爵はお考えだ」

トーマスは漢語で話してくれているはずなのに、小蓮は難しい漢語や挟み込まれる外国語の名称が聞き取れず、目を白黒させている。マリーがどういうものか説明して、ようやく納得した。

「ちょっと想像もつかない。こっそり見に行けるかしら」

小蓮が好奇心でそう言うと、トーマスはお茶を吹きそうになった。

「まだ半分も運び込まれてない。それに機械類は搬入されてから組み立てる。完成までは何週間もかかるだろうね。皇帝陛下の誕生日まで、ぎりぎり間に合うかどうかだ」

「ふうん」

小蓮はとても残念そうにため息をついた。

万寿節の前後に、小蓮が円明園の正大光明殿をのぞき込める幸運は、万に一つもないからだ。


それから二、三日で大使一行は北京の宿舎となる邸宅へ移動した。

マリーはかれらに先駆けて円明園を辞し、いったん慶貝勒府《けいベイレふ》に帰った。永璘にここ数日の出来事を報告する。

永璘は使節団のようすと大使の為人《ひととなり》について、興味深げにマリーの話を聞いた。

「マリーがうまく務めを果たせたのはいいことだ。ところで、その乾酪《チーズ》の甜心とやらは、私は食べたことがあるかな」

「ガトー・オ・フロマージュにはたくさん牛乳が必要なので、まだお出ししたことはないと思います。今夜にでも、さっそく作りますね」

一日くらい休めとの永璘の言葉も届かず、マリーはすぐに作業着に着替えて西洋窯のある厨房に行った。マリーの帰還を聞いて、飴細工職人も待機していた。

「ピエス・モンテ作りと飴細工はしばらくお休みです。今日は公使館に納品するパンを焼けるだけ焼きます。生地を発酵させている間に牛乳でチーズを作って、老爺《ラオイエ》にガトー・オ・フロマージュをお作りします。パンを焼き上げたら、パイ生地にとりかかります」

飴細工職人と小蓮は、マリーの指示に従ってすぐに仕事に取りかかった。

大理石の作業台にキログラム単位の生地を叩きつけて延ばすという作業は、飴細工職人の気に入ったようだ。認めるのは癪《しゃく》だが、重たく粘度の高いパンの生地を捏《こ》ねるのは、男性にやってもらうと早く終わる。もともとの筋力が違うのだから、小蓮とふたりだけでやるよりも、大量に早くできて、とても助かった。

平たいパンか丸いブールしか焼けなかった燜炉《メンルー》と違い、奥行きと幅のある業務用の西洋窯に、何十本もの棒パンがずらりと並ぶ様は圧巻であった。

午後には棒パンを焼き終えて粗熱《あらねつ》を取り、大量の白菜を盛るように箱に積み上げ、内城の大使公館へ配達する。帰りに北堂に寄ってアミヨーを見舞った。

高齢で体調を崩しているアミヨーに、硬いフランスパンは無理と思い、マリーは舌でも潰せる柔らかなガトー・オ・フロマージュを贈った。

アミヨーは二口ほど味わって、満足そうに目をつむる。

「ああ、懐かしい味だ。全部食べられないのが悔しい」

頬がいっそう薄くなってきたアミヨーに、マリーは泣きたくなる気持ちを呑み込んで微笑む。

「フロマージュは栄養がありますから、少しでも食べていただけて嬉しいです」

「それで、マッカートニー卿はどんな人物だったかね」

マリーは会見の一部始終を話し、大使に抱いた印象を正直に話した。そして、イギリス人に抱えていた偏見が不当なものだったと反省した。

「アメリカの独立戦争の前から、イギリスとフランスは何かと戦争をしてきたからね。どうも人間というのは、隣人とはうまくやれないもののようだ。だが、隣同士だからこそ、時に信条や過去の確執を横に置いて、助け合う必要もある」

アミヨーはむしろ自らに言い聞かせるようにそう言って、少し咳き込む。

「ロー神父が清国側の通訳と決まった。彼はしゃべりすぎるきらいはあるが、漢語にも韃《だっ》靼《たん》語にも堪能であるから、大使の役に立つであろう」

アミヨーは身を起こした。マリーの手を借りて立ち上がり、ガウンを羽織って机の前に腰を下ろす。

「アミヨー神父さま、無理なさらないでください」

紙を選び、ペン先を手入れしてインクに浸すアミヨーに、マリーは懇願《こんがん》を込めて言った。しかしアミヨーは少しばかり考え込むと、マッカートニーに大使に宛てて、必要な情報や朝廷内の人脈など、最大限の助力を約束する手紙を書き始める。

マリーはアミヨーが手紙を書き終わるまで、息を詰めて見守った。

アミヨーはインクを乾かし、封をしてマリーに手渡す。

「私から大使に渡すんですか？　大使のお世話をされているロー神父さまが、気分を害されませんか」

「小姓の少年と懇意になったのだろう？　ならば、その少年に言付ければ、ロー神父に頼むよりも確実だ」

イエズス会士ではないロー神父では、頼りにできないところもあるのかもしれないと察したマリーは、確かに手紙を大使に渡すことを約束した。

数日のうちに熱河へ発たねばならないマリーは、アミヨーに頼み事をもちかけた。

「あの、避暑山荘から帰ってくるまで、ロザリオとメダリヨンを預かって欲しいのですが」

アミヨーは皺深く落ちくぼんだ目を見開く。

「マリーの大切なものではないかね」

「ええ、母とジャンの形見で、とても大切な宝物です。でも、熱河へは馬に乗ったり、あちこちの厨房を行ったり来たりして、失くしそうで怖いんです」

正直なところ、ロザリオを胸当ての下に隠すには、かなり窮屈《きゅうくつ》になっていたこともある。

銀のメダリヨンについては、中に入っている母親の残した書き付けの意味を、アミヨーに読んでもらえないかと常々思っていた。清国に来て三年にもなるのに、未だに最初の一文字しか意味がわからない。文字をつなげても、マリーの漢語の文法知識では、まったく文章としても成立しないのだ。

母親の出生と自分の出自にかかわることであれば、清国人に聞くのは不安だったので、永璘にさえ見せたことはない。マリーのことを孫のように可愛がってくれるアミヨーなら安心で、安全ではないかと思っていた。そのアミヨーが会うたびに痩《や》せ細っていくのを見て、もしかしたらこれが最後かもしれないと、別れ際のたびに切なくなる。宝物を預けることで、責任を感じたアミヨーが少しでも長く生きてくれたらという、祈りに似た気持ちもあった。

「わかった。ここで保管しよう。そこの棚に、手頃な空の木箱があるだろう。そこに入れておきなさい」

「ありがとうございます」

マリーは懐から取りだしたロザリオとメダリヨンを、飾り気のない木箱に入れて、棚に戻した。

アミヨーが寝台に戻るとかけ布団を直して、マリーは教堂を辞した。

マリーが帰ってから、しばらくうつらうつらしていたアミヨーは、ふっと気になることがあって目を覚ました。それが何であったか思い出そうとして、部屋を見回し、マリーがロザリオを入れた木箱が目につく。マリーと出会ったばかりのころ、メダリヨンのつまみと蝶番《ちょうつがい》が弛《ゆる》んでいたのを直したのはアミヨーであった。その場しのぎの修理であったが、あれから三年も経っている。それを思い出し、ちゃんと閉じているかと気になったのだ。

アミヨーは寝台から降りた。木箱を取って机に置き、蓋を取る。コインよりも一回り大きなメダリヨンを節くれ立った指でつまみ上げ、掌《てのひら》に載せる。つまみはしっかりと閉じており、パチンと弾くとすぐに開いた。

中には細密画ではなく、小さな紙片と、マリーがパリのお菓子コンクールで賞を獲り、王妃その人から賜《たまわ》ったという、ルビーの指輪が入っている。震える手で黄金の指輪をつまみ上げ、拡大鏡越しに流麗な書体で刻み込まれた頭文字『MA』を目にしたとき、老人の胸に万感の思いが込み上げてきた。

清国の地を踏んで四十三年。もちろん、指輪のもとの持ち主である王妃マリー・アントワネットと面識はない。だが、数年おきに本国から送られてくる王家の肖像画で、その顔はよく見知っていた。

豪華な衣裳と驕慢《きょうまん》な表情のよく似合う、王太子妃の十代半ばの肖像から、品格を備えた十八歳の王妃、母となりふくよかさと聖母の眼差《まなざ》しを具《そな》えた二十代の王妃。

晴れた空を思わせる青い瞳、陶磁器のように滑らかな肌、バラ色の頰、淡い金色の髪、ハプスブルグ家の血を示す小さな受け口の唇は、ささいな欠点でしかない。

マリー・アントワネットは、オーストリアとフランスの戦争を終わらせた平和の証であり、その美貌《びぼう》はフランスの栄華の象徴であった。

だがいまこの瞬間も、偉大なフランスの王と王妃は老朽《ろうきゅう》した宮殿の、罪人を押し込める塔に幽閉されている。歴史の変化と人の宿命《さだめ》の、なんと数奇なことかと、アミヨーは肩を震わせて小さな指輪を机に置いた。指輪を元にもどそうとメダリヨンを持ち上げたとき、中から紙切れがカサリとこぼれおちた。

それも戻そうと何気なく拾い上げたアミヨーは、折り畳まれた紙を透かして見えた漢字にはっと手を止めた。思わず紙を開いて、そこに書かれた文字を読む。王家の悲劇を思ったときですら、涙もこぼれないほど乾き老いていたと思っていた皮膚から、じっとりと汗が滲み出る。

「マリー、これは、どういうことだ」

アミヨーは思わず紙をくしゃりと握りつぶし、暖炉に放り込んでから、すぐに後悔した。これはマリーの私物であり、他人が勝手に処分していい物ではない、という理性が働いたからだ。

「だが、これは危険なものだ。マリーにとっても、十七皇子にとっても、そして、巻き込まれるであろう、この一族にとっても」

さいわい、暖炉には火が入っておらず、すぐに拾い上げた紙切れは灰で汚れただけだ。

「マリーがこの紙切れの意味を知って持ち歩いているか、まずは確かめなくては」

ふだんの振る舞いから、マリーは自分の出自を江南《こうなん》か広東《カントン》の漢人であることを疑っているようすはない。だが、どう考えても、マリーがこの紙を肌身離さず持ち歩いているのは危険すぎるとアミヨーには思われた。

アミヨーはよく似た紙質と大きさの古い紙を探し出し、筆跡を真似て画数の多い詩の一節を同じ文字数だけ書き込み、墨が乾いてからメダリヨンに入れて、木箱にしまう。

そしてもとの紙切れを、韃靼《だったん》名士録の一冊に挟み込んでおく。ここにあれば、キリスト教堂の内部といえど、いくらかは安全であろう。満洲族のなかでも名氏族に属する誰かの姓名と、生年月日の書かれた覚え書きを、外国人の異教徒が持ち歩くよりは。

そして、中身がすり替えられたことに気づいたマリーに求められたら、いつでも返すことができる。

病に冒《おか》された身で、正しい判断ができているのか、多少の不安を残しながらも、アミヨーはふたたび床についた。

すでに秋の色に移り変わる空を窓越しに見上げながら、アミヨーはひそかにつぶやく。

「マリーよ。そなたは何を背負ってこの国へやってきたのだ」

限られた時間がさらさらと指の間からこぼれていくのを感じながら、アミヨーは一日でも長く生にしがみつく必要を感じて目を閉じた。


アミヨーの懸念など想像できるはずもなく、マリーはアミヨーの手紙をトーマスに言付け、永璘とともに熱河《ねっか》へ発つ準備にいそしむ。

小蓮は折悪しく旅程と月経が重なるために、熱河同行を断念しなくてはならないと、マリーに相談する。すでに西洋茶坊の戦力となっていた小蓮は取り替えの利《き》かない助手で、マリーは途方に暮れた。

「でも、瑪麗《マリー》はほとんど休まないね。月の巡りはないの？」

小蓮は不思議そうに訊ねる。

「あるに決まってるじゃない。でも、男性ばかりの職場で働いていると、何日も休めないでしょう？　私は周期が安定しているから、はじめの二日は前もって非番になるように勤務を組んでもらっている。ずれちゃったら、李兄弟のどちらかに順番を代わってもらったり。あとは、いろいろ知恵を搾《しぼ》って周りに悟られないよう、がんばるしかないよね」

　軽工業の産業革命が始まりつつあったフランスでは、工場勤務の女性が増えただけでなく、職人の分野にも女性が進出してきたころから、それぞれの働く女たちによって、さまざまな工夫がなされてきたと、マリーは小蓮に説明した。

「小蓮は小菊ほどにはお腹が痛くなったりしないいんだよね。だったら、リネンとフェルトを重ねた月帯をたくさん用意すれば、なんとか乗り越えられるんじゃないかな。無理にとは、言わないけど」

「なんとかなるなら、私も行きたい。老爺《ラオイエ》とご一緒なんて、二度とないかもしれないし、万寿節のいろんな催《もよお》し物もこの目で見たい。去年は行きそびれた小ポタラ宮にも、お参りしたい。あ、もちろん、瑪麗《マリー》が慣れない茶坊をひとりで切り回すのも心配だし。英国の可愛い少爺《シャオイエ》とも、もう会えないの悲しい。でも、厨房の仕事はともかく、移動をどう切り抜けたらいいの？　いまさら馬車を出してとは言えないじゃない」

　小蓮は涙目になって訴える。

「洋式の乗馬ズボンを下着代わりにすれば、月帯がずれなくていけると思う。私が仕事中に使っているから、証明済み。私の余分を貸してあげる」

「あの、少爺が穿《は》いていた、ぴったりする脚衣？」

「そう。フランスでは、王妃さまが男装して王室の狩猟に参加されるようになってから、女物の乗馬ズボンが流行ったの。私は乗馬はしないけど、王妃さまに憧れて何着か作ってもらったのが、あとで仕事の役に立ったのよね。ペチコートの下に穿けば、月帯してるのを誰も気がつかなかった。清国の褌児《ズボン》はだぶだぶで、外から見てもわからないから、こっちでも使ってる。フランスから持ってきたのはもう小さくなったから、捨てるつもりだったけど、小蓮なら穿けると思う」

「そうする！　瑪麗《マリー》、一生感謝するからね」

小蓮は飛び上がってマリーに飛びつき、大喜びで賛同した。

そうして、女一人で熱河までの旅という不安を回避したマリーは、乗馬が不慣れという口実で、小蓮を庇《かば》いながら進むことができた。小蓮といえば、朝の出発から夕方の宿到着まで、永璘の後ろ姿を存分に眺めることができて、日々有頂天のもようであった。

毎晩のように、宿で「老爺《ラオイエ》がああされた」「老爺がこうされた」「老爺にお声をかけていただいた」と、夢見がちにしゃべり続けてやがて眠りに落ちる。小蓮だってもう十九になるはずなのに、いつまでも少女っぽさが抜けないことにあきれながらも、そのあけすけさがちょっとうらやましいマリーだ。

熱河まであと一日、という夜、マリーはふと思い出して隣の枕にもたれる小蓮に訊ねる。

「去年、小蓮が陳厨師のこと、結婚の対象にはならないって話したこと覚えている？」

「覚えているよ。どうして」

「満族と漢族の間に生まれた子どもって、やっぱり苦労するの？　差別される？　私には見分けがつかないけど」

小蓮は首を捻った。

「北京《ベキン》と河北では、もう何世代も通婚しているから、満族のほうから漢族を差別することはない。私たちだって、よほど相手が訛っていない限り見分けつかないもの。ただ、満族旗人の家で、正妻も満族で、庶子の母親が漢族だと、その庶子は苦労するかもしれないね」

まさに永璘はそのパターンに当てはまる。マリーは胸をどきどきさせながら訊ねた。

「老爺《ラオイエ》と十五阿哥《あか》は、お母様が漢族なんだよね」

小蓮は枕を抱きしめて少し考える。

「ああ、そうだね。皇室の掟《おきて》では満族旗人の妃しか皇后になれないし、満洲人の后妃から生まれた皇子しか皇太子になれなかった。でも成《せい》親王も儀《ぎ》郡王も、母親の淑嘉皇貴妃《しゅくかこうきひ》さまは高麗《こうらい》旗人の金佳《キンギャ》氏。皇上の直系で純血の満族の皇子は、もうひとりもいないのだから、そうも言ってられないのが現実でしょう？」

マリーは小蓮がすらすらと教えてくれる情報を、頭の中で整理した。だが、その知識がマリーの胸に落ち着く前に、小蓮はマリーの耳に口を寄せて低い声でささやく。

「これは絶対に口にしちゃいけないことだけど、皇上ご自身が皇太后さまの実子ではなくて、乳母だった李《り》氏が実母だって噂があるの」

マリーは目を見開いて、小蓮をじっと見つめる。

「小蓮、いま口にしちゃったけど、大丈夫？」

「瑪麗《マリー》が誰にも話さなければね。一蓮托生《いちれんたくしょう》よ。というか公然の秘密というやつ？　満族で信じている人間は誰もいないけど、漢族は信じたがっていまでも噂している。ただ、もし本当にそうだったら、当時はまだ純血主義を重んじる老臣が多かったから、皇上は即位おできにならなかったでしょうね。だから真実は、皇上のご生母は皇太后の鈕祜祿《ニオフル》氏だと思う」

マリーが沈黙して考え込んでしまったので、小蓮は不思議そうに訊ねる。

「急にどうしてそんな話をしだしたの？」

そこで、少し悩んだものの、春先の杏花庵で武佳《ブギヤ》氏が起こした癇癪《かんしゃく》と、女主人を煽った侍女との一幕を話して聞かせた。

「〝雑種〟って、その侍女が瑪麗をそう呼んだの？　しかも、老爺《ラオイエ》の御前で！」

小蓮は思わず声を上げて、慌てて口を塞ぎ、布団から起き上がってあたりを見回した。誰も聞き耳を立ててないことを確信すると、大きく息を吸って再び枕に突っ伏した。

第三者である小蓮が、バタバタと身もだえするほど大変なことなのだろうか。小蓮は枕に額をあてたままで、苦しそうにうめいた。

「その侍女、もう生きてないかも」

「え、そんなに大げさなこと？　武佳氏のご実家に送り返されたとは聞いたけど」

マリーも驚いて布団の上で起き上がる。小蓮はマリーの顔を見つめ、相手が本当に事の重大さを理解していないことを悟って仰向《あおむ》けになり、天井を見つめた。

「瑪麗《マリー》、清国に来て三年か。一度も誰かにそう呼ばれたことがないの？」

「ない」

「そうか。瑪麗は老爺《ラオイエ》にとても大事に守られていたんだね」

感慨深げにため息をつく。

「私が北京より南の漢族と結婚したくないのも、自分の子どもがそう言われるのが怖いから、というのもあるかな。異国人の血を引く人間を蔑む言葉はいろいろあるけど、これほど毒のある言葉はないよ。雑胡《ざっこ》よりも悪意がある。下手《へた》したら武佳《ブギャ》の奥さま、離縁されていたかも」

マリーは自分の勘が当たったことに、少しも嬉しさを感じない。小蓮がひとりごとのように続ける話を、ぼんやりと聞いていた。

「瑪麗がその言葉を王府で聞いたことがないのは、まさに老爺のご実母が漢族旗人だからだと思う」

あれから武佳氏はおとなしくなった。マリーを追い出すために実家に問題を持ち込み、事態を悪化させなかったのは、そのせいかとマリーは胸を撫で下ろした。

翌日から、侍衛たちの中に永璘の色鮮やかな馬褂《ばかい》と孔雀《くじゃく》の尾羽の揺れる官帽を見つけるたびに、マリーは胸が締め付けられ、何度も手綱を握り直した。

避暑山荘についてからは、マリーと小蓮は永璘の別荘である玉耀院《ぎょくよういん》の厨房ではなく、公館に近い宿舎に連れて行かれ、そこの厨房でひたすらパンと菓子を焼くことになる。先に北京を出発して、環境を整えてくれていた慶貝勒府《けいベイレふ》の下男と飴細工職人のお蔭《かげ》で、すぐに仕事に取りかかることができた。

乾隆帝から呼び出しがあり、マリーは正装を隙なく整え、永璘に伴われて謁見に望んだ。

乾隆帝の龍顔を見るのは一年半ぶりであったが、去年と変わらず姿勢も顔色も良い。衰えの激しいアミヨーよりも、七つも上とは思えない矍鑠《かくしゃく》ぶりだ。

乾隆帝はマリーが拝礼をすませるのを待ち、公館で見聞きしたことを訊ねた。マリーは見たとおりのことを伝え、大使はとても賢明で鷹揚《おうよう》な人物であると感じたと話した。乾隆帝はフランス人とイギリス人の違いについて訊ね、言葉も宗教も違うことをマリーは丁寧に語った。

「だが、そなたの作った食事は、かれらを喜ばせたのであろう?」

「フランスのモード、あの、つまり衣裳《いしょう》の流行のことですが、料理や芸術なども、フランスは欧州の流行を担っているのです。あの、池に石を投げると波紋が広がりますよね。あの波紋のように、フランスとパリの文化は、国内だけでなく、欧州のあらゆる国のお手本になってきたのです」

革命が起きるまでは――

頭の後ろ側で響いた自分のささやきに、マリーは思わず唇を噛みそうになった。だが、国を離れてからのことは何も知らないといった顔で、故国がいかに進んでいたか宣伝する。

「ほう。それは興味深い。そなたと同じフランス人のグラモン師が、英国がいかに偉大な貿易大国であるか、わが中華の帝国にとって重要な存在であるかと報告していたが、どちらが正しいのだ」

ぶわりと背中に汗が噴き出しそうになって、マリーは渇いた喉に唾を呑み込む。

「政治とか外交のことは、私にはわかりません。私が知っているのは、料理や芸術、ファッションといった文化についてです」

乾隆帝は、試すような目つきでマリーを上から下まで眺め、いくつか記憶にさえ残らないような質問に答えを得てから、マリーを解放した。

太監と侍衛に送られて小蓮の待つ宿舎へ戻ったときは、もう一日分の体力が尽きて椅子に倒れ込んだ。しかし、明日には英国使節が到着すると小蓮に聞かされて、気力を振り絞って立ち上がった。材料の在庫確認を手早く終わらせ、下ごしらえにとりかかる。

翌朝、永璘が迎えに来て、英国使節団の入城行進を見物に行こうと誘われる。マリーはパンの発酵具合が気になったが、そわそわする小蓮と、留守番を任せろと請け合う飴細工職人に促され、避暑山荘の城壁に登って使節団の入城を見守った。

百騎の清国官人に先導されて、イギリス陸軍の煌《きら》びやかな軍装に身を包み、柄頭から鞘《さや》の先端まで金と真鍮《しんちゅう》の煌めくサーベルを帯びた高級軍人が単騎で進み出た。続いて、腰の太い革ベルトにサーベルを下げ、長大なマスケット銃を肩にかけた軽竜騎兵《ドラグーン》が入城する。

頭頂に房飾りと、つばに折り返しのある黒ビロードの帽子。フロックコートを元にした肋《ろっ》骨服《こつふく》の、襟と袖の折り返しが艶《あで》やかな赤がアクセントとなった、黒ビロードのジャケット。白さが眩しい乗馬ズボンに、膝まである黒革の長靴という制服の軽竜騎兵は、四名二列になっておごそかに進む。

その次は、やはり階級の高い軍人に率いられた一隊の砲兵小隊が、太鼓《たいこ》や笛に導かれて入ってきた。それから赤い軍服にマスケット銃を担《かつ》いだ歩兵隊、足並みのそろった行進から、顎の角度と小指の先まで一糸乱れぬ敬礼は、高度に洗練された群舞のようでもある。

そのあとは、鮮やかな緑の制服に、陽光を跳ね返す金のモールをつけた従僕の一隊、演奏しながら行進する音楽隊。

かれらのまとう軍服が、イギリス陸軍の赤ではなく、フランスの青であったなら、マリーの胸はどれだけ誇りに満ちて嬉しかったことだろう。だが、それがイギリス軍だったとしても、ヨーロッパの威勢が示されたことは、充分にマリーの気分を高揚させた。

それが過ぎて、ようやく緋色の制服に金糸の縁取りが眩しい四人の随行紳士に続いて、マッカートニー卿の四輪馬車が入ってきた。馬車の背後に、人形のように背筋を伸ばした従僕が慇懃《いんぎん》な表情を保ちつつ、つかまり立ちしている。馬車の窓から、大使とその筆頭秘書、そしてその息子の顔が、行進の見物に集まった避暑山荘の人々を興味深げに眺めているのが見えた。トーマスの視線は城壁の上もなぞったが、マリーには気づかない。

マリーは永璘に耳打ちした。

「あの馬車、最新型です。パリで乗ったのより、乗り心地が良さそうです」

「パリの駅馬車よりもか。欧州の馬車は長時間乗っても腰が痛くならない。ぜひ清国でも作れないものかな」

永璘が垂涎《すいぜん》の面持ちで囁き返した。行進が終わって、みなが引き揚げるなか、人混みにさらわれないように、小蓮がマリーの袖につかまってつぶやいた。

「すごいね。あの少爺《シャオイエ》、大使の馬車に乗ってたけど、王子さまかなにかですか」

「ただの貴族の御曹司よ。準男爵だと、こちらでは国公くらいかなぁ」

と、王爵と臣爵の区別を知らないマリーは、適当に答えておいた。

　それから連日続いた歓迎の催しを、目撃する機会はマリーになかった。使節団が実際に何人いたのか把握したのは、先ほどの行進が初めてであったし、遠く故国を離れて重責をこなすかれらに、食べ慣れたものを食べて欲しいと思ったこともあり、厨房から離れることもほとんどなかった。

　五日目にマリーの厨房を探し当てたトーマス少年から、ことの進捗《しんちょく》を聞き終えるまで、マリーはただひたすら小麦粉を練り、卵をかき混ぜ、大量のパイを焼き上げるために、焖《メン》炉《ルー》と格闘していたのだ。

　その日は英国の衣服ではなく、清国の裕福な家の少年が着るような、丈の短いこぎれいな絹の旗服に、初対面のときにも被っていた辮子《ベンツ》つきの帽子姿で現れた。丁寧にも、金髪は後れ毛もなくきっちりと帽子の下に収まっている。

「そんな服、どこで手に入れたの？」

「洋服で出歩くと、役人にどこへ行くのかしつこく訊かれたり、知らないおとながにやつきながら話しかけてきたり、すれ違いざまに罵声《ばせい》を浴びせられたりするからね。これだといくらかまし」

菓子やパンを並べた棚を隅から隅まで見回ったトーマスは、半月ぶりの挨拶もそこそこに、この五日間に出されたマリーのパンと菓子を賞賛した。

「特に、熱河に到着したときに出してくれたフルーツ・パンチ、みんなとても喜んでいたよ。暑いなかずっと旅をしてきて、マーチングで緊張してすっかり疲れてた所に、レモンの利いた甘くて冷たくてすっきりした、スパイシーな白ワインのカクテル。大使からもお礼を言ってくれって頼まれた。凍らせた葡萄《ぶどう》の実が最高に良くて、奪い合いになった」

「イボクラス・ブラン。白ワインは北堂の宣教師からいただいた差し入れだと、伯爵に伝えておいてね」

白ワインに搾りたてのレモン果汁とたっぷりの砂糖を混ぜ合わせ、丁字やシナモン、白胡椒に生姜《しょうが》などの香辛料を二昼夜つけ込んでからプレスし、濾過《ろか》して冷やしておいた夏のデザートワインの名前をトーマスに教える。冷暗所から取りだしてすぐに使節団が飲めない場合を想定して、冷たさを保つために、硝石《しょうせき》を使って皮を剝いた葡萄の実を凍らせてカラフに入れておいたのは、マリーの思いつきだ。

トーマスは、出された紅茶にミルクを入れてぬるくしたのを、ごくごくと飲み干してから、熱河に来てから五日の間、いかに忙しくこき使われていたかを自慢げに語る。

「ついたその日に首席大臣の邸に呼び出されて、到着の片付けに忙しい伯爵の代わりに、お父様と大臣の邸へ行ってきたり」

小蓮が驚きに口を挟む。

「和珅《ヘシェン》軍機大臣と？　少爺《シャオイエ》も直にお会いしたの？」

トーマスは拳を固めて自分の胸をコツンと叩く。

「ぼくはとても役に立つんだ」

それから、謁見時の拝礼における儀礼上の合意をつけるために、相互の議論が三日も空転したことを、うんざりした口調で話した。ようやく昨日になって、マッカートニー大使が和珅の邸へ出向いて、謁見当日の打ち合わせが終わったという。

「今日は、礼物のチェックでこまごました作業ばかりで、重要な人物に合う予定がないから、ぼくはのんびりできる」

「お小姓も忙しいのね」

小蓮はまだ子どもにしか見えないトーマスを気の毒に感じたようで、今夜出す予定の砂糖菓子を包んで持たせた。

「ありがとう。謁見が終わったら、また来る」

戸口まで出てトーマスの後姿を見送る小蓮に、マリーは『あまり子ども扱いしないように』と釘を刺す。

「どうして？　瑪麗《マリー》だってあの子が欲しがるだけ、お菓子をあげているじゃないの」

「トーマス少爺《ぼっちゃま》は、使節団の一員なの。ああして手の空いた時間に街を歩き回って、裏方をのぞき回るのも仕事のうち」

「あんな目立つ容姿で間諜《かんちょう》が務まるわけないじゃない」

小蓮は取り合わない。

「せがまれるのがお菓子なら、いくらでもあげていいけど、他に頼まれごとをされても、請け合ってはだめ。私たちの職務からはずれることで、使節団の手伝いをしたことが知られたら厳罰を受けるし、老爺《ラオイエ》と慶貝勒府《けいベイレふ》にご迷惑がかかる」

永璘の名を出されると、小蓮はきゅっと口元を引き締める。

「たとえば、どんな？」

「献立以外のことで、清国に関することや、王府や宮廷のことを訊かれて教えたり、官人への伝言を頼まれたりとか、とにかく厨房の仕事に関係のないこと」

小蓮は何か言い返そうとしたが考え直し、「はぁい」とだけ返事をして、仕事に戻った。

大使が乾隆帝に謁見する日は、宮廷を挙げての宴会が催される。

伝統的な宮廷料理が、何種類も無限に供されるその前後、マリーたちのパン工房は火を落として短い休日をもらえた。玉耀院《ぎょくよういん》から遣わされた侍衛と、地元勤務の使用人に案内されて、開放されている江南《こうなん》風の庭園を訪ね、色の変わり始めた落葉樹に秋の気配を感じる。

「写生道具を持ってくればよかった」

「瑪麗《マリー》はどこへ行っても仕事を忘れないね」と小蓮。

「絵を描くのは、趣味かな。風景画を描いていると、仕事のことは思い出さないもの」

ふたたび清国の少年に身をやつしたトーマスがマリーのもとを訪れたのは、謁見の日から数えて二、三日後のことであった。

トーマスは、東洋随一の君主との謁見において、最高の礼を尽くすために整えられた使節団の壮麗さと、ダイヤモンドをちりばめた礼物の美しさを自慢し、宴席の豪華さについて興奮状態で話し続けた。トーマスは口にした食べ物の半分以上がなんなのか見当もつかなかったと言い、食材や調理法など、印象に残った料理についてマリーたちに質問を浴びせた。

トーマスは満腹になるとおとなたちから離れ、余興に出された演奏や演劇、軽業《かるわざ》やレスリングの繰り広げられているテントを見て歩いたという。

「すごいお祭りだったけど、これが使節の歓待宴席なら、皇帝の誕生祭はどうなるのか、想像もつかない。そういえば、ぼくたちの他にも外国の使節がいた。南アジアからと、トルコ人みたいな西方のアジア人はイスラム教徒で、礼服はあまり美麗じゃなかった」

そしてトーマスが列席した皇族たちの品評を始めたときには、第十七皇子がいかに形容されるかと息を詰めて待ち構えたが、トーマスには恰幅《かっぷく》の良い第十五皇子の嘉《か》親王ばかりが印象に残ったようだ。

「二百パウンド(百キログラム弱)はありそうだった」

と両手をいっぱいに広げる。マリーと小蓮は笑い転げそうになって互いの膝をつねり、嘉親王永琰《えいえん》への不敬を戒《いまし》めた。

謁見の翌日は、皇帝の許可を得て万樹園《まんじゅえん》と呼ばれる御園を尚書《しょうしょ》や侍郎、軍機大臣たち——つまり清国の内閣を占める重鎮たち——に案内され、大きな湖で船に乗り、島から島へとパビリオンを渡り歩いて、たくさんの宝物を堪能して回ったことなど、まったく話は尽きない。

「清国って本当に豊かなんだなって感心していたら、『こんなのはほんの一部に過ぎない』って案内の大臣は自慢するんだけど、もっと素晴らしいのは後宮にあるから、ぼくたちには見せられないって、もったいつけるんだよ」

興奮のあまり漢語からフランス語へ、いつしか英語に戻っていると気がつけば、息を整えてまた漢語から始めるといったトーマスに、小蓮もマリーもただ微笑んでうなずくばかりだ。実際、清国の人間だが宮廷行事に縁のないふたりにとって、トーマスの見聞談は非常に興味深かった。

「円明園の後宮も、とっても素晴らしすぎて、形容の言葉も思いつかないわね。皇族とその召使いしか入れないのが残念」

小蓮がため息をつきながら相槌を打つ。

そのようにして、二、三日おきにお菓子の無心に来るトーマスだが、避暑山荘の豪華さと都市の美しさ、周囲の森の荘厳《そうごん》さに慣れてくると、謁見と歓待が終わった後も通商条約の交渉が始まらず、また外出も監視が厳しくてままならないことをぼやき始めた。

「明日は万寿節の儀があるから、みんな忙しくて気が立っているのではないのかしら。清国ではどんな小さな失敗も、笞や棒で罰を受けるし、最悪はクビにされて路頭に放り出されるから」

マリーが言おうと思ったことを、小蓮が先に言って宥《なだ》める。しかしトーマスは納得しかねるようだ。

「イギリスはいま、欧州で一番勢いのある王国なのに、中華の皇帝はイギリス国王を対等な君主として認めていないのかな」

苛立たしげにフランス語で吐き出して、マリーの差し出す紅茶を受け取った。

清は広大な領土を有する国だ。国民に必要な物はすべて国内で生産、流通して供給できるため、富を誇示するための珍しい舶来物以外に、国外に求める必要がない。

マリーが手に淹れた紅茶からして、清国が茶葉を輸出して、欧州人が紅茶に加工したのを逆輸入したものだ。英国側が一方的に茶葉や絹を清国から買うばかりで、清国人は英国の売りたい羊毛製品や阿片《あへん》に見向きもしなかった。赤字続きの貿易不均衡《ふきんこう》を是正するため、そして船でたどり着ける世界の隅々まで、自由で開かれた貿易をもとめる英国としては、なんとしても貿易を広州《こうしゆう》の港に限定させてイギリス商人の活動を制限する広東《カントン》システムを撤廃《てっぱい》させ、北京に常駐の大使公館を設置し、イギリスの製品を清国という広大なマーケットで売ることを求めている。

対等な主権国家として、国際貿易の交渉がいっこうに始められないことと、イギリス国王の代理人である大使が三跪九叩頭《さんききゅうこうとう》の礼を要求されたことに、トーマスは不満たらたらであった。

マリーは黙ってトーマスの愚痴を聞き流した。一介のパティシエールとしては、知識も定見も持たない政治や外交に、口を出すことは控えたい。

きょとんとした顔の小蓮に、マリーはトーマスの苛立ちの理由を説明する。小蓮は漢語で説明されても、なお意味がわからないと首を振った。

「だって、あなたたちはイギリスの王様の代理で朝貢にきたのでしょう？　だったら叩頭して中華の天子に礼を示すのは当然じゃない？」

「違う。マッカートニー伯爵は、対等な国家の君主から遣わされた全権大使だ。だからイギリス国王を迎えるのと、同等の礼を持って迎えるべきじゃないか？　それなのに、清国皇帝の臣下と同じ儀礼では、失礼というものじゃないか」

かなり高い教育を受けているのだろう。言っていることは十二歳とは思えないが、小蓮を相手にムキになっているところは年相応だとマリーは思った。

宣教師に教えてもらった清国人独特の選民思想について、トーマスに教えるべきかとマリーはしばし悩む。『中華』の自称が示すとおり、この国に住む人々は、ここが世界の中心であり、四方四海のむこうに存在するのは野蛮《やばん》な国々に住む野蛮な人々で、中華の天子の徳に従うべきという『華夷《かい》秩序』なる思想を、皇帝から庶民まで信じている。たったいま小蓮の吐いた言葉が、まさにその考えを雄弁に物語っていた。

世界観の異なるふたりの、永遠にかみ合うことのない会話に、マリーはおぼろな知識を総動員してトーマスをなだめようと試みた。

「私もよく知らないんだけど、中華では『王』って『皇帝』の家来って意味があるらしいの。数多《あまた》いる『王』を支配するのが『皇帝』という感じなのかな。蒙古《もうこ》や西蔵《チベット》の王や領主にも、王爵を授けるのは清の皇帝だし、北京にも『王』の称号を帯びる貴族はたくさんいるから」

トーマスの賢そうな顔が、悔しさにゆがんだ。

「翻訳上の解釈違いってことかい？　じゃあ、親書には国王陛下をイギリス帝国の皇帝ってしておけばよかったのかな。でもそれじゃ正しくない。帝政をとっているのは多民族のオーストリアやロシアで――ああでも、ジョージ三世はスコットランドやアイルランドの王も兼ねているし、世界中に植民地もある。海洋帝国と自称してもおかしくないし、イギリスの国王が皇帝を名乗っても問題はないはずだ。ああでも！　謁見はすんでしまった」

途中で漢語から英語の独り言になってしまったので、小蓮に物問いたげな目配せを向けられても、マリーにも理解できず肩をすくめるしかなかった。小蓮は子どもに言い聞かせる口調で、トーマスを諭そうとする。

「皇帝とか天子は、この世界にただひとりしか存在しないのよ。空に太陽はひとつしかないでしょう？　だから、英国の王様は皇帝を称することはありえないの」

マリーは思わず天井を仰ぎ、ため息を呑み込んだ。

同じ部屋にいても、トーマスと小蓮は決して交わらないふたつの平行する世界に存在している。国力の差はあれ、帝政、王政、共和政の国々が並び立ち、交渉するときも戦争をしかけるときも、同じ地平で対等に向き合うヨーロッパと、頂点に皇帝ただひとりが存在する、巨大なピラミッドのような国家観しか持たない小蓮では、互いの常識が折り合うまでにどれだけの時間が必要で、どちらがより深く折れる必要があるのだろう。

ふたつの世界の狭間にいるマリーは、自分の内側で譲歩したり、時に西洋の価値観を切り離すことで折り合いをつけてきた。なにげに目を逸らした先に、厨房の作業台に置かれた上皿天秤が目に入る。右の皿にフランスの分銅、左に清国の分銅。マリーの天秤はいつのまにかすっかり清国に傾いている。

初めて宮中に連れて行かれて、謁見のための三跪九叩頭の礼を何度も練習させられたときに、自分にとっての君主が誰なのか、考えもしなかった。その拝礼にしても、皇帝の目の届かない宮殿の外の、凍えるような石畳の上で、大勢の宮女や太監といっしょに行ったのだ。

主人の永璘一家の随行使用人が拝礼をしないという選択肢はなく、どのみちマリーに拒否することはできなかったのだが。

ただ、大勢の召使いにまざって何度も跪《ひざまず》き、石畳に額を擦り付ける行為には、自分の尊厳をすべて明け渡してしまう、あるいは放棄してしまった喪失感を覚えた。欧州の貴族であるマッカートニーには、屈辱《くつじょく》でしかない行為であろう。

憤懣《ふんまん》をぶつけるように、バターをたっぷり塗りつけたパンのスライスに、さらにクロテッドクリームを載せて頰張るトーマスに、マリーが訊ねる。

「それで、大使は皇上に拝礼はしなかったの？」

「最後には、イギリス国王にするのと同じ儀礼でいいってことにしてもらった。このパンおいしい。ブリオッシュと似てるけど、もっと牛乳の風味がする」

「プティ・パン・オ・レ。卵の分量を減らして、牛乳を増やしたレシピ。国王に対する儀礼って、片膝をついて手に口づけをする、あれ？」

「そうそう。へぇ、文字通り牛乳パンだね」

ふたつの話題を同時に交わして、トーマスはプティ・パン・オ・レをさらに二切れ食べた。成長期の少年らしく、他にもビスキュイや砂糖漬けの果物をもりもりと食べ終える。

「もう行かなくちゃ。またくるね」

食べるだけ食べると、急いで走り去った。

「慌ただしい坊やね」と、小蓮は苦笑いしつつ食器を片付けた。

万寿節の翌々日、マリーと小蓮は、帰京の準備に取りかかっていた。二日にわたって催された万寿節の行事が終われば、すぐに北京へ帰ることになっていたからだ。

すっかり片付いてガランとした厨房に、マリーは切ないような寂しさを覚える。

次にトーマスが来たら、自分たちには縁のない万寿節の厳粛な宮廷儀礼と、終わることのない盛大な宴、そして清国じゅうから集められた余興の話を、たっぷりと聞けるかと楽しみにしていた。

だが、その時間はないようであった。

「花火、きれいだったね。近くで見たらどんなだったか、少爺《シャオイエ》に訊いてみたかったのに」

小蓮も残念そうにため息をつく。

万寿節の最後を飾る余興は、避暑山荘の上空に浮かび上がる何千という色とりどりの提灯だ。どういう仕掛けなのか、マリーたちのいた場所からは遠すぎてわからない。宿舎の屋上から眺めていると、天の川の星々がぽつりぽつりと地上に降りてきて、やがていっぱいに空を満たし、中華の天子の生誕日を言祝《ことほ》いでいるように見えたのだ。

紗や紙でできた提灯は、紐か網でつなげられて空中に張られているのだと小蓮は教えてくれた。風に揺れる無数の光を、マリーは夜空のシャンデリアのようだと思って、ただ呆然と見上げていた。

それから爆発音が間断なく続き、花火が打ち上げられた。大小の牡丹《ぼたん》や菊の花、枝垂《しだ》れ柳が藍の空に描かれては散る。爆竹の音も激しく遠近に響き渡った。城下の通りでも、儀式に参列できない下層の使用人たちが、爆竹やかんしゃく玉を鳴らして、皇帝の長寿を祝っていたのだろう。

「使節団は北京にも数日滞在するそうだよ。パンとお菓子を作って配達する私たちの仕事は終わったわけじゃない。だから、もう一回くらい会えるかもね」

マリーもまた、このままトーマスに会えなくなるのは寂しいと思う。

翌朝、マリーたちは日も昇らぬうちに、永璘に従って避暑山荘を発ち、北京を目指した。

❀

菓子職人見習いのマリーと、宣教師の逝去

重大な国家的儀式を終えて帰京するマリーたち一行は、そこはかとない解放感にみな穏やかな表情で道を進んだ。永璘はマリーたちの仕事ぶりを褒め讃《たた》え、小蓮にもねぎらいの言葉をかけた。昇給について執事に伝えておこうと言われた小蓮の、働きを評価された嬉しさと、永璘の視界に日々入っていながら、女として興味を持たれなかった無念の入り交じった表情に、マリーは笑いをかみ殺す。

西洋暦ではもう九月の下旬ともなり、熱河よりも空気はぬるやかなものの、北京への道のりはすっかり秋の風景だ。季節柄、天気の良くない日もあり、一日中雨に濡れそぼり、すっかり冷え切ってようやく宿につく日もあった。

　五日目に帰京したマリーは、すぐにアミヨーを見舞った。およそひと月ぶりの再会ではあったが、マリーが怖れていたほどにはアミヨーに衰弱《すいじゃく》は見られず、椅子に腰かけ、テーブル越しにマリーとお茶を飲んだ。アミヨーは避暑山荘における日々と、トーマスとのかかわりを楽しげに聞き、使節の首尾について訪ねる。

　マリーは申し訳なげに首を横に振った。

「ひたすらパンを焼いて、お菓子を作っていたので、宮廷のできごとはわかりません。でも、トーマスの話では、大歓迎は受けたけども、通商に関する話し合いはもたれなかったようです」

「謁見時の儀礼について揉めていたことは、ロー神父からも聞いている。大事にならずにすんでよかった。だが、大使が三跪九叩頭をしようがしまいが、皇帝には交渉の席につくつもりは微塵《みじん》もなかったであろう。とはいえ、西洋式の儀礼を中華の皇帝が受容したということは、むしろひとつの進歩であるとわしは考える。何事も、硬直した伝統の支配する社会に、新しいやり方をねじ込むことは、衝突と悲劇しかもたらさない。英国大使の目的は今回の訪清だけでは達成されないであろうから、あきらめず時間をかけて清という国を開いていく努力は続けてもらいたい。マリーはパンを届ける仕事は続けるのかね」

「はい。使節団は二日後に帰京するそうなので、その日から帰国までは、パンを届けることになっています」

「うむ。使節団は礼物の引き渡しのために、北京には十日ほど滞在するであろうとロー神父は伝えてきた。マリー、もう一度、これから書く私の手紙を大使に届けて欲しい、次にパンを配達するときに寄ってくれ」

「ええ。わかりました」

謁見後は、使節団に対する監視の厳しさが増していることから、マリーは宣教師の私信を英国大使に届けることの危険性を知っていたが、アミヨーの願いを無下に断ることはできなかった。それでも、失敗したときのことを考えると、動悸《どうき》がして、指先が冷たくなる。

「ところで、マリー」

アミヨーの表情がひどく硬くなり、不安そうな、あるいは心配そうな目でマリーの顔をのぞき込んだ。何度か口を開こうとして、そのたびに考え直し、やがて意を決したようにマリーに問い質す。

「申し訳ないが、メダリヨンの留め金が直っているのか気になったもので、開けてみたのだが、その拍子に紙がこぼれでて、書き付けを見てしまった」

マリーはどきりとして、表情をあらためる。

「いえ、いつかアミヨー神父さまに読んでいただこうと思っていたんです。母の遺品ですが、意味がさっぱりわからなくて」

マリーが書き付けを読めていなかったことを知り、アミヨーはほっとしたようだ。

「何か、良くないことが書かれていたんですか」

アミヨーはおもむろにうなずいた。

「できれば、マリーは書き付けを読まずに、その意味も知らないまま処分した方がいい」

マリーは不安げにメダリヨンを保管した木箱の棚へと視線を移す。

「そこにはない。本当は、すぐに焼き捨てようと思ったのだが、マリーの私物で、大切なものを勝手に処分もできない。ただ、もし人手に渡ってしまってはマリーと慶貝勒府《けいベイレふ》に害が及ぶと思い、万が一マリーが帰京する前に私の命が絶えたときのことを考え、抜き取って別の場所に保管しておいた」

マリーは青ざめた。そんな危険な物を後生大事に持ち歩いていたことに怯える。

「でも、母のたったひとつの形見なんです。母が書いて残した——母が確かに生きて、存在していたという証《あかし》」

アミヨーはおごそかにうなずく。

「うむ。わしが推測するに、あの紙に書かれていたのは、マリーの母親の本名と、生年月日だ」

「母の？」

言われてみて気がつく。マリーは母の漢語名を知らなかった。父からも近所の友人たちからも、平凡なフランス語の洗礼名で呼ばれていたことしか思い出せない。祖父母は母を別の名で呼んでいただろうか。マリーは両の拳をこめかみにあてて、家族がそろっていたころを思い出そうとした。

「私は、知らない方がいいんですか」

マリーはアミヨーの目を見つめて訊ねた。アミヨーはふたたびうなずいた。

「満洲族の氏姓であったよ。だが、満族からキリスト教徒を出すと、一族ことごとくが厳しく罰せられる。マリーにかかわった者たちもただではすまない。マリーは母の出自を知らない方が、平穏に暮らしていけるはずだ」

マリーはうつむいて、首を上下に揺らした。

「そんな気はしていました。嘉《か》親王や鈕祜祿《ニオフル》の奥様にも言われたんです。顔立ちが江南《こうなん》の漢人らしくないこと、老爺《ラオイエ》と初めて会ったときから、江南の漢語ではなく、北京官話を聞き分けて、すぐに覚えたことを――」

マリーは膝の上で拳を握りしめた。母方が満洲族だったとは限らない、旗人には蒙古も漢族も、北方の少数民族だっているのだから、という希望は潰《つい》えた。マリーは奥歯を食いしばってひとつの決意をする。

「その書き付けがなくなれば、私が満洲族の子孫であるという証拠は消滅するんですね」

「すでに母も祖父母も亡くなり、フランスへ移民した清国人とのつながりも絶えた状態であれば、誰にも知られることはないだろう」

マリーは息を吸い込んで、吐きながら首肯《しゅこう》した。

「処分してください」

アミヨーはあらかじめ卓に置いてあった分厚い本を取り上げ、中から紙切れを取りだした。広げて見ても、マリーにはなんと書いてあるのか読めない。

アミヨーが紙切れを左手に、右手で火箸を持ち、湯沸かし焜炉の火を熾《おこ》しているのを見て、マリーの心がすくむ。

「あの、やっぱり――最後に一度だけでも、読んでくださいませんか。母の、本当の名を。ただ、この胸にしまっておくだけでも」

アミヨーは紙をマリーの前に広げ、低い声でゆっくりと読み上げる。

「イェヘ＝ナラ・ホンシィ」

マリーは立ち上がって紙をのぞきこみ、そこに書かれている文字を目に焼き付ける。

『葉赫《イェヘ》那拉《ナラ》鴻熙《ホンシィ》』

「『ホンシィ』というのは、『輝く白鳥』という意味だ」

マリーの目から、涙がぽろぽろとこぼれ落ちた。深く埋もれた記憶の底から、冬の日の公園を母と歩いたときの光景が蘇ったからだ。公園の池には白鳥が降りていて、優雅に水面に群れていた。

――母さんの両親が名付けた母語の名前にはね、白鳥という意味があったんだよ。

懐かしく優しい母の声が耳の奥でささやき、もう一度、母親に会えた気がした。

「ありがとうございます」

マリーはアミヨーの手から紙切れを受け取り、焜炉の火の上にかざした。変色した古紙に熾火《おきび》が燃え移って、灰になるまで十秒もかからなかった。

使節団が北京入りした。マリーはアミヨーの手紙を届けようとしたが、トーマスに直接手渡すのでなくては安全ではないと考えた。というのは、北京の公使館では清国の警備が増え、外からの納品物における検品が厳しくなっていたからだ。使節団の誰かに話しかけようとすると、官吏や侍衛が近寄ってきてマリーを追い払おうとしたり、用件を聞き出そうとする。

「副大使のご子息から、大使がお好みになる菓子の目録をいただくことになっていたのですが、やり方が変わったのでしょうか」

とマリーは罪のない顔で訊ねて、やりすごす。

たまたま納品時にトーマスと顔を合わせることはできても、周りの視線が集まるために、ろくな会話もできない。公館から近かった円明園や避暑山荘と違って、王府で焼いたパンを納品する形では、トーマスが自在に顔を出すこともできなくなっていた。

北堂に寄ってパンシに使節団のようすを訊ねたところ、英国側の要求はいっさい無視されており、通商条約について話し合う機会も与えられぬまま、滞在期限が近づいていることを知る。

「外国使節の滞在は期間が限られている。前例では最長でもポルトガルからの六週間弱だ。英国使節はもう二ヶ月以上も滞在している上に、海上が荒れる季節も迫っているため、使節は急いで出航しなくてはなるまい」

広東《カントン》システムの撤廃はおろか、北京に常駐公使を設置する目的すら叶えられることなく、使節団は清国を発たねばならないであろうというのが、パンシの見解であった。

西洋暦では十月に入っていた。使節団の帰国まで七日を数えることになり、マリーは焦って知恵を搾る。そして、ミルフィーユとクレーム・シャンテを重ねた中に、油紙に包んだアミヨーの手紙を挟み込んだ。油紙の色と見た目、厚さはパイ皮と見分けがつかない。

パイとミルフィーユを配達したときに、公館で働く清国人が受け取りにきた。マリーは監視の目を意識しつつ、トーマスを呼び出してもらう。

トーマスは出てきたが、いつもの笑顔はなく、マリーの顔を見てどこか気まずそうな顔をした。清国側から何か言われたのかとマリーは推測し、微笑んで大事に抱えていたミルフィーユ入りの器を差し出した。すぐ近くでマリーたちの話に聞き耳を立てている官吏に話しかける。

「このお菓子はフランス特有のものです。イギリスの方は食べ方がわからないと思うので、フランス語で説明してもいいですか」

と言って、蓋をずらして中身を見せる。固そうな薄い焼餅《シャオビン》が何層にも重なっている上に、蜜漬けのベリーやら果物やらが鏤《ちりば》められた、見るからに食べにくそうな菓子をちらりと見た官吏は、早くしろと言いたげに顎をしゃくった。

マリーは早口でトーマスに伝えた。

「この中に、アミヨー神父さまからのお手紙が入っています。必ず大使に読んでいただいてください」

「うん、わかった。中にいても外出中もこんなふうに囚人扱いで、嫌になるよ」

トーマスは目を合わせづらそうにしてマリーの話を聞くと、ためらいながらもミルフィーユを受け取る。いったんは踵を返して館に戻ろうとしたが、振り返って一歩踏み出し、立ち去ろうとするマリーを呼び止めた。

「あの、ありがとう。いつもおいしいパンとお菓子。あの――」

何か言おうとしたものの、唇を震わせて黙り込む。マリーが待っていると、トーマスはぐいと顔を上げて無理矢理に微笑んだ。

「マリーの上に、主のご加護がありますように」

言うなり、身を翻《ひるがえ》して公館内に駆け戻ってしまった。あれではミルフィーユが崩れてしまうと思ったマリーだが、トーマスの身辺に漂っていた悲しげな空気を不可解に感じつつ輎《かご》に戻る。

「主のご加護だなんて。今日でお別れというわけでもあるまいし」

不意におそってきた不吉な予感に、マリーは閉ざされた輎の中で背後を振り返った。

窓の内側から、トーマスは遠ざかるマリーの輎を見送る。ミルフィーユの入った器は、そばの小卓に置かれたままだ。

トーマスの肩に大きな手が置かれた。

「フランス娘に、例の件は話したのか」

トーマスは肩越しに父親を見上げて、首を横に振った。

「言っちゃだめなんでしょう？　マリーからフランス人宣教師に伝わったら、交渉の便宜《べんぎ》を図ってもらえなくなる」

「遅かれ早かれ、北堂にも報せは届く。宣教師どもには宣教師の伝手《つて》がある。それこそ、数百年をかけて世界中に築き上げてきたローマ教会の通信網がな」

東インド会社の重職に就き、法務に明るくマッカートニーの親友かつ右腕として実績を重ねてきたジョージ・スタウントン準男爵は、小手先の情報操作や隠匿《いんとく》には意味がないと息子に教える。

「マリーが悲しむような報せを、ぼくが話さなくちゃいけない理由はない。ルイ十六世が処刑されて、フランス王国は滅んでしまったことなんか。マリーは王党派なんだ」

「フランスは滅んだわけではない。王政から共和政の国に変わるだけだ」

「それだっていつまで続くか。周りじゅうと戦争になるって伯爵が言ってた。ずっと使節団のためにヨーロッパのパンを焼いてくれたマリーに、ぼくたちはもうすぐ敵味方になるんだなんて、ぼくの口からは言えない」

「先王の弟をヨーロッパじゅうの王室が後押ししている。王党派のフランス人ならば王政が復活した暁《あかつき》には、また友人になれるだろう」

父親は息子の肩を軽く叩いた。

「異国にあると欧米人を見るだけでほっとするが、外交官を目指すならば、それが誰であ

って も気を許したり情を移らせてはならん。英国人同士でさえも、利害が異なる相手に隙を見せれば足をすくわれる。和珅《ヘシエン》大臣はオランダ人や英国商人との密貿易で私腹を肥《こ》やしているくせに、我々の交渉には洟《はな》もかけぬ。ましてあの娘は清国との混血だそうではないか。どちらへ転ぶかわからない人間だ」

トーマスは器の蓋を開き、ミルフィーユの間に挟まれた油紙の包みを取りだした。クリームを拭き取り、油紙を開くと、アミヨーからの手紙がでてきた。

「伯爵のところに持って行くね」

息子の軽い足音が遠ざかり、スタウントン卿は門を警備する清国兵を見て忌々《いまいま》しげに舌打ちした。

「まったくもって！　清国の政府はうわべばかり歓迎しているように見せかけているが、こちらの条件は何一つ呑むつもりがない。この国の医術と科学、航海術は中世のそれから一インチも出てはいないというのに！　我が大英帝国《グレートブリテン》の海軍力をもってすれば、清国沿岸を制圧するのにひと夏もかからん。それも、二、三隻のフリゲート艦があれば充分だ」

スタウントンはそう吐き捨てると、形の崩れたミルフィーユの皮を一枚取り、クリームをすくいあげて口に入れた。

「うまい。すっかりフランスの味に舌が馴《な》らされてしまった。帰国したら、フランス人の亡命者から優良なパティシエを探して、雇うこととするか」

三日後には、イギリス使節団は帰国の途についた。

マリーは最後に大量のアップルパイを届けさせたが、口頭でも書状でも、トーマスと使節からの返礼はなかった。

意気消沈するマリーを、小蓮が上目遣いで慰《なぐさ》める。

「熱河からの帰路で、林檎《りんご》を食べ過ぎて亡くなった兵隊さんがいたんでしょう？　嫌みだと思われたんじゃないかな」

「だって内府から大量に林檎を納品されたんだもの。イギリス人は林檎が大好物だと思われたみたいね」

「少爺《シャオイエ》たち、船で澳門《マカオ》に行くのかな」と小蓮。

「内陸の運河と陸路をついで、澳門まで行くらしいね」

マリーは宣教師から聞いた話を教える。

「瑪麗《マリー》が老爺《ラオイエ》と北京に来るときに通った行路？　いいなぁ。私も一度くらい長江《ちょうこう》を見てみたいなぁ。南京《ナンキン》や蘇州《そしゅう》の庭園とか」

避暑山荘や円明園で、江南の風景を反映させた庭園をたくさん見てきた小蓮は、本物も見たいという欲が出てきたらしい。

「だから、漢席厨師と仲良くするといいんじゃない？」

マリーの揶揄《やゆ》に、小蓮は「蹴るよ！」と、纏足《てんそく》しなくても小さく可愛らしい足を跳ね上げた。

小蓮とはいつの間にかじゃれ合うほどに仲が良くなっていた。仕事の呼吸も悪くない。マリーの自立心に啓発《けいはつ》され、若い女であろうと責任を持って厨房を切り盛りできるという事実に気づいた小蓮は、貪欲《どんよく》なまでに菓子作りに燃えている。マリーの肩書きから『見習い』や『徒弟《ガオディアンシー》』を外しても問題ないのでは、とまで言ってくれる。

「私も糕點師《ガオディアンシー》になれるかな。私の作った甜心《てんしん》を、老爺《ラオイエ》が食べてくださると思うと、もうそのためだけに生きている甲斐《かい》がある気がする！」

「もう老爺のお口に入ってるよ。小蓮は下ごしらえも餡作りも、自力でできるじゃない。とても頼りにしているよ」

実に二ヶ月以上も棚上げにされていた中華点心の修業も、ようやく再開できそうだ。

使節団が北京を去った翌日、丸一日の休みをもらったマリーは、北堂へアミヨーの見舞いに訪れた。配達の行き帰りに教堂へ立ち寄ることに懸念を覚えた何雨林《かうりん》が、それ以降寄り道を許さなくなっていたからだ。

「アミヨー神父さまの病はとても重いんです。できる限りお見舞いに伺いたいだけで、使節とは関係ありません」

マリーの懇願に、何雨林が折れて、永璘が許可を出す。

教堂に着いて礼拝堂に入ったときに、マリーは堂内を包む異様な緊張感と、悲愴な面持ちでたたずむ宣教師たちに息を呑んだ。ぼんやりと宙を見つめている者、慌ただしく動き回りながらも、信徒の呼びかけが聞こえないかのように通り過ぎる者。

マリーは他の者よりは落ち着いて見える宣教師に近づいた。それが絵の師であり親しみを覚えているパンシであることに気づき、ほっとして話しかける。

「パンシ神父さま」

マリーに呼びかけられ、はっとして振り向いたパンシは、息苦しげな表情を一瞬だけ見せて、マリーを招き寄せた。

「みなさま、どうなさったのですか」

パンシはマリーの顔をじっと見つめて、胸の前で十字を切った。

「これから話すことを、冷静に聞きなさい」

巨大な城壁を背負ってでもいるかのような重苦しい声を絞り出し、パンシは一呼吸ののちに次の言葉を続けた。

「ルイ十六世が処刑された」

ドサリ、という重たい砂袋、あるいは砂糖の袋が落ちたような音が聞こえたのは、マリーの幻聴だろう。断頭台を見たことはあっても、実際に人間が処刑されるところは見たことがない。フランスでは王侯貴族の処刑は斬首であることから、反射的にそんな音が聞こえた気がしたのだ。

「アミヨー神父さまは、ご存じなのですか」

自分自身の声をひどく遠くに聞きながら、マリーはこの報せによってもっとも落胆する人物を慮《おもんばか》る。

「うむ。そのために、もう持ち直さないかもしれない。来なさい」

大理石の床を踏む足が、ひどくふわふわと感じる。そして同時に、ぬかるみに取られているかのように、うまく進めない。

じわじわと、パンシの告げた訃報《ふほう》の意味が、マリーの胸に降りていく。

フランスの国民が、その王を処刑した。

神によって王権を授けられた人間を、その臣民が断罪し、命を奪ったのだ。

フランス王国は神の怒りを受けるだろう。

ひたひたとした恐怖がマリーの足下に押し寄せ、膝から腰まで包み込もうとする。

現実感は、ひどく遠い。空気もまた存在しないかのように、吸っても吸っても肺が空虚になっていく。

――王妃さまは、どうなったのだろう。マリー・アントワネットさまは――

ガチャリと扉が開かれ、マリーは我に返った。アミヨーの寝室では、神父のひとりが終《しゅう》油《ゆ》の秘《ひ》蹟《せき》の準備をしている。小机に置かれた十字架と聖書、蠟燭台《ろうそくだい》を目にして、マリーは臨終《りんじゅう》へと向かうアミヨーの寝台に駆け寄る。

「アミヨー神父さま、いやです。逝《い》かないでください。マリーを置いていかないでください。私を一人にしないでください」

最後に話したときはまだ活力が残っていた。

いや、マッカートニー大使へ宛てて、『今回は使節の目的を果たせなかったことを、失敗とは捉えないようにと慰め、清国人を相手にするときは焦らず、がまん強く、時間をかけて交渉を繰り返し、決してあきらめないことなど、清国に長年在住した経験と知見にもとづいた細々とした忠告と助言、そして励まし』を連ねた、長い長い手紙を認めるために、最後の力を振り絞ったのだろう。

清国が世界に開かれ、ヨーロッパと東洋との間に恒久的な橋が架けられることを願い、アミヨー自身の信条と宗教、そして国と民族の枠を超えて、彼が清国で培ったあらゆる叡智をイギリス大使に託したのだ。

人生最後の仕事にすべての情熱を搾《しぼ》り出したアミヨーは、ブルボン朝最後の王の訃報を受け止めるだけの気力を、すでに持ち合わせなかった。

人間は、絶望のために命の火が消えてしまうことがあるのだ。

アミヨーはうっすらとまぶたを開いて、マリーを見た。かすかに、かすかに目尻が下がって、笑ったように見える。その目尻から濁《にご》った涙がこぼれて、枕に落ちた。胸に組まれていた手を上げて、マリーの髪を撫《な》でる。

「主よ――どうか、この迷える仔羊をお守りください」

カトリック聖職者としての、定型の祝福と祈りの文句ではなかった。ただの人間としての最後の願いであった。

弱々しい咳払いののち、ほとんど聞き取れないかすれた声で、マリーにささやく。

「愛し子《いと》よ、用心しなさい。何事も焦ってはならない。よく考えて行動しなさい。粘り強く、投げ出さず、小さな成功を少しずつ積み上げなさい。主の御導きを信じなさい」

そのことだけが心残りだったとでも言うように、アミヨーは小さく息をついて目を閉じ、両手を胸の上で組んだ。マリーは涙と嗚咽《おえつ》のために、アミヨーを励ます言葉すら考えつかない。切れ切れに老いた友人の名を呼ぶことが、この世界に引き留める唯一の手段であるかのように、アミヨーの名を呼び続けた。

秘蹟を行う神父は、まだそのときだとは考えていないようで、じっとアミヨーとマリーを見守っている。

アミヨーは目を閉じたまま、途切れがちな声で付け加えた。

「マリーの母の真名《まな》を知り得たのは、幸運であった。神の国で探し出し、マリーが素晴らしい女性に成長して、ひとりで立派にやっていると知らせることができる」

「ひとりでなんか無理です。この異国に、ひとりぼっちにしないでください。お願いです。まだ、逝かないでください」

永璘もいる、小蓮もいる。高厨師も燕児たちもいるのに、アミヨーのいない東洋の国は、四方が茫漠《ぼうばく》とした大洋に、小舟にひとりぼっちで漂っているかのように寄る辺がない。

そのあとのことは、ほとんど記憶にない。秘蹟の儀式のために、マリーは部屋から出され、パンシに伴われて教堂を出た。迎えの何雨林に事情を話したのはパンシで、王府に帰ったマリーはそのまま永璘の正房《おもや》に通された。

アミヨーの危篤《きとく》を聞いた鈕祜祿《ニオフル》氏もやってきて、嗚咽を漏らしては呆然とするを繰り返すマリーの横に座ってその肩を抱いた。ときおり思い出したように、慰めの言葉をかけ、人肌に冷ました白茶をマリーの口に含ませる。

日が暮れてしばらく発ってから、漢人信徒の使者がアミヨーの訃報を王府に届けた。

マリーは堪《た》えかねて号泣し、いつまでも泣き止まない。

永璘は使者に布施《ふせ》を与えて返した。

「神の名を口にしつつ、その実は打算や私欲を抱えた宣教師も少なくないなかで、銭徳明《チンドウミン》は正直で忍耐《にんたい》強く、公正で寛容な人物であった。かれの功績に見合った葬儀《そうぎ》を、皇上にお願いする。マリーも葬儀に参列できるよう、手配しよう」

永璘はアミヨーの漢名『銭徳明』の葬儀に関する上奏文を認め、遅い時間ではあったが、宮中へと参内した。

いくらか気持ちが落ち着いてきたマリーは、永璘の不在に気づいた。父帝のもとへと、アミヨーの葬送について相談に行ったのだと鈕祜祿氏に教えられる。

「こんな時間に？　皇上のお怒りを買いませんか」

マリーは正気に返って、永璘と宣教師との交際を乾隆帝が疑うのではないかと、ひどく焦った。

「大丈夫です。この時間ですから、皇上にお側仕えする太監に上奏文を言付けてくるだけです。皇上の手が空いておいでで、ご機嫌がよろしければ、直接手渡すこともできるでしようけども。北堂の宣教師には、当王府は工芸菓子の製作に力を借りたこともあり、貝勒《ベイレ》さまが銭徳明《チンドウミン》の葬儀に人手を出すのは、憚《はばか》ることではありません。銭徳明は高名な学者でもありましたから、皇上はもちろん、皇族と宮廷の大官大人も香典《こうでん》を惜しむことはありません。あなたは堂々としていなさい」

マリーは鈕祜祿《ニオフル》氏の静かな口調に心が安まり、ようやく胸を切り裂いていた痛みが薄らぐのを感じた。

数日後、郎世寧《ろうせいねい》ことカスティリヨーネも埋葬されているキリスト教布教者の墓地へと、アミヨーの棺《ひつぎ》を送る葬列のなかに、マリーはいた。

ヴェールをかぶり、ロザリオを繰りながら、他の信徒たちのあとに続いて、祈りの言葉を唱《とな》えつつ北京の城を出る。いつか詩人の袁枚《えんばい》と馬車で渡った永定河《えいていが》を歩いて渡り、盧溝《ろこう》橋《きょう》から南へ堤に沿って進む。長辛店《ちょうしんてん》の村を過ぎてさらに行くと、この地で生涯を閉じた宣教師たちの墓所がある。

マリーは白い花とひとすくいの土を棺にかける順番を待ちながら、涸《か》れない涙があふれそうになって空を見上げた。

風はすっかり冷たくなっているのに、空はいつものように青く、どこまでも高い。

清廉《せいれん》なアミヨーの魂は、すでに神の国に迎えられたであろうか。マリーの両親を見つけて、清国のいまを母に伝えているであろうか。

マリーはただ、祈りの言葉を繰り返すだけだ。

マリーと在清の宣教師たちがフランス国王の訃報を受け取った八日後、フランス王妃マリー・アントワネットは、夫のルイ十六世と同じギロチン刑によって絶命した。マリーが敬愛する王妃の死を知るのは、この日より半年以上も先のことだ。

王妃の処刑より前に、ヨーロッパではフランスの革命政権を倒すために、オーストリア帝国、南ネーデルラント、イギリス王国、ナポリ王国、プロイセン王国、サルデーニャ王国、スペイン王国が、七方からフランスに攻め込み、それにフランスの人民が抵抗する苛《か》烈《れつ》な戦争が始まっていた。

王党派からみれば、自国の王を処刑した革命政権と、かれらを支持する民衆の頭上に、まさに神の鉄槌《てっつい》が振り下ろされたかのような惨劇《さんげき》が続いていた。

革命政権が国民皆兵を打ち出し、フランス人が団結して反撃に移り、侵略軍を押し返して、さらにナポレオンが台頭してフランスの独立を守り抜くのは、もう少し先のことである。

このとき、ユーラシア大陸の東では、大清帝国が太平を謳歌《おうか》し、いままさにその繁栄の頂点にあった。

参考文献

『食在宮廷《しよくはきゆうていにあり》』愛新覚羅浩著（学生社）
『乾隆帝伝』後藤末雄著（国書刊行会）
『王のパティシエ』ピエール・リエナール、フランソワ・デュトゥ、クレール・オーゲル著　大森由紀子監修　塩谷祐人訳（白水社）
『中国くいしんぼう辞典』崔 岱遠著　川浩二訳（みすず書房）
『最後の宦官 小徳張』張仲忱著　岩井茂樹訳・注　朝日選書（朝日新聞社）
『中国訪問使節日記』ジョージ・マカートニー著　坂野正高訳・注　東洋文庫（平凡社）

本書はハルキ文庫の書き下ろし作品です。

ハルキ文庫

し 14-6

親《しん》王《のう》殿《でん》下《か》のパティシエール❻ 大英帝国《だいえいていこく》の全権大使《ぜんけんたいし》

著者 篠《しの》原《はら》悠《ゆう》希《き》

2022年6月18日第一刷発行

発行者 角川春樹

発行所 株式会社角川春樹事務所
〒102-0074 東京都千代田区九段南2-1-30 イタリア文化会館

電話 03(3263)5247(編集)
03(3263)5881(営業)

印刷・製本 中央精版印刷株式会社

フォーマット・デザイン 芦澤泰偉
表紙イラストレーション 門坂 流

ISBN978-4-7584-4493-4 C0193 ©2022 Shinohara Yuki Printed in Japan
http://www.kadokawaharuki.co.jp/[営業]
fanmail@kadokawaharuki.co.jp[編集] ご意見・ご感想をお寄せください。